霞拔人走大田

中共永泰县霞拔乡委员会 编
永泰县霞拔乡人民政府 编

邵永裕 主编

海峡出版发行集团
海峡文艺出版社

图书在版编目(CIP)数据

霞拔人在大田/中共永泰县霞拔乡委员会,永泰县霞拔乡人民政府编;邵永裕主编. —福州:海峡文艺出版社,2023.11
ISBN 978-7-5550-3522-0

Ⅰ.①霞… Ⅱ.①中…②永…③邵… Ⅲ.①故事—作品集—中国—当代 Ⅳ.①I247.81

中国国家版本馆CIP数据核字(2023)第207377号

霞拔人在大田

中共永泰县霞拔乡委员会　永泰县霞拔乡人民政府　编
邵永裕　主编

出 版 人	林　滨
责任编辑	余明建
出版发行	海峡文艺出版社
经　　销	福建新华发行(集团)有限责任公司
社　　址	福州市东水路76号14层
发 行 部	0591—87536797
印　　刷	福建东南彩色印刷有限公司
厂　　址	福州市金山浦上工业区冠浦路144号
开　　本	720毫米×1010毫米　1/16
字　　数	220千字
印　　张	18.5
版　　次	2023年11月第1版
印　　次	2023年11月第1次印刷
书　　号	ISBN 978-7-5550-3522-0
定　　价	68.00元

如发现印装质量问题,请寄承印厂调换

序言一

从地理上来说，永泰县在戴云山脉之东，大田县在戴云山脉之西，两地相距甚远，百年前可是林深路隘，行路艰难；从自然条件来看，两县都属山区，过去都算得上是山高水远，谋生不易。但是，历史有时就是那么能突显神奇，以至于到了今天，当永泰县猛地发现有一脉本土的霞拔人，居然不知何时，竟在远隔重重山峦的大田，衍繁生息，谋生创业，打拼出了一片天地，赓续着霞拔血脉之时，难免就生出了许多的不解、疑惑、猜想和推断了。由是，霞拔人在大田，成为永泰县和大田县一段迁徙的悬疑，各自本土人文的一个悬念，也当然成了当地文艺抒写和表达的探奇。

为了解密这个现象，为了探求这段历史，为了展现两县人民的几世情缘，进一步加深相亲相爱之情，以利今后更好的交流和发展，永泰县霞拔乡党委、政府联合县文联与大田县文联联手举办了文艺家专题采风，先后多次深入到大田城乡、霞拔各地等，走近这一特别的群体代表，与他们面对面的访谈。在促膝相谈中，文学工作者梳理霞拔人在大田创业成功的密码，描绘了他们在异乡融合发展的情感世界，形成了一篇篇故事生动、情节感人的美文；摄影工作者精心地拍摄许多珍贵的照片，解码百年来霞拔人在大田奋斗的创业史，图文相配，互补并茂，终于集结成书。

永泰县城（范玉惠　摄）

　　《霞拔人在大田》一书，主要是讲述了霞拔人克服重重困难，在大田异乡谋生创业的艰难历程，也展示了大田人以宽厚的心胸，予以霞拔人的接纳包容和帮助支持，从中可以让人看到，永泰和大田两地乡村发展、乡村文明互通互鉴的图景，可以品读出两地"各美其美，美人之美，美美与共"深情融合，唤起寻根谒祖、赓续血脉的强烈共情，显现了今后将继续携手奋进，共创未来。随着时代的前行，如今各地的互通互联将更加便利、频繁和紧密，各类特殊的群体和行业，到异地创业与发展也将越来越多，从这个意义上来说，该书不仅仅是文艺作品的一个一般的汇集，也可升华为在今后我们如何更加和睦、和谐与共存、共生，一同并肩向前的有益借鉴。

　　推进文化传承发展，赓续中华文脉，建设现代文明，是我们新时代文艺的责任和使命。如何紧跟时代步伐，扎根人民，从所在的生活沃土中挖掘出创作的丰富矿藏，寻找文艺创作源泉和灵感，开创基层文联工作新局面，可以说，永泰县和大田县两地文联，通过这次的跨域合作，做了一次具体的尝试，虽然只是个开始，但我认为这非常具有启发作用，且十分具有意义。

陈毅达，福建省文联党组成员、副主席、书记处书记，福建省作协主席

序言二

谋生岩城路　霞光彩虹飞

霞拔乡

霞拔位于永泰县西北部，戴云山脉东端，群山连绵，谷地丛生，平均海拔650米，最高峰金钟山，海拔908米。霞拔东邻大洋，南连同安，西接东洋，北靠闽清省璜。全乡共有11个行政村：南坑、下园、福长、仁里、南坪、富洋、锦安、后官、长中、上和、霞拔。行政区域面积59.52平方公里，总人口17578人。

在县委、县政府领导下，霞拔乡各项事业得到较好发展。特高压变电站、溪山慢村文旅、高山蔬菜种植、南坪村绿茶产业、仁里与福长乡村振兴等重点项目进展顺利；全乡11个村庄幸福院建设、霞拔村地灾点整治等为民办实事项目得到落实；招商引资取得不俗成绩，先后引进了国智科技、高盖里建筑、德龙建设工程等6家企业，注册资金达4.5亿元，纳税额2194万元。2022年，乡政府财政收入达562万元。下一步，霞拔乡还计划投资1260万元，重点打造锦安与下园庄寨和农村休闲游。

霞拔乡，宋代分属于中和乡官贤里与和平乡保德里，元代分属22、23、31都；民国中期设霞东乡，管辖霞拔和东洋地区。中华人民共和国成立初期，

编艺彩绘（范玉惠 摄）

霞拔属于永泰县第五区，1958年属大洋公社霞拔管理区，到了1961年才独立建制为霞拔人民公社，1984年改称霞拔乡至今。

地处高山的霞拔乡，山高水远，峰峦叠嶂，沟涧密布，树密林深，茶山果园，梯田风光，天蓝地绿，四季花香，霞光万里，空气清新，乡村旅游资源相当丰富，游玩旅客常常流连忘返。

霞拔古建筑众多：杜申故居、灵光阁、双龙阁、谷贻堂、积善堂、麻公殿、落洋湖、金钟寨、霞拔寨、尼姑庵。这里适于寻秘探幽的溪流有乌里溪、霞拔溪……

霞拔人

据相关资料记载，霞拔人由三支构成。其一，宋元时期的原住民。比如霞拔村的杜氏，宋代就居于霞拔；南坑、下园、霞拔村黄氏，于公元961年就从闽清塔庄迁进。其二，明代拨军。永乐二年从江西拨军霞拔，有福长王氏，仁里陈氏，长中邹氏，富洋饶氏等。其三，明清时期由大田、德化、尤溪、闽清等地迁进。据范氏谱牒,明初范积公从大田县迁徙到上和;锦安黄氏,于明末由尤溪县迁入;南坪章氏、下园张氏、兰后陈氏、霞拔下洋中林氏、锦安村下溪林氏,均于康熙年间由德化县迁入。

霞拔虽然位于偏远山区,但霞拔人历来有厚重的耕读文化,科举时代成绩斐然。公元1131年出生的杜申,南宋乾道五年考中进士,官至内阁大学士。锦安村考中秀才就有7位,还出过五品官员;长中邹隆友在明朝考中秀才,清朝考中举人或秀才的有邹大腾、邹大英、邹大祥。南坪村在道光至光绪年间,因"一堂四代十秀才""同堂三批首""同科两秀才"而扬名全县。如今,霞拔更是人才辈出,为官的从教的代代层出不穷,上和村获得博士学位多达二十多人,成为远近闻名的博士村。

霞拔人除了重视读书,还相当重视农耕和手工业文化,旗仓头铸鼎、仁里农械厂、南坪竹编厂,上和、下园、福长建筑施工队全县闻名。具有铸鼎、补锅、

霞拔乡街区全景(范玉惠 摄)

谷贻堂（范玉惠 摄）

打铁、打铜、做木、竹编、泥水、油漆、理发等手艺的霞拔人，闻名于闽清、尤溪、德化、大田……

霞拔人西迁

历史从戴云山脉走过。居住在戴云山中西部老百姓，明清时期不知何故纷纷东迁霞拔。几百年之后，许多霞拔人又重回西地谋生，有的还把家安在了几百里之外的大田县。

根据目前掌握的资料，最早移民大田的霞拔艺人为下洋中打铁匠林首孝。大约在清光绪中期，林家迁居大田北部广平乡和建设镇一带，至今已繁衍六代了；接着是上和村挑货郎范梅炎，迁居大田县城均溪镇，也已繁衍五六代。众多霞拔人迁往大田是在民国时期，由于军阀混战，经济凋敝，在家乡难以生存，只好携妻带子，背井离乡，跋山涉水，前往尤溪、大田等地谋生。"谋生无奈日奔驰，有弟偏教各别离。"西迁霞拔人，大都分布于大田均溪、上京、广平、建设等十五个乡镇，繁育人口已有两千多人。

西迁霞拔人，当年行走线路主要有两条：一条是走尤溪线，经东洋，出长庆，到达尤溪，然后前往大田广平、建设、文江、太华、上京一带；另一条是走德化线，经东洋和嵩口，出洑口梧村，到达德化县南埕镇，然后前往德化县城与大田县城。霞拔人不管走一条线路，行程都要六七天时间，需要起早摸黑，风餐露宿。

前往大田谋生的第一代霞拔人，大部分是打铜补鼎、做篾缝衣、弹棉理发等工匠，但也有一些挑货郎。这批霞拔人在大田谋生，走家串户，居无定所，过着流浪漂泊的生活，如果找不到活计就要挨饿讨饭吃，非常艰辛。到了第二代的霞拔人，生活有所好转，部分人在大田各地设立固定的店铺，妻儿家人团聚，结束了牛郎织女般的生活。有的霞拔人在大田娶妻生子，比如范梅炎儿子范银宋，王学元尾仔王自得等，均与大田姑娘成婚。

霞拔人迁居大田一百多年来，许多家族的家业和事业都得到了较好发展。范银宋在县城创办一家商店，生意越做越好。接着许多霞拔人纷纷跟进，办起了打铁铺、理发店，逐渐形成了繁华的"霞拔一条街"。中华人民共和国成立后，霞拔打铁工匠们联合办起了农械厂，生产的农具闻名全县；林銮宝之子林渊标成立鑫城水泥有限公司，年产值近七个亿，每年纳税额达三千多万元；杜建辉和杜克胜兄弟俩，创办了宝山机械厂，主要经营精工、铸钢等产品，年产值超过了亿元；南坪村建筑施工队和霞拔乡建筑工程公司，几十年来为大田县建起了一座又一座高楼……

庚子年初春，我和林官同志有幸来到了霞拔乡工作，分别担任党委和政府主官。近两年来，我们多次前往大田看望和拜访在大田定居或工作的乡亲。在探访中，乡亲们向我们介绍了祖辈和自己在大田谋生和创业的经过，讲起了许多与当地人相亲相爱的精彩故事，让我们感觉到其谋生之艰辛不亚于闯关东、下南洋、走西口，其真实的爱情故事，更不亚于小说家们的精心创作。乡党委、政府经过多次研究，决定委托县文联和县作协编撰一部《霞拔人在大田》的文集，组织一批作家讲好霞拔人在大田的谋生故事，学习霞拔人在大田的创业精神，以激励霞拔人继续奋发图强。

壬寅年元宵刚过，乡村领导就率领十几位省、市作协作家，冒雨前往大田采风，得到了大田县文联、大田县作协和乡亲们的热烈欢迎和大力支持。采风团听取了乡亲代表林渊标关于霞拔人在大田分布和创业情况的介绍，参观了大田县鑫城水泥厂，走访了宝山机械厂，采访了大田公证处，走进了位于下桥的霞拔一条街，还拜访了已近百岁的林銮保和王自得两位大伯。作家们走南穿北，采风活动取得了圆满成功。

霞拔人在大田，犹如一颗颗种子撒向广袤田地，一百多年的漂泊、闯荡、融入历程，书写了一卷卷朴素厚重的家史，舞动成闽中绚烂多彩的画卷。在采访中，作家们深深地感受到他们筚路蓝缕的创业艰辛，在漫长的谋生路中的迎难奋发，这百折不挠的霞拔精神，宛如家乡的名字一般云霞拔萃。

采风后，作家们积极投入创作，经过几个月的努力，完成了30多篇作品。这些作品全面反映了霞拔人在大田谋生的艰辛，讲好了霞拔人创业与爱情的故事。邵永裕的《栖霞与大田同辉》，黄勤暖的《铁匠柔情》，章礼提的《金钟山下的村庄》，林在辉的《百年古道，诉说两地渊源》，已先后发表在《福建文学》和《福州日报》上，得到了读者的一致好评。许文华的《灼灼桃之宜室家》以女作家的细腻文笔勾勒出在大田的阿银嫂、阿宝嫂、阿得嫂的朴素而善良的形象。多少年来，不知有多少霞拔人婚娶大田姑娘，不知有多少贤惠的大田姑娘，默默地支持着霞拔夫君走向成功。阿银嫂和阿得嫂便是典型的代表，体现了大田姑娘灼灼其华，宜其室家。

癸卯年仲春，《霞拔人在大田》一书即将予以出版发行，应编者之请抒写几段，是为序。

中共永泰县霞拔乡党委书记　黄　盛
中共永泰县霞拔乡乡长　林　官
癸卯年仲春

目录 CONTENTS

1/ 序言一 .... 陈毅达

3/ 序言二　谋生岩城路　霞光彩虹飞 .... 黄　盛　林　官

百年情缘

3/ 霞拔人在大田 .... 邵永裕

13/ 百年古道两地缘 .... 林在辉

21/ 异乡有大田 .... 许文华

27/ 大田印象 .... 温瑞香

32/ 艰难困苦，玉汝于成 .... 黄卓伟

39/ 此心安处是吾乡 .... 鲍贵榕

46/ 与时俱进的"手艺人" .... 檀遵群

52/ 戴云山下一家亲 .... 温瑞香

59/ 凤游四海求其凰 .... 黄德舜

67/ 八月桂花香 .... 林秀玉

目录 CONTENTS

故园飞霞

79/ 儒染家风行且远 ……………………………… 林在辉

89/ 祥云之下的村庄 ……………………………… 许文华

96/ 志在留芳 ……………………………………… 张建设

106/ 金钟山下的村庄 …………………………… 章礼提

111/ 岩城展艺迎燕归 ……………………………… 章智前

116/ 绿野深处觅锦安 ……………………………… 赖　华

123/ 霞之凤兮，御风起 …………………………… 赖　华

132/ 一寨九庄著风流 ……………………………… 郭永仙

大田可稼

141/ 均溪河畔的霞拔人家 ………………………… 温瑞香

149/ 匠人转身也风流 ……………………………… 邵永裕

155/ 古驿萧萧独倚阑 ……………………………… 黄德舜

162/ 范公精神代代传 ……………………………… 温瑞香

166/ 园丁浇开科技花 ……………………………… 邵永裕

173/ 叫卖叫买挑货郎 .... 章礼提

179/ 栖身大田最温润 .... 邵永裕

186/ 艺"修"回乡路 .... 张知松

190/ 借得春风展雄才 .... 黄德舜

陌上青禾

201/ 我们大田 .... 范维生

217/ 灼灼桃夭宜室家 .... 许文华

232/ 敢问路在何方 .... 连占斗

240/ 铁汉柔情 .... 黄勤暖

250/ 挑儿背妻进上京 .... 章礼提

257/ 末代铁匠林任新 .... 章礼提

262/ 三代"铁人" .... 卢强祯

268/ 改变命运的钥匙 .... 卢强祯

272/ 满目青山夕照明 .... 黄德舜

277/ "趁热打铁"霞拔人 .... 章丽美

永泰樟城全景（胡伟生　摄）

百年情缘

就人缘而言，霞拔人去往大田，并非心血来潮，而是有着源远流长的迁徙史。

据上和村范氏谱牒载：其先祖积公于明宣德元年（1426年）从大田高才坂迁徙而来。后过了五代，大约于明嘉靖九年（1530年）前后，道隆公返徙大田，至今有几百人。其中范阿银家族家族脉络清晰，留居繁衍了100多人。在这近600年历史中，大田人钟情霞拔，霞拔人青睐大田，两地互生情愫，互慕互牵，谱写了两地人员往来、谋生安家的感人历史。

霞拔人在大田

□邵永裕

永泰县霞拔乡地处戴云山脉东部，永泰县西北部，人口约1.8万，常年外出人口近60%。霞拔乡是远近闻名的"手工艺之乡"。这里的人以打铁、打铜、铸锅、弹棉、裁缝、织篾、织蓑衣等手艺见长。20世纪80年代以前，乡里的壮年劳力，哪里好赚钱，就出现在哪里。霞拔手艺人以一技之长换取薄酬养家糊口的同时，不得不抛妻别子，流浪异乡，离愁别绪总是萦绕心头。

永泰霞拔人从事手工艺之众，集聚三明大田县之多，历史由来久远，这一奇特现象让我产生了探究的兴趣。据不完全统计，霞拔乡从清朝光绪年间开始，各村多数家庭与三明大田有关联，包括谋生定居、后代衍生的人口有3000多人。这种因背井离乡而形成异地族群的人文景观，成为闽地一道特别的风景。

"霞拔人在大田"是万千永泰人外出谋生的一个缩影。究其原因，有地缘因素，也有人缘因素。就地缘而言，永泰地处山区，闭塞落后，商旅无以为生，农业成了维持生计的唯一产业。然而，永泰"九山带水一分田"的地形地貌，严重

大田夜景一角（邵永裕 摄）

制约了农业发展。缺乏农田，人均不足一亩的状况，让人立地求生，就像宅院失火门户上锁逃生一样困难。霞拔乡地域狭窄，耕地更少，许多村庄人均七八分地，加上农耕时代粮食品种单一、种粮不优、产量低，粮食严重短缺。在此情形下，霞拔人凭着手艺，依靠大田与霞拔长期形成的人员往来通道，走出大山，寻找适合自己的生路。

就人缘而言，霞拔人去往大田，并非心血来潮，而是有着源远流长的迁徙史。据上和村范氏谱牒载：其先祖积公于明宣德元年（1426年）从大田高才坂迁徙而来。后过了五代，大约于明嘉靖九年（1530年），道隆公返徙大田，至今有几百人。其中范阿银家族脉络清晰，留居繁衍100多人。在这近600年历史中，大田人钟情霞拔，霞拔人青睐大田，两地互生情愫，互慕互牵，谱写了两地人员往来、谋生安家的感人历史。随后陆续谋生移居，范氏折回大田，对霞拔其他姓氏趋往，起到了牵线搭桥的作用。

霞拔与大田的关系，遍及霞拔乡各村，涉及家家户户。其中上和村范氏，被认为是两地交往的开端，有人说范氏是"纽带"，为他姓去往大田起到牵线搭桥的作用。随后，霞拔村林氏、杜氏，福长村王氏，南坑、下园、后官村黄氏，南坪村章氏，仁里村陈氏、长中村邹氏等趋之若鹜，源源不断前往大田，大田成为霞拔人谋生的首选之地。

走出大山只为一条生路

农耕时代，人们常见的谋生方式有三：一是日出而作日落而息，过着面朝黄土背朝天的生活；二是摆摊开店，经商做买卖，或是游走江湖推销物品，赚取差价，赢利求生；三是手工艺人走村入户，卖艺营生，过着流浪漂泊、居无定所的生活。地域不同，文化有异，衍生了各有所长的谋生技艺：永泰同安的木匠、石匠、拳师，大洋的铸犁、卖菜籽、修钟表，霞拔的打铁、织篾、裁缝等等，久负盛名。

落后封闭年代，霞拔手艺人如何走出大山，踏上漂泊流浪求生路？谁是牵引人？为何目标一致奔向大田？这些问题如谜一样萦绕在我们脑际。在众多发黄的谱牒中，虽然找不到明确答案，但范氏族谱的记载，让我们找到了最符合逻辑的猜测：范氏族人成为引路大田的开拓者。

关山觅大田，漫漫谋生路。霞拔至大田虽然只有五六百里路，但交通闭塞的年代，仅靠徒步前行，犹如天涯海角般遥远。2022年春天，永泰县文联组织采风团，先后走访了这一独特族群的出发地霞拔乡、栖身地大田县，接触过许多亲历者。他们谈及"霞拔人在大田"话题，总是对路途遥远、行走艰辛记忆深刻，充满畏惧。谈及古今往来路，他们感慨时代的进步，交通方式的变化：从翻山越岭徒步抵达，到徒步、火车交替并行，再到高速公路、铁路自由选择，感叹换了人间。路途时长从7天、2天再到2个多小时的变化，是无数霞拔人穿越时间河流不断见证社会进步的一组数字。

据99岁的林銮宝大爷回忆，他14岁跟着父亲义兄弟王阿四来到大田学做篾，在路上走了整整7天。霞拔—东洋—长庆—闇亭寺—尤溪—二十八都—清溪—麒麟口—安桥—文江—太华—桃园—上京溪口，途中住了6宿。他回忆这段路程，显得很激动，显然这是他一生不可忘却的记忆。大爷说，从霞拔出发，一天走不出永泰版图，第一晚要安脚在嵩口亭寺附近的一个村庄，第二晚尤溪县坂面乡。接下来，寄宿的都是一些偏僻不知名的小地方，说不出它的名字。进入大田境内，最先安宿在文江，最后才到目的地。他说，步行的路径通常从永春或德化过境，也有人经南平后到达。

王自德大爷今年91岁，他回忆了6岁跟随父亲王学元从霞拔到大田的历程。他说：那时人小，不会走路，父亲用工具担挑着他，一筐放着铁具杂什，一筐放着他，来平衡挑担的重量。母亲三寸金莲（裹脚）走路很是吃力，只能走走歇歇，缓慢前进。父亲挑着他一路走，一路回望，总是担心落在后面的母亲。于是，父亲一会儿大步流星挑着他往前走，一会儿又撂下担子，不停地安抚他好好坐着等父亲回来。父亲就这样像陀螺一样，以他和母亲为半径，来回旋转移动，背着走不动的母亲，反复来回接送，在路上花了七八天时间，比常人多了一两天。历经千辛万苦，把他和母亲接到了大田。

王自德大爷说："我们有5个兄弟，王自桂、王自香、王锦忠、王自沙和我。父亲为了把我们接到大田，分期分批转移，先接我的几个哥哥到大田，最后才接我和母亲。"他说接家人来大田也是事迫无奈。一是当时通信、交通极其落后，联系家人难，回家一次更难。赚了钱汇票寄回家，半年收不到。自己带在身上送回去，又怕土匪抢劫。德化土匪涂文龙、陈和顺、赖成元经常在过往的路上出没抢掠，许多人谈匪色变。家人不接来，在家无粮无钱活不下去。二是当时大田手工业极其落后，无人从事此类手工艺。在大田从事打铁、打铜等手艺谋生，比在霞拔寒耕热耘轻松许多。虽然赚钱辛苦，但活得有奔头，吸引了困在家里谋生的人，源源不断涌向大田。在大田生活滋润的人，习惯了大田的水土滋养，便滋生了定居下来的念头。就这样，谋生的门路不断拓宽，裁缝、弹棉、补锅、织篾、织蓑衣等不断出现。谋生的人群不断增大，邻居、乡里、亲戚、朋友互帮互带、分批次陆续来到大田。霞拔人迁徙大田的，早则五代，迟则一代。他们对大田何以情有独钟？乡亲们的亲历与感受，或许是最有力的阐释。

落脚大田福地

《诗·小雅·大田》："大田多稼。既种既戒，既备乃事。"大田宽广作物多，选了种子修家伙，事前准备都完妥。这是人们对田地的憧憬，也是大田先人对县名的寄托。大田与永泰地形地貌相似，素有"九山半水半分田"之说，2294平方公里县域，到处是山地，平原耕地奇缺。支撑它发展的不是田地，而是它丰富的矿藏资源。

大田被誉为"闽中宝库"，是福建省主要矿产地和全国首批100个重点产煤县之一。已发现和探明的矿产有煤、石灰石、铁矿石、铜、铅、锌、钨、锰、硫和瓷土等42种。矿产种类、藏量和价值居福建省前列。其中煤储3亿吨，遍及13个乡镇；铁矿石1.5亿吨，是省内五大铁矿区之一；石灰石5亿吨，是全省建材水泥原料基地县；瓷土3000万吨。如此丰富的矿藏资源，在镐刨锄挖非机械生产的年代，为锻造大量农具、器械提供了广阔的市场，为霞拔手工艺人施展技艺，提供了英雄用武之地。

林渊标董事长是霞拔人在大田的第三代，他归纳霞拔人适合在大田生存的原因有四点：一是当时的大田手工技艺落后，无人从事打铁等手工技艺，他们的出现填补了空白，满足了需求；二是矿产资源丰富，农用器具使用量大、频率高，催生了打铁等相关行业；三是铁矿资源丰富，可提供用于锻造各种器械的原材料，这是其他地方所不具备的；四是与大田人共融共生，和谐相处，有时代背景，也有某种意义上的地缘，100多年来得到验证。

永泰人出外谋生的多，如此集中和规模的"霞拔人在大田"现象，与"梧桐人在上海""长庆人在厦门"所处的背景，又并不相同。同为谋生，前者是绝地求生，后者则是改革开放：他们在政府的扶持下，由农村走向城市，从手提肩扛、提篮小卖，到超市、批发、物流、商贸等，是我国现代化进程的缩影。

霞拔人在大田

霞拔人在大田从萌芽到发育，以至生根发叶，可谓农耕社会的一朵艳丽的奇葩，也是一部珍贵的迁徙谋生史。

据林銮宝大爷回忆，他12岁跟随父亲学打铁，一生主要在大田乡村度过。回忆一路走来，就像昨天发生的事一样清晰。他说14岁来大田，读了两年书，后来就独立谋生。起初学做篾，到了16岁又返学打铁，传承祖传打铁手艺，常年流转于乡村农家。后来在上京有了定居点，安家、娶妻、生子都在那完成。即使日子过得顺风顺水，但还是觉得自己是无根的浮萍，总挂念着老家。于是，他于1959年毅然从大田回到霞拔，支起炉灶打铁营生，并当上霞拔乡农械厂第一任厂长，希望日子过得安稳舒心，哪怕像在大田那样平淡，活得下去即好。可现实的美好，从来不是靠设想而来的。他回霞拔两年，生意大不如大田，重回大田的念想一天比一天强烈，就这样，他回到霞拔三年后，又一次独自离家回到大田上京，直到1976年才把老婆、儿子接来。与此同时，很多回霞拔的乡亲，又陆续回到了大田。

王自德先生与作者邵永裕讲述来大田历程（池建辉 摄）

大田福地，滋养霞拔。岁月虽然静好，但也有波澜的时候，惊扰了人们宁静的生活。78岁的林护大爷介绍：民国时期，国民党军人揽活打铁，与霞拔人争抢生意产生了矛盾，雇凶杀害了霞拔人，矛盾一度激化。面对危局，人人自危，打铁谋生的霞拔人,惶惶不可终日。为了摆脱危机,霞拔人在大田成立了福州十邑同乡会大田分会,帮助乡亲诉讼打赢官司,化解了危机。随后同乡会担负起调解矛盾、抵御外侮的职责。

此外,土匪的骚扰,也让霞拔乡亲寝食难安。林銮宝大爷说:霞拔人打铁、奔波、邋遢、居无定所,表面上看起来卑微寒酸,但在食不果腹的年头,口袋里有钱,不饿肚子的殷实生活也羡煞不少人。这引起土匪的瞩目。这突如其来的"关注",大家始料未及。直到范阿银、林玉银被绑架,乡亲们才知道土匪瞄上了大家的钱袋子。这是无声处起惊雷的意外,惶恐不安的日子持续了好长一段时间,幸亏东洋林文水跟土匪说得上话,才破财消灾保了被绑人的性命。

大路越走越宽

霞拔人在大田,上演了一出"农村包围城市"谋生版大戏。他们采取两步走战略:先在乡下立脚,挨家挨户揽活,打铁、打铜、弹棉、织蓑衣、裁缝等,然后寻找稳定的栖居点,开设店铺招揽生意,过着手工艺人的生活。为了融入当地,不受排挤,他们尽可能与当地结亲联姻,从本人到儿女,多与当地人结为姻亲,实现了站稳脚跟的第一步。第二步,他们加快财富积累,一旦脱贫致富,首要任务就是到县城买地盖房,搭起炉灶,开张营业,完成从乡村到城市的华丽转身。

当然,在众多的乡亲中,不乏起点高、发展快的人。比如,杜氏、范氏家族,他们一开始就在城里安家,早早过上了城里人生活。据范功团介绍,早在其祖父时,在大田县城东街口就有了房子,他们虽然也经历过打铜、挑货郎担谋生日子,但祖辈没有到乡下辗转过,自始至终,都在东街口代续相传。

东街口范家是霞拔人的联络点,也是补给站。林銮宝、王自德两位老人回忆起这段历史时心澜起伏,充满感激之情。他们回忆起当时范家的为人,连声称赞范阿银善良、重感情。他们说,那时霞拔的乡亲,多数在乡下谋生,无论霞拔人来大田,还是大田的霞拔人回永泰,都选择在范家落脚。范阿银乐于接纳,不嫌弃乡亲，让他们有了宾至如归的亲切。两位老人都在东街口范家住过，说起东街口范家的地位和作用，一直称赞它是"霞拔人的驿站，更是乡情交流的平台"。

如今，霞拔人在大田县城的群体不断壮大。在城里凤山东路，有一条闻名的"霞拔街"：这里早先属于均溪畔的城乡接合部，随着县城面积的扩大，道路通畅便捷，便与老街区融合在了一起。霞拔街变得繁华，特色更为凸显。

霞拔街位于大田县城凤山东路，开发于20世纪90年代。1994年霞拔乡亲林渊标首得其地，建了一座五层楼房，面积500多平方米，把家从乡下上京搬到了县城。随后，20多户乡亲像蝶恋花一样，从乡下跟进。所建房子一字排开，不久就成为街道，住的是霞拔人，讲的是霞拔话，做的是霞拔手艺，"大田霞拔一条街"从此得名。

乡亲们得地利人和，各自操起老本行生意。他们利用临街店面，开设各种店铺：打铁、打铜、弹棉、补锅、织篾、裁缝等一应俱全，生意做得红火且具特色。现在，随着就业门路拓宽，有的人改行把店面出租，有的人为改善居住环境，搬到更高档小区，留下店面外租。留在街上的乡亲还有10多户，从事着机械、电焊、补胎等生意。

现在的霞拔街，也许不那么纯粹，但各家店面留下的痕迹，仍然透着霞拔人经营过的气息。我们走进凤山东路农具打铁店，主人林渊德50岁左右，正忙着敲打一把烧红的成形割刀，得知我们来意，忙停下手中的活，热情地为我们介绍。他家祖孙三代都在大田打铁谋生。祖父林友泉10多岁来到大田学打铁，父亲林木凑、叔叔林木清跟随祖父长期在小湖打铁，至今小湖还有两栋房子，叔叔还住在小湖。此房系1996年自建，面积500多平方米，临街底楼用来开店，上面做住宿套房。他育有一男两女，儿子厦门大学毕业后留在厦门工作，两个女儿大学毕业后，也在厦门工作。

霞拔人广布大田12镇6乡。当我们到了建设镇建忠村时，林仁新闻讯赶来，热情地邀我们上他家走走。他家是曾祖父时来大田的，至今已有四代。他家房子是一座四层半的别墅，造型别致，光鲜亮丽，周围环境绿植茵茵，流水潺潺，道路从门前通过，顺达宜居。房子旁边搭着一个小铁铺，虽然与主屋显得不那么协调，但一眼可窥其家衍脉络。铁铺留住了祖祖辈辈最温存的记忆，还是一个创收养家的稳定来源。

随着时间流逝，新生代霞拔人完全融入当地人生活。霞拔人后裔在大田党政机关的工作人员有40多人。大中专毕业生300多人。在福州、厦门、三明、泉州等地工作的有几十人，其中有厅、处、科级领导，分布在不同的岗位上。

"知恩图报，善莫大焉。"霞拔人感激大田的滋养与厚泽，他们已把栖居地当故乡，融入当地发展大潮中。许多乡亲已脱离打铁祖传行业，瞄准水泥、机械

林渊德在打制莽刀（邵永裕　摄）

制造等企业，做行业老大，为当地发展作贡献。比如：林渊标、杜建辉兄弟，首举旗帜，成为大田县企业界佼佼者。邹建明，上海正阳投资集团有限公司董事长，其父亲7岁跟着叔叔到大田，他在大田出生长大，一直到了创业年纪，他才离开大田到上海经商，经过十几年的商海拼搏，取得丰硕的成果。

林渊标说："大田物产丰富，大田人热情好客，感谢大田的滋养与厚泽！"霞拔人在大田，犹如一颗颗种子撒向广袤的田地，150多年的漂泊、闯荡、融入的历程，书写了一卷卷朴素厚重的谋生史。

霞拔人在大田，是一卷谋生史，也是一部人文史。从地理上看，永泰与大田，一个在东，一个于西。而霞拔与大田的几世情缘，则绘制了戴云山脉一幅绚烂多彩的画卷。

百年古道两地缘

□林在辉

闽中山区群山连绵,峰峦叠嶂,山高谷深,沟涧密布,居住在山里的人们相互往来需要踏山涉水,渐渐地便踩出一条条路来,久而久之,古道便绵亘而生。

永泰通往邻县各地的古道有陆道,也有水道,大多形成于宋朝。陆道多是穿山越岭的羊肠小道,负岩瞰滩。水路循溪,不少河段溪水湍急,多有礁石险滩。永泰与三明均为闽中腹地,山脉相连,各处在戴云山脉东、西段。永泰霞拔与三明大田相距150多公里,却有着绵延两三百年不解的缘分。

对两地县志等史料加以考证,同时采访99岁林銮宝老伯,得知通往两地之间的县际古通道主要有两条:霞拔—长庆—嵩口—(闽清)尤溪—大田;霞拔—长庆—嵩口—德化—大田。

其中霞拔经尤溪方向前往大田的古道,据传大致又分两条。

第一条,起自霞拔乡,西行经霞拔隔亭、锦安,出隔亭抵西塘将军岭,过石拱桥达东洋,上古岭到秀峰亭,过坑亭、下楼抵长庆,向嵩口方向行至山兜前(三

永泰县嵩亭寺（池建辉 摄）

峰），其后沿下漈小溪西岸过王林隔，历上漈，经倒流溪至嵩亭寺进入尤溪县境内的吉华，进入尤溪中仙、西华、坂面、新阳。由尤溪新阳进入大田文江境内，经书村、大文、联盟、龙门、川石、上蔡、大田城关北门。此是大田—尤溪—永泰通往福州最快捷的一条古道。

第二条，沿长庆溪东岸，自长庆经大埔、泽口，逾暗坑岭，过龙门亭，岭下为莲坑，入闽清县莲埔（上莲），由闽清至尤溪古道进入大田。此条路程远且曲折艰险，相对而言，较不为人所选。

尤溪至大田古道，曾列为官道。相传，朱熹避难时，经尤溪古道路过嵩山，见山深林茂，景色清幽，便于嵩潭石崖上题写"嵩潭水涌天心月"，清朝建寺始将此联刻于寺。数百年后的明朝末年，尤溪县中仙乡举人张孝先，续对出下联"转山石卷岭头云"。这是古官道上一个美丽的传说。

据考证，霞拔经嵩口、德化方向往大田的古道，由霞拔经长庆至嵩口，沿大樟溪南岸入新郑、半山、上柯树隔，绕三十六弯，下大瓮岭，涉赤水口，经石鼓、吉坑、崩龙、上矮门隔、下梧村，再逾张地隔前，接德化县境内水口、南埕、雷峰等地。

德化至大田，也有两条路。一条是从德化县城经世科、石山、佛岭、赤水、石狮崎、双翰、十八格、蕉岭，至大田仙峰，长80公里。这是曾经的驿道，民国时期建成简易公路，现为355国道的一段。

除陆路外，还有水路。据《大田县志》记载："大田河道下通尤溪两百余里，距省城七百余里。"大田的母亲河均溪正是尤溪河的正源。均溪航道在境内全程约40公里，从县城镇东桥起，经昆山、高才进入尤溪县的街面，达尤溪县城。渡口码头有大截（大集）、仙丰、溪仔坂、桃洲、汶口、沧州等。镇东桥坐落在城东均溪河上，又称大田桥。明嘉靖二十一年（1542年）冬，由知县谢廷训"捐俸资，率民疏导凿石决堤"，至嘉靖二十五年竣工。清康熙十二年（1673年）重建，规模宏伟，被誉为大田第一桥。此桥桥体坚实壮观，古朴厚实，宛如一条长虹横跨于均溪河水，被誉为"东溪虹彩"，成为田阳八景之一。

谈古道，大田高才渡不得不提。它位于湖美乡高才村，是通往德化、尤溪的必经渡口。高才村据有得天独厚的地理优势，书写了许许多多的历史故事。

朱熹自童年离开尤溪后，一生中共有九次回到尤溪，其中三次经过大田。宋绍兴二十七年（1157年），朱熹经古道由尤溪入大田，夜宿大田县湖美乡高才村大罗岩寺。明代大田人叶其蓁留诗："先贤昔日此迟留，水转山回景自幽。愿辟大罗方丈地，重开书院署沧洲""吾道南来未寂寥，六经大义炳云霄。后儒欲识皈心处，一瓣香先岩下烧。"

高才村还是一块拥有丰富革命历史资源的红色土地。1934年7月24日，粟裕、罗炳辉将军率领红7军团、红9军团共万余人在此村会合，建立了高才苏维埃政府。高才村现在还保存有苏维埃政府、红军北上抗日先遣队驻扎地等旧址。

另一条古道是从德化县城经盖德、林地、金竹坑、阳山、大墘（今大田辖）、古春洋至大田。这段路于清雍正十三年（1735年）建成了官道。1918年9月，蒋介石率粤军所部共千余人自长泰出发，经仙游抵达永泰嵩口镇。驻在道南书院三天，攻占永泰县城后，在台口与李厚基北军交战，终于寡不敌众，只能率部从大洋、嵩口，经德化，向永春、三明大田一带退走。据永泰县志记载，蒋介石率粤军退出永泰的行军路线正是这条。1956年，蒋介石在《对克劳塞维茨著作的感想》一文中写道："可惜我爱读的这两部书（德人著《巴尔克战术》及克劳塞维茨著的《战争论》），都是圈点过好几回的，不幸在福建永泰作战时，竟告遗失。"现今，这条古道犹存，但行人稀少。

据《大田县志》记载："明嘉靖十四年（1535年），延平府通判林元伦以大田地介蒲、漳、泉三府之交，依山狭隘，民众聚为盗为由，奏请置县。"尤其解放前，以涂文龙、陈和顺、赖成元为首的德化土匪猖獗，经常出没古道关隘处，拦路抢劫，甚至杀人越货。曾有一乡人被其劫持，东洋乡乡贤林文水出面担保，最后花费了大笔赎金，此人才幸免于难。

因上述种种原因，由德化进入大田，霞拔人很少选择这条路。直到1951年，解放军剿匪部队肃清了德化境内所有的土匪，始得安宁。

古人云："古道者，古人跨空移时，运往行来之途。"古道翻山越岭，路险坡陡，运输全靠人力。来往于古道的挑夫，将永泰土特产等货物挑到尤溪、德化、大田，将德化瓷器，大田红菇、笋干、茶叶，尤溪红粬、茶油等产品挑回永泰，日复一日，年复一年，风餐露宿，途中吃的是草包饭，睡的是民房。古道沿途上设有歇伙铺（客栈）。不完全统计，一路歇伙铺百十家，平时常有几十人在歇伙铺住宿落脚。到了每年的夏秋两季，可达数百人，由此不难想象古人的艰辛与勤劳。时过境迁，如今散落路旁的这些歇伙铺大都成残垣断壁，但它们又是历史事实的珍贵遗迹。

修筑古道，多数是由乡村长牵头，发动乡人捐款献工，还有少数善男信女布施银两，集众力而成。古道顺着蜿蜒曲折的山势而修建，路旁往往是古木参天，老藤掩映。路面用不规则的山石铺就，大者如磐，小若碗盘，自然古朴，晴雨两便。沿河岸的，大多是铺砌鹅卵石，小段由石板条铺成。路面一般宽3～5尺（1～1.7米），蜿蜒曲折。人来人往，星移斗转，时间久了，石面显得光亮而古老。

古道要经过山涧和河流，便要建造大大小小的亭阁式的桥梁。在重要道路分

乡村小道（池建辉 摄）

岔口或县界关隘口，有的竖有路碑，有的利用路旁大石、石壁刻路标，指明路向和路距。在山岭、山口、岔路口处，常建有木屋或路亭，供行人歇息纳凉、躲风避雨。偶尔在路旁可见到以片石为瓦的小庙宇，原始而简朴。这些桥梁、路碑、亭阁和沿途的摩崖石刻，便汇成了古道上亮丽的风景。

数百年来，霞拔与大田两地渊源很深。尤其民国时期，霞拔人为了谋生，要么靠着手工技术长期漂泊在外，要么做肩挑货郎，一路跋山涉水，沿乡村叫卖，都是居无定所，生活极其艰辛。终于有一天，霞拔人发现了大田的妙处，它可以成为他们世代繁衍生息的另一块好天地。两地之间，徒步古道需三天路程。三天路程颇为艰辛，但对霞拔人说，穷则思变。霞拔人凭着一种坚强，凭着一股韧劲，凭着一种不服输的精神，书写了另一版"故土"。"故土"亦"乐土"，大田是首选，它成了部分外迁霞拔人求生的另一"乐土"。

我们不禁慨叹：不断变迁的古道，见证了往昔岁月的兴衰，目睹了多少时代风云的变幻，流传了多少传奇故事啊！

林銮宝老伯讲述了大田成为霞拔人"乐土"，两地人家交往频繁的原因，主要基于三点：

其一是受到两地先祖频繁交往的影响。霞拔乡许多姓氏开基始祖，是由邻近外县迁入。据记载：上和村范氏的始祖积公，是明朝宣德元年由大田县高才村迁居上和而繁衍的，至今已有596年。锦安村有黄、林两姓。黄姓始祖仓山公，是明朝万历年间由尤溪迁入，定居锦安繁衍，至今380余年。林姓始祖而远公，于清康熙年间由德化迁入，定居锦安下村繁衍，至今360余年。下园村张氏始祖维寿公，于清康熙年间从德化县举家栖迁本村寨下，已有14代。上和范氏积公十一世孙范道壁，于清乾隆年间从上和搬迁霞拔村仓厝；十五世孙范银宋等，又于清光绪年间从霞拔回迁大田。到了清末，霞拔乡亲去往大田谋生人数空前，大部分是独自到大田创业，稳住脚跟后，再举家迁往，或邀乡人共同前往，扎根大田，繁衍生息，至今定居住在大田城关的，多达三千余人。

其二是霞拔人拥有传统手工艺的谋生资本。传统手工艺主要有铸铁、陶瓷、

下园村（池建辉　摄）

五金加工、机械制造、竹草编织等。《永泰县志》有载："铁多产于西山与闽清交界处""唐代，永泰就有铸造业，主铸锅、犁，匠人多在西区（大洋、霞拔）一带，建国初期全县铸犁的多达两百炉、六七百人，铸锅的有四五十人，鼓励部分霞拔人、大洋人、红星人外出流动从事铸犁、锅等，1987年，外出打铜补锅的有两百多人"。处在山区内地的霞拔，山多田地少，田地贫瘠，粮食产量少。为了谋生，霞拔人依靠世代传承铸造手艺，打铜、补铸锅、锻犁、锡壶，外出闯荡，容易谋求生存。

其三是大田境内矿产资源丰富。大田有银、铁、石墨等矿产，被誉为"闽中宝库"。大田矿冶工业发端早，长期发展矿产资源开采事业。据可考资料，宋、元时代已采矿炼铁，采炼地有济阳、翁厝、香坪等十几处。明代时期"徽人"迁入冶炼，采炼大增。最大的锻铁炉，其雇工数量"多至五七百人"。清代至民国，大田有30多座铁炉，位居全省前列，采矿业一度兴盛。"在此境内大办铁课、银课""铁银课税系省之众"。20世纪五六十年代，大田政府重视发展地方工业，进入70年代后，大田兴办了化肥、水泥、煤矿、水电和铁厂等"五小"工业。改革开放以后，工业成为全县国民经济的主导。大批的劳动生产者成为大田社会经济发展的主力军，霞拔人也纷纷地加入到大田当地手工业的队伍中去，壮大了行业队伍的实力。

另外，当时大田城关东街口一带有专供霞拔人落脚的范氏银宋日杂店，免费提供吃、住等，帮助和扶持初来乍到的乡亲。范银宋被乡亲们称为"大善人"。据林銮宝老伯称，他小时候曾听父辈讲过不少关于范氏银宋公的故事。大田民风淳朴，山城虽小，因人口大多为外地迁入，极具包容性。

霞拔人的到来，给大田这座山城注入了生机，实现了产业对接互补，对当地经济复苏和社会发展起到一定的推动作用。一个多世纪以来，大田与霞拔早已融为一体、和谐共处、不分彼此。看到霞拔人在大田谋生艰辛的同时，也看到他们对大田发展和进步所作出的贡献。霞拔人在大田已融入当地生活，发展变化令人赞叹！

走进霞拔街上，昔日商贾云集、热闹非凡的繁华风光早已不再。街市没有了往日的喧嚣，店铺大多被闲置，仅剩的几家维持着生意的杂货店显得落寞，似乎诉说那古老和沧桑，引发我们去回忆那一段段美丽的往事。的确如此，古道目睹了肩挑手提年代的不易，见证了霞拔人改变生活的奋斗艰辛历程。这是一段历史的传奇。

当前，交通发展迅猛，永泰到尤溪，尤溪（德化）到大田，都建造了许多便捷的公路，极大方便了两地的交通来往，促进了各地经济振兴和社会繁荣。尤其在2021年，连接大田和尤溪等地的莆炎高速通车，极大缩短了永泰与大田交通往来的时间，由大田城关到霞拔乡霞拔村，仅需要三个小时。从三天脚程，到三小时车程，时间的压缩，使得两地文化交流更频繁，人员往来越发密切，两地合作已站到了新的历史起点上。

而繁荣数百乃至上千年的古道呢？几近荒废、湮没，现在已经很少有人再走了。但是古道承载着的文化内涵，是研究两地经济、文化、交通历史重要的佐证。若能发展古道旅游产业，既能保护好古道的原真性、连通性，更可以突出其文化与自然生态价值。积极挖掘、整理与古道有关的文化资源，这不仅能为促进当地经济提供动力，也是守护地域历史记忆乃至民族根脉的一种历史责任和时代使命。

走向古道，保护古村，记住乡愁。大田与永泰剩存的古道依旧风光怡人，一路上，松枫古树挺拔苍翠，溪涧流水潺潺。站在高处眺望山下美不胜收的水田村落，仿佛踏进了远古，多么的潇洒惬意又令人悠然远想。

异乡有大田

□许文华

人类实在是具有无限潜力的，无论何时何地，为了生存、繁衍，能突破现有条件的苑囿，去陌生未知的环境里打拼、适应、开疆拓土，激发出源源不断的技能和智慧。

远方在召唤。人类挥手告别故土，一边思念，一边憧憬；一边牵绊，一边远赴。千百年如是。

吉卜赛人的西迁路遥遥无期，浪迹天涯的种族，向世界展示着这个无根民族的艰辛和浪漫。而从西晋、唐宋到明清，中华民族有五次大迁徙。为避永嘉之乱、安史之乱、靖康之耻，北方先民逃离战争地，向着南方寻求和平之地；明初山西人为避天灾而移向中原；清朝百姓为谋生而下南洋。这说明原本安土重迁的民族，在苦难逼迫下，依然怀着对未来幸福的坚定向往。他们别离家园时，亦别离了祖先宗祠，别离了沉重的过往，这是何等的壮士断腕，也是何等悲壮的向阳而生！

树挪死，人挪活。

这样的生存哲学，古今亦然。

在我的故乡福建永泰县，有一个叫霞拔的地方。这个乡离县城约四十五公里，偏远，贫穷。八山一水一分田的永泰，在农耕时代里根本无法养活众多的人口。于是，从清末民初开始，部分霞拔乡亲开启了延续至今的从故乡走向福建三明市大田县的迁徙之旅。百年来，迁徙队伍从最初的寥寥一小群，慢慢扩大，发展成今天的3000余人。而其实，大田并不是一个富裕的地方。它也是山区，也是多山少水少田，原本连自己县内的人都难以养活。如此，便似乎有点不可思议了。

但事实上，这些霞拔人不但被接纳、被包容，而且扎根异乡，完善自我，并发展壮大，奉献异乡。霞拔与大田的融合，堪称移民史的典范，成为佳话。

这其中原因，该从大田的建县历史和它的矿产资源说起。

大田建县晚。明嘉靖十四年（1535年）方建县，当时隶属延平府。据说，当时是从临近的永安、德化、尤溪等地，分割出部分边边角角难以管辖的地带，组合为以现今均溪镇所在位置为县城的大田县。建县晚，发展起步按理也较迟缓，但同时也意味着这儿有更多的谋生空间，更多的发展机遇。

大田县鑫城水泥厂（范玉惠 摄）

四百年悠悠流转，至20世纪初，人们已然在耕作中发现并持续开发利用大田地底深处的矿产资源。苍天公平，贫瘠之下，是另一种富饶。丰富的铁、铜、煤、铅、锌、钨、锰、硫和瓷土、石灰石等矿产资源改变了部分人的生产生活方式。总共42种矿产的开采、运输和使用，给大田的百姓提供了衣食的保障，也给大田县带来了"闽中宝库"的美誉。

但大田当地人们囿于观念及历史原因，对这些矿产的利用，无法实现深加工，比如把开采、提炼后的铁、铜等打造成各种农具和生活用品，而后者的使用量又极大，与生活息息相关。

有需求便有供应。霞拔与大田就由此开启了百年携手同行的天作之合。

霞拔从明清始，从事手工业者众多，打铁、打铜、做篾，是上和、福长、霞拔等村的村民世代相传的技艺，他们父传子，子传孙，子子孙孙无穷匮也。他们不但在乡村摆摊设店，加工售卖铁制农具，铜锡制家具和篾制生活用品，而且在永泰及周边县域内走街串巷，替人加工。作品精致、结实耐用，为他们招来了好评和信誉。

不知是从哪个霞拔的手工艺人开始，他们把目光投向大田，并呼朋唤友，跋山涉水来到大田，用当地开采的铜、铁，山上砍下的竹子，煅制、加工、出售，服务他人，也养活了自己。

这样的工种，女人很难插手——这是男人的活。霞拔男人在大田赚了钱后，总舍不得花，全攒着，定期寄回家，养妻儿、养父母，置田地、盖房子。他们每年回三四次家，看看父母，哄哄孩子，和妻子温存温存，再看看攒下的家业，然后又动身去大田。这样的日子，是充满希望的，虽苦犹甜。

久之，老家的父母永远走了。有一部分人没了故土的牵绊，便把妻儿接到大田，把异乡当了故乡。尽管有人告诉过他们，说他们的老祖的老祖，是从大田迁徙到永泰霞拔的。但那久远的事情，他们无从也不想探究——过好眼前的日子，是当务之急啊！

霞拔男人有担当。他们是坚韧、阳刚的，只对家人报喜不报忧，相聚时只说甜不说苦。随夫来到大田后，妻子看到了他们打铁打铜的样子，冬天天寒地冻，炉火呼呼，他们挥锤，挥汗，叮叮当当，使尽力气，腰酸背痛；炎炎夏日，打铁铺成了蒸笼，打铁声撕扯耳膜。那些织篾的，篾条在指尖跳跃，器具在手中成型，但那手，茧子厚实，伤痕累累；那腰，一天天弯下去，塌垮下去。

妻子落泪了，儿女们稚嫩的心灵，懂得了艰辛，明白了奋斗，当然，也体会到了深沉的父爱。霞拔男人的坚硬里，藏着不用语言诉说的温柔。他们是永泰山里的蒲公英，有敏锐的触觉，随着风的方向，飘向大田，在此扎根，生长，繁茂。

霞拔人讲团结。在大田，有"霞拔一条街"，离县委县政府不远，离繁荣东街口不远。这是霞拔人攒够了钱，在此买地盖的房。房不是单门独栋，而是沿着一条小巷，两边排开，两大溜，形成一条街。房房相连，房房相对。这是霞拔人"逐水而居""聚族而居"在异乡的延续。不同村，不同姓，但在大田，所有霞拔人都是兄弟，都是亲人。大家住在一起，互相照应，互相守望，把苦涩的日子过成了甜蜜。

在大田，还有"打铁一条街"。虽以打铁命名，但不止打铁，还有打铜，还有织篾。当地人给霞拔人贴上了"异乡手工艺人"的标签，一说"打铁一条街"，便是霞拔手工艺人聚集的一条街。谋生不易，竞争在所难免。但互相谦让，互相拉扯，互相成就，是霞拔人的生存哲学。打铁的合奏声，一定更气势磅礴，所有人都往富裕奔，才是真正的富裕。如此，才能不被当地人轻看，才能在回故乡时，面对乡邻，昂首挺胸，以男子汉的姿态和人对话。

那一年，战争持续，土匪肆虐。几个霞拔兄弟被大田悍匪绑票。消息一出，众手相帮。请来永泰邻乡的中人，出面斡旋，救下兄弟。那一年，解放初期，国势向好，一个霞拔兄弟儿子娶了当地女子。消息一出，众人皆喜，上门庆贺，群策群力，把婚礼办得风风光光热热闹闹，让当地人啧啧称赞刮目相看。

霞拔人不悲观不固守。改革开放不久，大田经济发展产业转型，铁器篾具铜

宝山机械厂车间作业（范玉惠 摄）

器使用率、购买率持续下降。霞拔人知道：再守着这几代相传的老手艺，日子恐怕会过不下去的。眼下，穷则思变，变则一通百通。于是，他们考察市场行情，凭借自己数十年攒下的经验去判断，再和众多兄弟相商，各各寻觅新路子。

在此又得说到大田人极大的包容性。他们自建县以来，就不排斥外来的移民，并把这种行事作风代代相传。现当代以来，大田持续接纳着来自永泰、闽清、尤溪等地的谋生者，大家和平共处，以诚相待。新时期，永泰人行业转向的过程中，得到了大田人一视同仁的真心相待。

以霞拔人林渊标的水泥公司为例。林渊标从父辈始来大田，以打铁技术养家传家。改革开放后，林渊标凭借敏锐的市场嗅觉，决定弃打铁业，改做水泥事业。1987年，他投入所有积蓄，在离县城几十公里外，建起一座水泥机械厂。三年后扩大规模，六年后产值破千万，年收入近300万。90年代中期，他和5个股东一起，投入近1000万建了水泥厂，利用当代丰富的石灰石资源，依托十分便利的交通网，把产业越做越大。2003年，投入4亿多建成鑫城水泥有限公司，并于数年后兼并老牌盐城水泥。目前，林渊标名下拥有3个品牌水泥公司，数百名工人。3家水泥公司注重环保，注重质量，积极纳税。仅以2020年计，共生产水泥170万吨，产值近6亿，纳税近3000万元。

在大田的霞拔移民后代中，林渊标的产业做得比较大，他本人的成功，带动了许多人。霞拔兄弟们各不示弱，他们有开店的，继续打铁的，办翻砂厂的，种果树的，办机械厂的，八仙过海，各显神通，把日子往更好处奔！

年轻的移民后代成长起来了。他们大多不愿意再承受手工业的苦与累，于是在学业上投入了几乎所有的精力。付出必有收获，他们中大多学业不错，能上大学接受高等的文化知识教育，获得硕士文凭的不在少数，有的甚至跻身于博士之列。他们的工作门类，有政府部门的、教师队伍的、医学行业的，也有在国企、私企谋职，还有的，开着线上线下的店。他们工作地，早已不限于大田了，厦、漳、泉一带和省城福州，都有他们的身影。而出省出国，他们也不怵呢——因为，他们可是霞拔人的后代啊，祖先留下的血脉，向来是向阳而生！他们心中坚信的，依然是：远方，有更好的未来！

泱泱千年，悠悠万里。霞拔人，应该是整个中华民族的缩影吧！爱乡，亦可离乡，这故乡，永远都在中华大地上呢！

这人们，必然生生不息，因为，异乡有大田！异乡的大地，永在滋养。

大田印象

□温瑞香

知道大田源于老家修建房子时用了"岩城"牌水泥,那是因为一位搞建筑的发小举荐的,他说大田水泥价格质量可靠、价格优惠,运行平稳。那家伙仿佛是"岩城"品牌代言人似的,介绍起来如数家珍。

真正与大田结缘,应该是今年2月份叩开了这座美丽山城的大门。虽然此次大田之旅只有短短的三天行程,但大田这块宝地给我留下的印象却极其深刻,所收获的东西可供一生受用。

大美之田

明朝嘉靖十四年(1535年),大田县域地处延平府、泉州府、漳州府相交之地,分属今尤溪、永安、德化、漳平四县。由于距离各县县治都十分遥远,析四县之地置大田县,县名以县治所在"大田里"(为山间盆地)而得名。大田县别称"岩城",位于福建省中部,戴云山脉西侧,境内峰峦叠嶂,山峻水秀,俗有"九山

桃源溪（池建辉　摄）

半水半分田"之称。

　　大田的山是峻峭巍峨的。大仙峰为大田县最高峰，直插云霄，海拔 1553.4 米，山高险峻，景色优美。象山风景区是大田群山中最具代表性的一座山峰，景区中拥有福建省内陆最大的天然草场，被誉为"南方天山"，这里山路十八弯，一路上风景怡人，让人流连忘返。在大田随意登上一座山峰，不论从哪个角度眺望，远山重重叠叠，与天相接，天际边起伏不平的峰峦如同墨线勾勒的中国画，线条清晰明朗，弯曲有度。

　　大田的水是清澈灵动的。均溪河河道弯弯，河流缓缓，和着《大田后生仔》欢乐激越的节拍，穿城而过，潺潺东去。沿岸水光潋滟，炊烟袅袅，梯田层层叠叠，均溪如同一条多姿的彩带飘逸在广袤无垠的大地上。桃源溪激流险滩的浪花惊醒了鱼儿的美梦，蹿升而起的身影跃出了美妙的弧线，在阳光下熠熠生辉，与蒸腾的云霞融为一体，美不胜收。七星湖宛如一块宝石镶嵌在湖美大地上，山围绕着水，水倒映着山，两岸山峦跌宕起伏，岛屿错落有致，如诗如画。文江溪迂回在群山峻岭间，水流潺潺，水声叮咚，如环佩撞击声般悦耳。

　　大田得天独厚的地理位置和优越的自然环境吸引了八方来客在此繁衍生息，霞拨人也不远万里奔赴这钟灵毓秀的大美之田构筑广厦万间。

　　大田的街道是整洁宽敞的。建山路地处县城中心，是大田县城主要交通干道和商业街。它宽敞笔直，两侧建筑物鳞次栉比，错落有致，车水马龙，热闹非凡。

虽然是早春时节，两旁的木笔花却开得尤其盛然，粉的，紫的，白的，绚丽多彩，争奇斗艳，给料峭春寒带来几许暖意。凤山路沿街高楼林立，是大田县城区商业最为繁华的区域，成为一条配套完善、功能齐全、环境优美、宜居宜业、出行方便的现代精品街。我的霞拔乡亲林渊标先生携杜家、王家等乡亲，合力在凤山中路打造了一座集办公、住宿、餐饮等多功能综合大楼，我们下榻的角亭御华宾馆就在这座大楼中。霞拔乡亲福建崇鼎建设工程有限公司老总王建智率领团队更是在这里打造了一个繁花似锦、佳木苍茏的开元天成小区，改变了周边杂乱的环境，成为大田县打造城市的新亮点、推动城市经济发展的新名片。

大爱之田

早在4000多年前的新石器时代，就有先民在大田聚居耕耘，繁衍生息。两晋南北朝时，北方连年战乱，掀起"衣冠南渡，八姓入闽"之潮，大田人多为河南人迁入，民风淳朴，人民勤劳、刚强、忠厚、好客。大田还是一个多民族的县域。据2000年人口普查统计，有三十多个少数民族生活在这片沃土上，就如我们平时比较陌生的撒拉族、仡佬族、塔吉克族、哈尼族、布依族、京族等少数民族在大田也随处可见。胸襟纳百川，眼界拓万泽。正因为这片土地上的人们豁达大度，宽以待人，与人为善，才能接纳四方来宾，各民族和睦相处，亲如手足。

我的霞拔乡亲——福建省大田县鑫城水泥工业有限公司董事长林渊标先生在接受采访时，屡次提到霞拔人在大田各行各业有所建树，安居乐业，这要归功于大田人民给予的厚爱。他说大田人热情好客，没有排外思想，不管你是哪个民族，来自何方，只要来到大田，大田人都视为兄弟姐妹，亲如一家。他表示大田人民视霞拔乡亲如兄弟姐妹，感谢大田人接纳了霞拔乡亲，他们的大爱让霞拔乡亲怀有知遇之恩、感恩之情，有了归家的感受。正因为大田人民提供了如此和谐宽松的创业平台，一百多年来，我的霞拔乡亲才能在这块大美之田上繁衍生息，经商办厂，从政务工，在各行各业创造奇迹，活出精彩纷呈的别样人生！

美食之田

古有梁山好汉，大碗喝酒大块吃肉；今有大田后生仔，哼着小曲啃着大骨头肉。石牌镇骨头肉一条街，香气四溢的大骨头肉是大田的第一名菜，成了该地的招牌菜肴，闻名遐迩。似乎是应了大田这个地名中的"大"字，我发现大田的鸡肉、鸭肉、兔肉都切得特别大块，足见大田人待客热情豪气。我的霞拔乡亲入乡随俗，招待起我们也是大鱼大肉。餐桌上，肉香诱人，客随主便，我们个个放飞自我，撸起袖子大快朵颐，让舌尖进行一次美妙绝伦的洗礼。

在大田众多的美食里，最具本地风味的小吃是九层粿。这种由米浆添加蔬菜和香油蒸制的食品，外形层层叠叠薄如纸页，颜色金黄碧绿像片玉石，入口绵软且有弹性，深受人们的喜爱。在霞拔老家，九重粿是中元节（俗称七月半）祭祖的主祭品，因一层重一层，又名九重粿，寓意生活节节高，也表达对先人崇高的缅怀，又蕴含九世同居、子孙满堂、福泽绵长之意。 在异乡大田，能时常品尝

林渊标董事长在车间（池建辉　摄）

到异曲同工的美食，我想霞拔乡亲们定能聊以慰藉自己的思乡之情。

吃饱喝足之后，三五个人围坐在一起，泡一壶产自大仙峰的美人茶，靠在藤椅上，听一段小曲，或海阔天空地神侃，呷几口橙黄透亮的茶水，茶汤入喉，甘柔醇绵，润滑爽口。饮后一股清甜芳香气息萦绕两颊，徐徐生津，令人回味绵长。百忙偷闲的你我、勤劳质朴的霞拔乡亲、热情好客的大田人民沐浴在这温馨的惬意中，幸福感爆棚！这样悠然闲适的惬意时光值得拥有！

恍恍惚惚间，顿生感悟，也只有胸怀大爱之人，才能种植、制作出如此高品味的香茗，也只有山高水长的大美之田才能孕育出胸襟广阔，心怀大爱之人！在建设美丽大田如歌的岁月中，霞拔人同大田人民团结拼搏，自强不息。今天的大田，开启了繁荣昌盛的新征程，我的霞拔乡亲砥砺前行，奋楫争先！

艰难困苦，玉汝于成

□黄卓伟

孟子曰："故天将降大任于是人也，必先苦其心志，劳其筋骨，饿其体肤，空乏其身，行拂乱其所为，所以动心忍性，曾益其所不能。"自古以来，成大事者，大都历经苦难的淬炼，艰难困苦，玉汝于成。

"不经一番寒彻骨，哪得梅花扑鼻香？"张元幹追随李纲抗金，多次被贬，六十一岁因《贺新郎》被陷入狱，成就"清廉明达，忠贞爱国"美名；余潜士幼年失怙，中年丧子，命运多舛，四年名山室清灯苦读，三十多年潜心讲学，终成一代名儒……永阳大地上，自古以来不乏历经艰难困苦，终成大器的名士伟人。从20世纪初至今，有这样的一批霞拔人，他们为生计所迫，背井离乡，历经几代人的艰难迁徙，在异乡大田的土地上，融入、生根、发芽，直到枝繁叶茂，成就各自的事业，谱写了一曲霞拔人在大田"艰难困苦，玉汝于成"的华美乐章。

迁徙大田旅途苦

当今的中国，四通八达的高速公路、风驰电掣的交通工具，已经大大缩短了地域之间的距离。从霞拔到大田，走高速只需两个多小时的车程。曾经连通霞拔和大田的古道，几经岁月轮转，路面早已荒烟蔓草，屋亭仅剩断壁残垣，已经孤寂地被时光拒之门外。但在霞拔人往大田迁徙谋生的岁月里，古道却是每一个去大田的霞拔人必须要经受的一个艰难困苦的考验。

李白曾呼："蜀道难，难于上青天。"霞拔往大田的古道依山势而修，蜿蜒曲折，虽不如蜀道艰险，却也需徒步行走，跋山涉水，翻山越岭，路途多羊肠小道、礁石险滩，七天七夜的风尘仆仆，才能抵达心中那充满希望和憧憬的家园。迁徙岁月里，山石铺就的古道向大田延伸，弯弯曲曲，兜兜转转，通向那一代霞拔人心中幸福美好的未来。多少霞拔人携老带幼，在这条古道上淌下匆匆赶路的汗水，留下艰辛跋涉的足迹，用脚掌把古道的山石路面磨得光滑锃亮，才迎来了未来生活的无限可能。

宝山机械厂全貌（胡伟生　摄）

王建智先生承建的开元天成楼盘（胡伟生 摄）

霞拔往大田迁徙，道阻且长，但个中艰苦却不止于此。除了路途艰辛，更让那一代霞拔人苦恼不已的是匪患成灾。据亲历者口述，霞拔往大田的古道之上，流窜着多股土匪，尤以涂文龙、陈和顺、赖成元为首的德化土匪最为彪悍。土匪占山为王，拦路抢劫，杀人越货是家常便饭，在那个动荡的年代里，无人敢管，无法无天。曾有霞拔乡亲被土匪绑架，不仅钱财被掠夺一空，甚至连性命也危在旦夕，幸有侠肝义胆的中间人冒险从中斡旋，交了大笔赎金之后，才得以破财消灾，全身而退。

漂泊大田谋生苦

霞拔因地处偏远山区，耕地严重缺乏，土地贫瘠，靠在家种田难有活路。而霞拔是手工艺之乡，霞拔乡人打铁、铸锅、织篾、弹棉、裁缝等"十八般手艺"样样精通。霞拔人初到大田，多靠傍身的手艺或走街串巷叫卖小商品为生。

打铁匠人谋生苦。初到大田的霞拔手艺人多打铁打铜。大田矿产资源丰富，加以手工艺行业比较落后，缺少打铁打铜的匠人，这为霞拔铁匠在大田谋生提供了得天独厚的生存条件。于是他们挑起放置拉风箱、铁铛、钳子等打铁工具的沉重行担，历尽艰辛来到大田，做起了打铁的艰苦营生。

魏晋时期"竹林七贤"之一的嵇康也打铁，但那是出于喜好，是避居田园，是超然物外，是回归自然，他打出的是魏晋风度。而霞拔人在大田打铁，打的是活着，打的是营生。他们不能像嵇康一样打得自由自在，他们要风餐露宿，他们要负重前行。有生意的时候也仅能让自己免于挨饿，生意不好的时候食不果腹。常言道："人生有三苦：打铁，撑船，磨豆腐。"打铁是一项重体力活，烈日炎炎之下，熊熊火炉之前，徒手来回拉起风箱，左手握锤，右手执钳，反复精心敲打，将一块坚硬的铁块变方、变圆、变长、变扁、变尖，锻铸成铁锅、菜刀、锄头等生活生产用具。据说一块铁蜕变成一口铁锅，需要经历三万六千锤的锻打，这种辛苦不是一般人所能想象出来的。打铁匠人的辛苦，健壮的手臂肌肉和满手的老茧就是最好的证明。

走街串巷叫卖苦。霞拔人在大田除了靠打铁手艺艰苦谋生之外，也有一些挑起了装满小商品的货担，做起了走街串巷的卖货郎的营生。"鼗鼓街头摇丁东，无须竭力叫卖声。莫道双肩难负重，乾坤尽在一担中"，就是对卖货郎最真实的写照。他们挑着货郎担在乡村之间走家串户，在城市的小街僻巷游走，摇鼓叫卖。他们敲打着拨浪鼓，嘴里唱着按韵脚排序的货物名称，略带腔调、抑扬顿挫，吸引顾客，流动贩卖日用杂货，他们就是旧时行走的百货商店。做着卖货郎的霞拔人，他们为了谋生，离开妻子儿女，挑担上路。他们常年奔波在街头巷尾、穷乡僻壤、栉风沐雨、餐风宿露；他们四处漂泊，居无定所，借宿农家，委身破庙；他们最怕天降大雨，身挑重担，在泥泞的土路上艰难前行……

艰难困苦成就同乡深情

"苦难是最好的炼金石。"苦难既炼就了漂泊大田的霞拔人吃苦耐劳、坚韧不拔的意志，苦难也成就了漂泊者互帮互助、相互提携的同乡深情。土生土长的大田人对漂泊大田霞拔人的印象是勤劳肯干能吃苦，同乡团结擅协作。离开贫穷的家乡，初到大田谋生的霞拔人看到了美好生活的曙光，当他们在大田站稳脚跟之后，就把还在霞拔为生计发愁的亲友和邻居带往大田谋生。于是，越来越多的霞拔人来到了异乡大田，与大田当地人融洽地共处，联姻，在大田落地生根，而对于初到大田的乡亲，也是尽力帮助，共同发展。其中最具代表性的人物就是范银宋。

范银宋十六岁随父亲到大田做挑货郎，走村串巷，卖小五金等货品为生，大家称呼他为"阿银"。通过艰苦的挑货卖货生涯，他积累了一些资本之后，娶了温柔贤惠的大田姑娘陈三妹，在大田县城最繁华的东街口南门街置办产业，开了一家店铺，售卖以五金为主的生活生产用具。这家店铺在霞拔人中声名远播，被亲切地称为"阿银店"。

许多初到大田讨生活的霞拔人，都在"阿银店"落过脚。带着对陌生异乡和即将到来新生活的不安和惶恐，他们来到了大田。没有工作，没有地方居住，他们会先到东街口的"阿银店"借宿。因为阿银是一个好心的霞拔老乡。阿银做生意讲信用，从来不骗人；对老乡很照顾，乐于帮助别人；最主要阿银还讨了个好老婆，老乡来住，不仅不收钱，还做饭给老乡吃；老乡生病了，他们帮忙照顾；老乡没工作，他们帮忙找工作；老乡老公婆吵架，他们还会帮忙从中调解……"阿银店"成为往来于大田和霞拔之间的乡亲的"驿站"，也是霞拔乡亲友爱互助的见证。

艰难困苦成就宏大事业

面对曾经的苦难生活，在大田的霞拔人经过几代人的艰苦奋斗和团结协作，终于在大田成就了宏大事业。

大田县城有一条凤西路，凤西路上有一条"霞拔街"。19世纪八九十年代，许多在大田谋生的霞拔人，在大田辛苦积攒了一些财富之后，想要在大田安家，就在凤西路买地皮、建房子、购店面、开店铺，极具大田特色的打铁铺、弹棉店、做筛铺、裁缝店等相继开张，生意红红火火。乡里乡亲，在异乡抱团，互相帮助，团结协作，在这大田的"霞拔一条街"上，回荡的是霞拔乡音，谋求的是幸福生

织篾手艺（胡伟生 摄）

活，让人恍惚之间，仿佛置身霞拔本土，而非身在异乡。这"霞拔一条街"也因为商铺诚信经营，乡人忠厚老实而在异乡大田远近闻名。

  经过初代霞拔人在大田辛苦的开疆辟土，后辈们有了更好的生存和发展空间。第二代在大田的霞拔人林渊标，不再固执地据守祖辈的打铁行业，而是把发展的目光投向了其他行业。他凭借自己聪慧的商业头脑，把握发展的商机，投身水泥行业和机械配件制造业，先后创办了大田建材机械配件厂、大田鹰标建材机械研究所、大田鹰标建材有限公司、大田县鑫城水泥有限公司等，为大田提供了数百个就业机会，也成为大田的纳税大户。以2020年为例，他的水泥公司共生产水泥170万吨，产值近6亿元，纳税近3000万元，实现了从打铁匠到大企业家的华丽转身。

林渊标事业有成，杜家兄弟也紧随其后。杜建辉、杜克胜兄弟二人是占地5万平方米的福建省宝山机械有限公司的创立者。该公司主要经营精工、安装、冷作、铸钢、合金钢铸造等，为大田提供了上百个就业机会，公司产值超过1亿元，纳税近300万元。

福建省大田盛达建设有限责任公司、福建省崇顶建筑有限公司董事长王建智，1978年高中毕业后，只身闯大田，通过自身的努力，吃苦耐劳，完成了从一个建筑工地小工到建筑公司老总的蜕变，为大田修建了政府大楼、学校教学楼、住宅小区、工区厂房等，为建设美丽大田贡献了自己的力量。

在大田的霞拔人后代，不仅通过自身不懈的努力拼搏和吃苦耐劳，在商界不断开拓自己的版图，成就了宏大事业。他还努力学习，积极进取，学有所成，在政界也取得了不小的成就。据说，曾在大田党政机关工作的霞拔人后代约有40多人，例如阿银哥的孙儿范功团现任大田县公证处主任，范功金现任大田县政法委常务副主任……还有更多的霞拔人后代，走出了大田，走向了全国各地，他们中不乏厅、处、科等各级领导，他们秉承祖辈吃苦耐劳、忠厚待人的家风，用自己的智慧和努力，成就了属于自己、属于霞拔人的宏大事业。

艰难困苦，玉汝于成。霞拔人在大田，是祖辈几代人成功的奋斗史，也是霞拔人吃苦耐劳、忠厚诚实、友爱互助、共同成就的见证史。"锦霞绚丽，出类拔萃"，新时代的霞拔人，不管是身居大田还是驻足本土，一定会传承霞拔优良乡风，通力合作，乘中华民族伟大复兴东风，成就霞拔乡更精美的宝玉华章。

此心安处是吾乡

□鲍贵榕

永泰又名"永福",字面上看,"泰"也好,"福"也罢,寓意极佳,仿佛隐隐约约在宣告——福泰康宁唾手可得。可纵观赋名一千两百多年的绵长历史,发现些许名不符实之处:福分无多,动荡颇常。

"九山带水一分田"的立地宿命,注定了生存与发展空间的捉襟见肘。百二年前霞拔人奔向大田,正说明着过往种种的不易。

心忧炭贱愿天寒

资源决定着产业的形成与发展。《永泰县志》载:"铁多产于西山与闽清交界处";"唐代,永泰就有铸造业,主铸锅、犁,匠人多在西区(大洋、霞拔)一带";"1958年在大洋公社明星大队沟里的铁墓垄发现古代冶铁遗址,有炉址及铁渣等"。永泰矿产丰富不假,开挖历史悠久不假,然因开采成本过高,一路走走停停,效益无多,贡献不大,意想不到的是,由此衍生的铸造手艺却独树

阿银嫂儿媳妇与子女合影（池建辉 摄）

一帜，世代传承，经久不衰，甚至成为闯荡江湖、吃饭谋生的寄托所在。勤劳精明的霞拔人迈出了坚实而成功的步伐。

家乡的市场毕竟有限，僧多粥少抢破头无济于事，只有走出去。对！"广阔天地大有作为"，不走等同坐以待毙。清光绪年间，一拨"打铜仔"（打铜、补锅、铸犁、车锡等匠人的昵称）毅然而然挑起家私担（工具加行李）走出山门，带着一头热火炉、一头冷风箱的矛盾心情，仿佛五味杂陈的琳琅器具一般，忐忑不安地告别妻儿出发。他们期待着离开贫穷家乡，寻到更加落后而可大展拳脚的地方圆梦。跌跌撞撞过尤溪，经德化，最终抵达大田。

他们惊喜地发现，当时大田建县才350年左右，相较于置县1114年的家乡永泰来讲，俨然后生一位：生产关系不完善，生产力相对落后，就连最基本的犁、耙、铲、镰、锅、盆等器具都无法就地打造。这无形中赐予了这批外乡人千载难逢的发展良机。福田顺乾坤。他们迅速四散铺开，广泛安营扎寨。短短时间内，全县18个乡镇就有16个铁器铸造市场被占领。

初始阶段，尽管食不果腹，尽管夜宿破庙，甚至露宿街头，寄人篱下，但他们的心情是激动的，斗志是昂扬的，目标是明确的，前途是光明的。

一缕曙光正在冲破黎明的沉寂。

独在异乡为异客

对于吃手艺饭的工匠们来说，四海为家，茕茕孑立，头顶别人天，脚踏别人地，最恐惧当地人的排挤与人身安全的不保。

初来乍到大田，除了终日与炽热火炉为伴，与"叮叮当当"敲打声为伍外，他们大门不出、二门不迈，沉着、和气、诚信，老老实实摆弄手中的活计，琢磨技艺的改良与创新。

有活可干，呼朋唤友，于是一拨又一拨家乡匠人加入了赴田行列。有了工匠们精湛手艺的加持，大田人民生产力水平瞬间拔高，生活便利空前改善。他们感激这批外乡客，他们拥护这批人的营生。远亲不如近邻，久而久之，霞拔人逐渐走入了当地人的生活圈。

一个产业想要发展壮大，单打独斗显然不太可行，抱团取暖显得尤为迫切。时年在东街口卖酒曲的范氏老乡借地利之便，主动承担起在田乡亲的迎来送往与乡谊联络义务，不单歇脚，还提供免费食宿。为更好推动乡党事业前进，民国时期成立了"大田永泰同乡会"，1939年成立"大田永泰商会"。

艰辛付出必有丰厚回报。盘踞山上的土匪却坐不住了。据《大田县志》记载："明嘉靖十四年（1535年），延平府通判林元伦以大田地介蒲、漳、泉三府之交，依山狭隘，民众聚为盗为由，奏请置县。"新县设立，政治清明，风气清朗，不想邻县德化尚有涂文龙、陈和顺、赖成元为首的股匪时不时下山四处烧杀抢掠，祸害民众。多名乡亲先后被其劫持，幸好东洋乡一乡贤林文水与土匪交熟，几次三番出面作保，舍却许多银两（赎金）方得幸免于难。

得众动天多美意

经济基础决定上层建筑,更是关系底层民生。第一代工匠们"见龙在田",获得可观收获,家境日渐宽裕,养儿育女劲头十足,加上长年累月艰苦劳作体质倍佳(打铁还需自身硬,如:此番探望,健在的林銮宝99岁、王自德91岁,依旧体格硬朗、精神矍铄),大多数儿女众多(如:林渊标父辈5兄弟,同辈6兄妹;范功团父辈4兄弟,同辈7兄弟),就连偶遇生育困难的,亦想方设法筹措抱养(如:林渊德祖父林友泉抱养了林木凑、林木清)。迄今为止,当初入田几十户人家,仅仅过去120年上下就已繁衍近3000人之众。

发家手艺不能丢。于是,第二代儿女在家乡长大成人后,全部选择传承父辈衣钵,同样开赴大田,继续展开热火朝天的打铁生涯。第三代,同样沿着祖辈足迹,前赴后继接力,不同的是,这一代人开始定居大田,联姻大田,全方位融入大田。

家乡梯次转入大田的,不单只有人力资源,更加重要的是转入技艺与产业,以及产业的转型。第一代实现了打铜、补锅、车锡向打铁转变。第二代实现了单纯的打铁向篾编、棕织等方面的陆续开拓。第三代恰逢改革开放的春雷滚动,开始摸索机械化生产脱谷机、检票亭、

水龙头、电风扇基座等生产，进而瞄准水泥生产机械配件研发等等，如林氏家族的农械厂、杜氏家族的宝山机械厂。

已在大田发展的乡亲励精图治、奋勇前进，家乡的建筑业同期风生水起。20世纪80年代，乡亲看准大田建筑业施工技术力量薄弱，再次发力，新一批建筑民工挥师挺进，迅速抢占一席之地。

通往大田闇潭古道（池建辉 摄）

自古英雄出炼狱,从来富贵入凡尘。百年风雨,千百子弟传道授业助推大田经济、社会发展的同时,亦做大做强了自身,待到原始资本积累抵达一定程度,厚积薄发,全面开花,水泥制造业(鑫城、岩城、石凤等)、基建承揽业、房地产业、酒店服务业(御华源酒店等)等诸多领域,无不闪现霞拔人的忙碌身影。2021年,这些家乡人的当地企业为大田贡献财税3000多万元。"千锤百炼"硬打出来的业绩,厚重、炫目,令人振奋,令人折服。

家境殷实,在大田的霞拔乡亲并未忘却子女的教育与培养。如今活跃在大田县党政机关部门任要职的不在少数:范功金,县委政法委副书记;林永清,县发改局党组成员、粮食和物资储备局长;范逢春,县应急局党组成员、副局长;杜其丰,县财政局副局长;范功团,县公证处主任;王厚权,县检察院司法警察大队大队长;邹小东,县检察院第二检察部一级检察官;陈昕(女),一级员额检

县文联邵永裕主席与王自德先生交谈(池建辉 摄)

察官，未成年检察部主任；林登贵，前坪乡党委副书记；刘文成，永安监狱纪委书记；林超，三明市明溪县税务局纪检组书记……还有许许多多学业有成的年轻一代，纷纷奔向北京、上海、福州、泉州、厦门等大城市发展，开启新一轮"造梦"行动。

赞歌可泣望当归

"昔我往矣，杨柳依依；今我来思，雨雪霏霏。"游子离乡，心有千千结。民国时期，林渊标祖父怀揣多年打铁积蓄，回老家购9头水牛、置百亩良田，计划衣锦还乡，不料"金圆券"风波爆发，万贯家资顷刻间灰飞烟灭，只得重整衣冠再度出发。

"羁鸟恋旧林，池鱼思故渊。"乡愁是永久的记忆，回归反哺、合作共赢，已是新时代一股强音，回归的是血脉、文脉，反哺的是技术、产业，合作的是蓝图、未来。

"灿灿萱草花，罗生北堂下。南风吹其心，摇摇为谁吐？慈母倚门情，游子行路苦。甘旨日以疏，音问日以阻。举头望云林，愧听慧鸟语。"家乡与大田的阻隔"今又换了人间"，高速、高铁网络的快速铺延，天堑变通途，昔年7天脚程，如今两个钟头可达。

"锦霞绚丽，出类拔萃。"家乡近年通过乡村振兴战略的实施贯彻，山更青，水更绿，群众生活更幸福。我们共同期待离家多年的游子早早归来，共襄盛举，共谋新篇。

他乡不故乡，此心安处方是吾乡！

与时俱进的"手艺人"

□檀遵群

永泰县霞拔乡地处永泰西北部,戴云山脉的东部,距县城45公里,人口约1.8万,常年外出人口近60%。

近年来,霞拔乡凭借传统手工艺优势推进乡村振兴发展:结合数字乡村建设,积极打造"云霞拔萃"系列线上乡村平台;推动仁里村传统竹草编工艺品及铸铁制造业恢复、提升——就竹草编加工而言,霞拔乡拥有大大小小60多家加工厂,4000多人从事竹草编织,年产值达4000多万元;重点建设创客中心和电商平台,打造全省乡村一级竹草藤编专业博物馆。

霞拔乡,这个"手工艺之乡"紧随时代步伐,融进乡村振兴战略,插上了数字经济腾飞的翅膀。源流深远手工艺优势,在霞拔乡乡史中更是煌煌巨片。

一、携艺漂大田

霞拔乡位于永泰高山之上,平均海拔650米,美丽拔萃,但山多地少,田地贫瘠,粮食产量少。气候恶劣时,刮风下雨,常有山体滑坡,生存环境恶劣。

后官村萃美庄（范玉惠　摄）

萃美庄（范玉惠　摄）

霞拔人在大田

回眸历史，像中国历史上曾经走西口、闯关东一样，在时局动荡、匪患猖獗的清代、民国时期，许多在家乡生存不下去的霞拔村民就背井离乡，出外谋生。在本地发展空间有限的情况下，霞拔人学了很多手艺，有打铁、打铜、铸锅、弹棉、裁缝、织篾、织蓑衣等。他们携艺出外闯荡，以一技之长换取薄酬来养家糊口，"漂在异乡"成为霞拔人一种生存常态。

从清初开始，就有霞拔人迁徙至三明大田一带经商，这种迁徙经民国、解放后，延续到改革开放后。持续时间跨度之长，涉及人员规模之大，可谓典型。

霞拔至大田虽然只有五六百里路，但交通闭塞的年代，仅靠徒步前行，就有如天涯与海角。从霞拔开始踏上路途，经锦安、西塘，达东洋，上古岭到秀峰亭，过坑亭、下楼，抵长庆，向嵩口方向行至山兜前，其后沿上漈小溪西岸过王林隔，历上漈，经倒流溪至闇亭寺，进入尤溪县境内吉华，然后进入尤溪中仙、西华、坂面、新阳。由尤溪新阳进入大田文江。

古道崎岖山路，走一趟至少要7天行程；走一趟，一路的艰辛就成为一辈子的记忆。数代人往返两地，从翻山越岭徒步抵达，到徒步、火车交替并行，再到高速公路、铁路自由选择，交通方式的变迁，让老一辈漂大田的霞拔人感慨：时代的进步，交通方式的变化，换了人间！路途时长从7天到2天，再到2个多小时，这变化是无数霞拔人穿越在时间河流中，对社会进步在数字上的感知。

二、铁艺开福田

大田与永泰地形地貌相似，2294平方公里县域，到处是山地，平原耕地比永泰多不了多少。支撑永泰人在大田发展的，不是田地，而是它丰富的矿藏资源。

大田被誉为"闽中宝库"，是福建省主要矿产地和全国首批100个重点产煤县之一。已发现和探明的矿产有煤、石灰石、铁矿石、铜、铅、锌、钨、锰、硫和瓷土等42种。矿产种类、藏量和价值居福建省前列。其中煤储3亿吨，遍及13个乡镇；铁矿石1.5亿吨，是省内五大铁矿区之一；石灰石5亿吨，是全省建材水泥原料基地县；瓷土 3000 万吨。

在镐刨锄挖非机械生产的年代，锻造农具、器械是生产、生活必须。大田有如此丰富的矿藏资源，铁矿资源丰富，可提供充足的锻造各种器械原材料，这为霞拔手工艺人施展技艺提供了英雄用武之地。

霞拔人以自己精良手艺打开了大田的手工艺市场；大田广阔的市场，召唤来更多的霞拔人。霞拔人在大田，不是只有一户、几户，而是遍及全乡各村，涉及家家户户。上和村范氏，被认为是两地交往的开端，有人说范氏是"纽带"，为其他各姓去往大田起到牵线搭桥的作用。随后，霞拔村林氏、杜氏，福长村王氏，南坑、下园、后官村黄氏，南坪村章氏、仁里村陈氏、长中村邹氏等趋之若鹜，源源不断前往大田。

霞拔人在大田的人数、规模随时间推移不断成长壮大。特别值得一提的是，当地曾经保留有霞拔人一条街，住的是霞拔人，讲的是霞拔话，做的是霞拔手艺，这是难得一见的文化景观。

霞拔人在大田打铁，奔波、邋遢、居无定所，表面上看起来卑微寒酸，但在食不果腹的年头，口袋里有钱，不饿肚子的殷实生活也羡煞不少人，甚至引起了土匪的"关注"——范阿银、林玉银被土匪绑架，破财消灾之后才保住性命。

北漂大田的霞拔人，以一身的手艺，从个人打拼、异乡漂泊到家族抱团、定居发展；从最初小作坊、提篮挑担小买卖到新时期的大企业、集团化规模，风风雨雨 100 多年，霞拔人从铁艺开始，开垦出一片青葱的福田。

三、驭"风"舞才艺

霞拔人感激大田的滋养与厚泽，百多年的奋斗、积淀，他们已把栖居地当故乡，融入当地发展大潮中。

时代大潮一浪高过一浪，在大田的霞拔乡亲新生代，不少脱离了打铁祖传行业，到如今，从事手工艺、建材、建筑、水泥制造、机械制造等经商行业的霞拔

霞拔人在大田

乡亲有3000余人。霞拔乡亲林氏、王氏、范氏等家族，在当地都有出色的表现。有瞄准水泥、机械制造业，创建起大中型企业，做成了行业老大，为当地发展作贡献的，如林渊标、杜建辉兄弟。黄习河，新一代典型能人代表。

黄习河今年四十多岁，十几岁通过亲戚介绍到大田落地发展，从此成为百年霞拔人北漂大田大军中一员。他先是做些小生意，之后在林渊标老板等矿业大企业中工作学习，后来自己创业，开办一家名为"和帆机械"的公司，开始涉足矿山机械。和帆机械是一家主营矿山机械的公司，在大田这个矿产资源丰富的县，矿山机械有很大发展空间。虽然当地矿山机械业务竞争已十分激烈，黄习河还是凭自己灵活的经营思路，占领了当地市场，产品还一度出口到国外。

"和帆机械"，顺风扬帆。黄习河的事业经营，风生水起。

"昔我往矣，杨柳依依；今我来思，雨雪霏霏。"游子离乡，心有千千结。

工艺品生产车间（范玉惠　摄）

霞拔乡后宫村萃美庄，始建于1756年。庄中有"宝书堂"，是一座乡间小型图书馆。"宝书堂"记录着庄主人爱书、护书、宝书的传奇故事，它使得萃美庄有了耕读传家的灵秀底蕴。

萃美庄一度颓废坍塌，近年来经整修而焕然一新。和帆机械创办人黄习河就来自萃美庄。如他一样在大田的霞拔乡亲，即使改了乡音，乡情依旧浓浓。逢年过节，已经定居他乡的乡亲都会赶回祭祀祖先、亲族团聚。慎终追远、敬祖睦族之风不变。在客居游子心中，这故乡山头田垅的每一寸泥土，都曾浸漫过代代先人辛勤的汗水。

从以步履丈量、用书信互通的年代，走进今天这样交通与互联网提供了空间高度联结的科技时代，每一位漂泊在大田的霞拔游子，流淌在这历史长河中，内心始终不灭携才艺、怀希望、穿古道这般勇闯他乡、拼搏创业的精神。这精神，引领着一代代人开创出更广阔的舞台，更美好的生活。

霞拔人在大田谋生、经商成功，这可作为一个典型的商业案例。身怀才艺的霞拔人，筚路蓝缕、艰辛奋斗创业；更与时俱进，化作一朵时代大潮中闪亮的浪花。他们是万千永泰人在外谋生的一个缩影，形成了独特的本土经验类模式。

"霞拔人在大田"是一个重要的社会迁徙现象。他们迁徙与创业风险模式、发展路径，及其所蕴含的历史学、经济学、社会学、人类学原理，可以成为现代各自然、人文学科课题研究对象。

戴云山下一家亲

□温瑞香

戴云山脉位于福建省中部，山势逶迤，绵延起伏，峰峦叠嶂。主峰戴云山雄奇险峻，气势磅礴，更有"闽中屋脊"之说。"戴云山顶白云齐，登顶方知世界低""戴云高出万丈巅，四面无山可与连"，这些诗句更是道出了戴云山连云叠嶂、巍峨耸立的雄姿奇伟。

戴云山脉东部有设县建制于永泰二年（766年）的永泰县，其地理概貌为"八山一水一分田"。戴云山脉西部则有一座明嘉靖十四年（1535年）建制的山城——大田县，俗有"九山半水半分田"之称。两座地形地貌相类似的小城，在正常的行政公务关系之外，因了永泰县霞拔乡的霞拔人这根纽带，成了一对姐妹花，亲密无间，守望相助，齐头并进。

清朝末年至民国时期，政府腐败无能，民不聊生，永泰县霞拔乡的很多乡亲外出谋生，背井离乡。几经辗转，许多人选择在大田生息繁衍。历经100多年几代人的努力奋斗，至今有3000多名的霞拔乡亲活跃在大田的各行各业，安居乐业。

大田县宝山机械厂车间（池建辉　摄）

　　霞拔人初来乍到，人生地不熟，但大田人民热情好客，没有排外思想，视霞拔乡亲如兄弟姐妹，接纳了霞拔乡亲。他们的大爱让霞拔乡亲怀有知遇之恩、感恩之情，有了归家感受。霞拔乡亲吃苦耐劳、憨实质朴的品性，让大田人民尤为赞赏敬重，渐渐地，霞拔人融入了大田这个大家庭，不分彼此，亲如一家。后来，随着一代代人的通婚，因为有了联姻关系，双方更加融洽，亲上加亲。

　　霞拔第一批走大田的人要算范梅炎和范银宋父子。

　　他们父子俩以挑货郎的身份在闽北大地上跋山涉水、穿街走巷，历尽千辛万苦，终于来到大田的文江落脚，兜售以五金为主的生活生产用具。范银宋耿实厚道，吃苦耐劳，深深敬重他的当地人，热心帮他牵线说媒，娶大田均溪镇温镇村美丽聪慧的陈三妹为妻。因妻子善良淳朴、热情大方、好善乐施，又是大田本地人，有一定人脉，人缘极好。在外家实力的帮衬下，范家经营的小本生意越做越红火，财源广进，厚积资本后在当时大田最繁华的闹市——东街口，置办产业，买宅开店，生息繁衍，开枝散叶。

　　范银宋夫妇在大田站稳脚跟后，不忘扶持邻里乡亲、亲朋好友，他们的家成了霞拔人走大田的免费驿站。在他们的引领和帮助下，越来越多的霞拔乡亲来大

霞拔人在大田

霞拔乡掠影（池建辉 摄）

田闯荡生活，比如林家、王家、杜家、陈家、黄家、章家等家族，他们在大田从事手工艺工作，主要从事打铁、补锅、打铜、做篾、箍桶、编竹席草席等手工艺行业。越来越多的霞拔人走大田，从此开启了霞拔乡亲与大田人联姻的时代。既有霞拔乡亲娶大田女儿做媳妇，也有大田儿郎娶霞拔女儿做娇娘，他们互帮互助，互利互赢，血脉相连，不分彼此，亲如一家。

霞拔乡亲章礼珠来大田时，曾经拜林銮宝为师傅，跟他学打铁，出师后娶了大田刘家女儿为妻，成了大田人的乘龙快婿。若干年后，大田的陈成植先生娶了他的女儿做夫人，章礼珠又做了大田人的泰山大人。像这样角色的变化在大田和霞拔人之间比比皆是，数不胜数。可不管怎样变化，都是打断骨头还连着筋血浓于水的关系。

霞拔王家打铁铺飞出的那只金凤凰——王秋梅女士，秉承祖辈父辈吃苦耐劳

的打铁劲头，自小就刻苦好学，勤勉尽责，成了"别人家的孩子"之典范。长大后也凤栖大田，嫁给了大田的好儿郎，伉俪情深，比翼双飞，凭着霞拔女儿特有的执着和韧性，兢兢业业，谦虚谨慎，努力耕耘，书写了不平凡的精彩人生，成了永泰和大田两地人民共同引以为傲的骄女。

霞拔的杜氏家族在均溪河畔也有一席之地。杜氏家族或经商或从政。以杜建辉兄弟为首创办的福建省大田县宝山机械厂是大田县机械设备的龙头企业。大田县财政局副局长杜其丰兄弟姐妹及后辈，则传承着耕读人家的书香内涵。杜其丰的大姐杜土珍、二姐杜其英都嫁给了大田的儿郎，杜家五兄弟也有三人娶大田姑娘为妻。他们夫妻举案齐眉、比翼双飞。上孝敬父母，敬老尊贤；下懿言嘉行，父严子孝；睦邻友好，敦亲睦族，和大田人民同呼吸，共命运，共同创造美好生活。杜家人不管经商还是从政，不管是务工还是从事普通工作，在大田这块沃土

县文联邵永裕主席与企业家杜建辉、王建智交流（池建辉 摄）

上，自强不息，勇于担当，成绩斐然。

在祖辈父辈的感召下，杜家年轻一辈意气风发，发奋图强，学业有成。他们头角峥嵘，抒展昂霄耸壑之志。在大田这块美丽的土地上，杜家人言以力行地书写"耕读传家久，诗书继世长"的佳话鸿篇。

改革开放后，经济浪潮深入广大城乡的每个角落，许多农民不拘限于在家务农，农村剩余的劳动力纷纷外出打工或经商，涌现出了农民工进城的惊人浪潮。大田矿产资源丰富，光水泥就有好几个品牌，能提供更多的就业岗位。年轻的霞拔农民工乘着这改革开放的东风，追随祖辈父辈的步伐，纷纷奔赴大田这座美丽的山城，靠自己勤劳的双手，在大田各行各业闯出了一片新的天地，创造出了自己的美好生活。

福建崇鼎建设工程有限公司老总王建智先生，20世纪80年代初期来大田打工，从水泥工人开始起步，脚踏实地，积累人脉和实力。凭着霞拔人吃苦耐劳、坚韧刚强的人格魅力赢得大田美丽姑娘范春梅的芳心，结成伉俪，从此爱情事业双丰收。刚结婚时，王建智那时也只是一个砌砖师傅，事业还没有开始起步，妻子范春梅跟夫君一起吃住都在简陋的工棚里。白天一大早就要在工地上搬砖头、挑沙砾、拌水泥；晚上回来后还要忙着洗衣做饭等家务，忙到夜深人静，累得腰酸背痛，可她愣是没有叫过一声苦。就这样，夫妻俩同甘共苦，白手起家，成立了福建崇鼎建设工程有限公司，拉开了大田建筑业龙头企业的大幕，创下了不菲的业绩。

戴云山下的永泰儿郎有山一样宽广的胸襟，他们吃苦耐劳，坚韧刚毅，是大田姑娘们心中理想的金龟婿；大田女儿有海一般的深情，她们温柔敦厚，蕙质兰心，是霞拔小伙子们心中至善至美的贤妻良母。据不完全统计，改革开放后，远嫁霞拔的大田媳妇有几十上百人，光南坪这座小山村就有26人。这些勤劳朴实的大田女儿在霞拔撑起了一片充满爱意的天空，她们相夫教子，勤俭持家，通情达理，敦亲睦族，无不受人敬重和美赞。

南坪村的林择美阿婆是这些蕙质兰心大田媳妇的典范，她和章智万大爷近七十载的婚姻，书写了"执子之手，与子偕老"的经典传说。20世纪50年代，霞拔南坪村人章智万像祖辈一样外出大田做篾谋生，机缘巧合认识了端庄大方的大田姑娘林择美，两人一见倾心，坠入爱河，永结同心。虽然当时南坪村穷乡僻壤，

县文联主席邵永裕采访王自德夫妇（池建辉 摄）

夫君家境贫寒，但林阿婆无怨无悔，一心一意辛劳持家，当好贤内助。他们夫妻俩一生养育二男六女共八个孩子，其间的艰辛不言而喻。夫妻俩起早贪黑，不辍劳作，用辛勤的汗水为孩子们撑起了一片健康成长的港湾，撑起了一个家的晴天。他们吃过没有上学的亏，不管经济有多么拮据，生活有多么困难，就算砸锅卖铁也要供孩子们上学。皇天不负有心人，他们家 8 个孩子学有所成，有两男两女在金融部门工作，成为当地一段美谈。大约在 2000 年，章大爷不幸得了帕金森病，从此行动不便，特别是近几年，章大爷病情加重，生活不能自理，林阿婆虽年事已高，但还是尽心尽力伺候，端屎倒尿，擦身喂饭，亲力亲为，从不假人之手，直至前段时间章大爷驾鹤西归。二十余载不离不弃、悉心照料，林阿婆用实际行动诠释了夫妻间"有福同享，有难同当"的相濡以沫，为我们讲述了家庭责任的感人故事，为我们树立了一面社会道德的典范旗帜！

我住戴云东，君住戴云西。同在一脉山，命运紧相连。永泰霞拔与大田两地的乡亲，在新时代进行曲中，青山一道，同担风雨，携手并进，共创未来！

凤游四海求其凰

□黄德舜

近日读两汉时期司马相如的《凤求凰》:"凤兮凤兮归故乡,遨游四海求其凰。时未遇兮无所将,何悟今兮升斯堂!有艳淑女在闺房,室迩人遐毒我肠。何缘交颈为鸳鸯,胡颉颃兮共翱翔……"我读后不禁联想起霞拔小伙子与大田姑娘的人生奇缘。

这个故事的主人公叫黄贞凑,永泰县霞拔乡南坑村人,1952年6月出生,今年70岁。他的妻子陈文娇,大田县广平镇大吉村人,1955年8月出生,今年67岁。陈文娇父亲共育有三男四女,她排行老四,上有两个哥哥一个姐姐。她身高约1.65米,身体强健,红润光泽的脸颊上虽有沧桑岁月留下的痕迹,但依然可见年轻时淳朴善良、贤淑干练的风姿。青春时代的她卖过豆腐,容貌姣好,亭亭玉立,是名副其实的"豆腐西施"。这两个异乡人怎么会牵手走到一起,说起来还有一段颇为有趣的爱情故事。

一、幼年失父　饱尝艰辛

黄贞凑的生身父亲是闽清县省璜镇三星村人。出生时正逢共和国成立前夕国共两党大决战时期。这是黎明前的黑暗，兵荒马乱，物价飞涨，民不聊生。蒋家王朝的大厦摇摇欲坠，国民党在战场上兵败如山倒，许多士兵在战场上倒戈起义。南京国民党政府为了苟延残喘，改变兵员匮乏的状况，便四处抓壮丁。黄贞凑的父亲不愿当炮灰，就离家逃到泉州市德化县。德化县为中国古代三大瓷都之一，该县的竹编业也很发达，许多乡镇都成立了竹器社，拥有许多竹编工人。在德化避难不久，黄贞凑的父亲就参加竹器社工作，编制竹篮、箩筐、簟、背篼、撮箕等。他同一起在竹器社做竹编的当地姑娘结了婚。可是天有不测风云，人有旦夕祸福，黄贞凑的父亲后来住进一个陌生宿舍，不久便得了一场大病，变得精神喜怒无常，在黄贞凑七岁时就因病而逝。

二、愤然离家　兄妹偕行

一个家庭突遭变故，家中的顶梁柱轰然倒下，一家人失去了主要劳动力，只靠母亲一人劳作入不敷出。母亲只得带着11岁的黄贞凑及两个妹妹来到霞拔乡福长半山自然村与一个男人勉强凑合过日子。因继父没有手艺，且当时生产队口粮很低，常常吃了上一顿顾不了下一顿。一年后母亲与继父生下一个弟弟，家里又多了一张嘴，经常揭不开锅，继父变得心情暴躁，经常与母亲吵架，甚至殴打母亲。1968年，16岁的黄贞凑对继父的行为实在是忍无可忍，便愤然离开半山自然村，来到与此邻近的南坑村给黄大玉当嗣子。8岁的妹妹黄庆华也离开这个家庭，到南坑村永安庄当童养媳。

三、落地生根　一见钟情

他命运多舛，好在肯吃苦，从不向命运低头，只要前面有一缕曙光就奋不顾身地往前冲。为了生存，他脚快手勤，农活抢着干。他当时参加生产队劳动，每

黄贞凑劳动归来（胡伟生　摄）

天只赚3分工分。到南坑两年后，黄贞凑想报名去当兵，但没去成。为了落地生根，便跟随小叔叔到德化县打工。后来辗转到江西南昌做了几年木工，掌握了木工的技术。1973年2月，他跟随熟练掌握木工技术的叔父黄伙大，来到大田广平镇大吉村建造伐木场。当年参与修建该场的工人有100多人，永泰人占70%。工人们劳作十分辛苦，生活条件简陋，住在简易的草寮里。三餐更是简单，用一把黄豆加些盐水清蒸，或者蒸几个芋头加些酱油就对付一顿。

大吉村有个卖豆腐的姑娘名叫陈文娇，年方二十出头，善良勤劳，经常到伐木场工地里叫卖豆腐。她挑着一个豆腐担子沿街叫卖，担子一头的木头架子上放着三四板豆腐，每一板豆腐上面都包裹着白色的纱布。另一头底下放着一个大的竹箩筐，上面放置两个铁桶，分别用来装豆腐脑和豆浆，箩筐里还装有馒头、肉

霞拔人在大田

南坑村全景（范玉惠 摄）

包、油条、马耳等。

中国人发明了豆腐真是一件了不得的事。作为一种菜肴，豆腐不仅比较容易制作，价格便宜，还可以做出很多花样，可谓"花样百出"，比如红烧豆腐、麻婆豆腐、豆脑豆汁、豆丝豆皮豆腐乳、香干子臭干子、中国豆腐日本豆腐、豆腐果子等，不一而足，几乎是想怎么做就怎么做，百变金刚似的，怎么不叫人佩服？

盛夏的阳光真像蘸了辣椒水，大地像蒸笼一样，热得使人透不过气来。知了

不住地在枝头发着令人烦躁的叫声,像是在替烈日呐喊助威。天空中没有一丝云彩,也没有一丝风,空气仿佛凝滞了似的。烈日炎炎时候是工人们最难熬的日子。宋代王令有"清风无力屠得热,落日着翅飞上山。人因已惧江海竭,天岂不惜河汉干"。

"豆腐——豆腐脑——豆浆——"每当伐木场的工人们听到这悠长甜美的叫卖声,一个打扮干净利落,模样俊俏的"豆腐西施"就会迈着轻盈的脚步,挑着担子款款而来。工人们就会蜂拥而至,围在她身边,花一些零钱买几块豆腐来配饭,吃一碗晶莹剔透的豆腐脑,或喝一碗掺些白糖的豆浆,再买一两个馒头、肉包当点心,那是多么的痛快淋漓、浑身舒畅啊!有的青年工人们即使没有买东西,也要围过来一睹姑娘的芳容,让体内的男性荷尔蒙暂时释放一下,聊以缓解对异性的渴慕之情。姑娘的生意十分火爆,不一会儿,所挑东西便会卖得精光,欣然而归。

在这群经常光顾姑娘生意的工人当中有一个小伙子,中等身材,留着小平头,国字脸上洋溢着青春的气息,显露出憨厚诚实的秉性。衣着虽然朴素,但是毫不邋遢。也从不像其他工人那样,在买东西时油腔滑调地插科打诨,他总是买一碗豆浆或豆腐脑就着个馒头,或站或蹲地在豆腐担旁边静静地喝着,一边带着满足的眼神默默地凝视着面前这个健康淳朴、善解人意的"豆腐西施"。其他工人喝完豆腐脑或豆浆便匆匆忙忙离去,而他总是最后一个离开,并彬彬有礼地将空碗四平八稳地递给姑娘。当小伙子真诚且热辣辣的目光射向姑娘俊俏脸庞的刹那间,姑娘仿佛被一道闪电击中,不由自主羞赧地微微低下了头,腮边露出两个小酒窝,恰似九天的仙女一般。看到小伙子专注的眼神,姑娘并不嗔怪,反而开始关注起他来。这样过了一段时日,小伙子慢慢获得姑娘的好感,每天到工地卖豆腐时都要多看小伙子几眼。如果小伙子没有来便会怅然若失。

时光飞逝,日子慢慢地从树梢滑落,陈文娇在卖豆腐之余,还在这个伐木场工地上做小工。经过一段时间接触,小伙子跟姑娘热络起来,向她敞开了心扉,谈了自己的家世和遭遇,也谈自己的木工经历,还谈了自己的生活向往。一来二去,小伙子憨厚老实、吃苦耐劳的品质获得了姑娘陈文娇的喜爱,他俩之间擦出了爱情的火花,彼此从心头里升起相互爱慕的情愫。

四、修缮房屋　技惊四座

黄贞凑通过聊天得知陈文娇家里这段时间正在修缮房屋,就利用歇工的日子带着工具到陈文娇家里帮忙。说起木工的工具最烦琐。似乎每一样工具都分大中小,或小中短,如锯有长锯、短锯,榔头有大榔头、小榔头。还有凿子、斧头、刨子等等。一个木工出门得挑一担行李,分类上比任何手艺活都具体。这些工具似乎是一堆抽象的符号,由木匠在所需要的材料上使用,至于是感叹号、逗号、句号,还是问号、顿号,全凭木匠的一颗匠心。这些七七八八的工具,它们躺在工具箱里,麦色的木柄上泛着幽幽的光泽。这些长着奇形怪状脑袋的工具熟悉了他的指纹、汗水,甚至偶尔的流血,经过岁月的浸润,以及木匠力气的反复消耗,它们才会留下记忆。

木匠活有一个内容是弹墨线,弹前须用眼睛进行目测。黄贞凑闭上右眼,用左眼瞄。一闭,一睁;再一闭,一睁,用黑竹笔在木头上画一个记号。墨汁在黑记号上垂下来,轻轻一"啪",一条墨线准确无误地弹在木头上。削木头时,他闭左眼,右手的斧子利利索索地咬着、啃着,下面是纷纷扬扬的小木片。

随着屋里噼里啪啦、的的笃笃,堆在院子里的木材慢慢浅了下去。经过黄贞凑的手,它们变得或短或长或窄或宽,由一根根的木料变成条条框框、板板块块的木材。木头上的疙里疙瘩不见了,光滑得像丝绸。这些还仅是半成品,接下来的时间属于敲敲打打,把条条与框框、板板与块块天衣无缝地进行组合。

黄贞凑长得很粗糙,身材也不怎么高大,但木工活却一点都不马虎,尤其深得主妇心的是他不浪费木料,一根木头取多少料,他心里清清楚楚,按照当地人的说法是"和门和扣"(意思是一点儿都不浪费)。

从某种程度上来说,木匠是树的主人。楝树只能做梯子,青枫最好做锄头柄,樟树做上好的箱子。就像人一样,人人都是一块料,用对地方是成器,没用对地方就是不成器。可以做一条檩子的木料被做成几只木桶,对木匠来说是败匠,对主人家而言是败家。不管败哪一个,都会被人戳脊梁。

黄贞凑干起木匠活来工序非常严谨,一步步来。砍、削、凿、刨……只见他双手握住推刨,用力向前一推,薄薄的刨花像一条绸带一样从刨子的嘴里吐出来,还发出欢快的哼哼声,"嗦……吱咯,嗦……吱咯",他的两条腿一前一后,身子随着推刨的前进而往前倾，到了木板的顶端，一个紧急刹车，像被谁拽了一下似的，手里的推刨立即往后退。推刨一个动作，身子配合数个动作。

一块木板得推无数次的刨，刨花一圈圈地推在脚下，慢慢淹没他的双脚。他在刨花堆里进进退退，发出悉里索啰的声音，似乎推刨的下嘴唇掉到了地上。屋里弥漫着木香，似乎有些涩，有些沉，又好像带些甜味，有点撩人。

黄贞凑的木工手艺得到叔父、著名木工师傅黄伙大（曾设计及主持修建霞拔乡影剧院）的真传，也获得了陈文娇父母的赞赏，认为这个年轻人技惊四座，并能如此精细地安排他们家的建房木料，也必将懂得精细地安排自己未来的生活，女儿托付给他放心，就同意了这门婚事。

五、同甘共苦　凤凰偕飞

1975 年 10 月，在叔父兼伐木场建筑监理黄伙大的过问、促成下，这对异地恋的年轻人终成眷属。"遨游四海求其凰"，霞拔小伙子与大田姑娘喜结连理枝的佳话，谱写了一曲普通劳动者同甘共苦、心心相印的人生乐章！

黄贞凑白手起家，吃苦耐劳，从不向命运低头。"凤兮凤兮归故乡"，黄贞凑在大田县广平镇大吉村伐木场前后工作了三年，当伐木场建筑工程结束后，他就带着妻子返回霞拔乡南坑村。夫妻俩同甘共苦经营着小家庭。他们凭着自己勤劳的双手，盖起了房屋，哺育了一男一女。儿子黄森现在长乐从事建筑业，事业有成，购买了永泰城关泰禾红裕的房子，娶霞拔福长村姑娘为妻，现生有一儿一女。黄贞凑的女儿黄雪梅嫁到南平，在美容院工作，女婿从事音箱行业。现在他儿孙满堂，过着含饴弄孙、安享晚年的生活。

八月桂花香

□林秀玉

说起大兴夫妻，我总是会想起多年前，在电影院初见他俩的场景。

那是1984年9月的一个晚上，霞拔乡电影院放映电影《精变》。乡电影院也就是乡政府礼堂，是乡政府开会和举办各种活动，包括放电影、演闽剧的会场，是个名副其实的多用功能厅。

傍晚，我的两个发小一路小跑来我家，约我们去看电影，看到我就大声地叫着催我快点。婶婶看到，说她们"姑娘家要淑女点""时间还早着呢"。她俩是在竹编厂做竹编，这一批领到原料后加班了好几个晚上，刚好完成任务的时候有电影看，能不兴奋吗？

前排走进几个人，手里拿着电影票边走边低头找座位，走在最前面的小姑娘亲切地叫："阿哥阿嫂，找到了！坐下吧，我们座位都是连号的哦！"坐在我旁边位子上的大姐看到熟人，显得有点激动，噌地站起来，挥起手猛地拍前面男人的肩膀，把他吓得蹦起来。她热情地跟他们打招呼："大兴，带老婆来看电影啦！"

听到熟悉的叫声，前排几个人齐刷刷地转过身来。被她拍肩膀的男人也笑着应她："巧巧姐，你也来看电影，我刚才只顾找位子，没看到你。"他身旁的陌生女人也跟着他叫巧巧姐。我注意到她说的是普通话，心想：这个女人是外地来的？

正是呢。我旁边大姐与他们一问一答，周围人个个都伸长脖子，瞪大眼睛朝他们看。旁边大姐跟她朋友介绍："这是我邻居大兴夫妻。他老婆桂仙，是大田县姑娘。"都是一个乡的，好多人都认识大兴，都跟他点头问好。不认识他的人也和我一样，都打量眼前这位个子高大的小伙子，只见他面庞上一大块深浅不均的疤痕。我寻思着，他脸是怎么伤的？就听到巧巧姐跟她朋友小声讲，在他很小的时候，有一次家人用火盆烤衣服，不小心着火把他给烧伤了。回头看大兴，他自信满满、落落大方说给朋友听，去大田县务工时是怎样遇到妻子的。旁人无不夸他有志气有福气，竟然娶了这么漂亮的妻子。我想在场好多人与我有同感，心里啧啧称赞这个"桂仙姑娘"的善良与追求真爱的勇气！

灯光暗了，放映机亮了，电影开始了，偌大电影院瞬间安静。银幕上，乌

霞拔乡政府所在地（池建辉　摄）

大田县城一瞥（池建辉 摄）

云密布，电闪雷鸣，一只狐拼命躲藏着。赶路的书生也急匆匆跑进破庙里避雨。等到风停雨住，书生发现身边多了一只生灵，书生救了它。若干年后，狐仙挡道来报恩，要把女儿小翠嫁给他的傻儿子元丰；还治好他儿子的痴病，帮他惩治了恶人。狐仙重返仙界之际，成全元丰小翠的良缘，结局皆大欢喜！

看完电影，观众们都急着走，过道显得有点拥挤。我倒是不急着走，想多看看这位美丽的大田姑娘。灯光亮了，我看见她乌黑的披肩发，圆月般俊俏的笑脸，淡淡的妆容，一款淡紫色线衣外套，优雅时尚。电影情节美丽又传奇，和眼前的大兴小两口爱情故事好像有点相似呢！他们不就是现实版的《精变》吗？大兴是修了几辈子的福分，才换来桂仙这么美好的女人啊！

六年后，当我再次见到大兴夫妇时，让我惊讶不已的是：大兴居然是我夫家堂兄，桂仙就是我的堂妯娌呢！大兴哥桂仙嫂已有了两个孩子了。两个男宝，只相差两三岁，长得那么健康可爱。婆婆抱着大宝哄他吃饭，满眼都是对桂仙嫂和两个孙子的疼爱。六年来，老百姓的生活已发生翻天覆地的变化，青壮年都凭一技之长外出务工，逢年过节以及农忙，才会回来。买电视机的人家多了，电影院也就失去昔日的辉煌。

我两口子也是常年在外务工,一年一度回老家过春节,我都会和桂仙嫂一起逛街,找堂妯娌们喝茶聊天,或抽空与近邻的老人家谈谈心、唠唠嗑。农村人重亲情,串门拉家常是千百年来日常生活所形成的习惯。大兴哥老妈很是好客,见我们来就不得闲,跑上跑下,拿应季水果、蔬菜塞到我们手上,让我们多吃点,吃不完带走。说起两个儿子大兴和小兴,大兴妈的心情是悲喜交加:小兴才上小学,常帮老妈带侄儿呢。说到大兴,老人家的语气就显得有点沉重。大兴,从小因貌相被人冷落疏忽,才读了两年的书就辍学,在家放鸭子、干农活。当妈的看了怎能不心疼内疚,常独自叹息流泪。万幸的是,大兴天资聪明,什么玩具、农具看到人家怎么做,回家就动手学起来做得像模像样,小伙伴和长辈们见了无不夸他。他的性格也开朗坚强。"总算是熬过来了呢!"大兴妈看着两个孙子在嬉闹,脸上露出欣慰的笑容。

茶前饭后谈笑间,大兴哥都会有感而发,讲起他的成长经历——

十九岁那年,大兴由叔父带着去拜林师傅为师,林师傅是乡里有名的泥水匠。林师傅带大兴到江西、湖北等地做些工程。学艺期间,他非常听话,吃苦耐劳。天不亮就起床,与师哥师弟先到工地拌沙浆、拉砖,坚持了两三年,才有机会拿起瓦刀跟师傅学砌砖。20世纪八九十年代,国家发展快,各地建设项目多,工地上,每天几乎都要做到12个工时,当学徒、做粗工的,甚至要做更长的工时才收工。到下工时候,拖着疲软身子走在路上,脚都抬不起来,像喝醉酒似的,累哦!虽然累,能有幸走出这小村子,开阔眼界,学到手艺,实现自我价值,也是虽苦犹甜。积极乐观的大兴知道一定要学好一门手艺,将来的生活才有保障。他深得林师傅的喜爱,来工地不到一年,林师傅就安排他学砌砖、粉刷。大兴很珍惜这来之不易的机会,不到两年就从学徒升到师傅了。常言说得好:工艺在手,吃穿不愁!大兴的人生,从此书写了新篇章!

每说到去大田县务工创业的艰辛历程,以及与桂仙相识相恋的情形,他的脸上就掩饰不住幸福的笑意。

大田县矿产丰富，太华镇汤泉村矿山含铁多，汤泉村铁矿厂建厂房。村里一个宗亲兄弟阿吉在汤泉村铁矿厂包到工程，就叫上大兴一起去做工。刚到大田县，人生地不熟的，大兴天天就知道埋头苦干。还好那地方不是太偏僻，离工地最近的人家走路五六分钟就到。因家离"矿区"近，有的老乡忙完农活，常顺路来工地转转，看工人们干活，带班的师傅们看到当地老乡来，就热情地打招呼，让他们到安全的地方坐，都会礼貌地与他们攀谈几句。雨天休息就到老乡家喝茶聊天。一来二去，这些外来务工人员与周边的村民就认识了。他们从老乡那里了解到当地哪个乡镇有"赶墟"、放电影。80年代出来务工的年轻人很多，小伙子们一听到有电影看，一个个欢呼雀跃，"晚上看电影去喽！"

早年，永泰出外做建筑行业的男人们都有一个共同点：找到了一个新工地，等"暂舍工棚"盖好，工地上有需要赶工期用小工时，成家的男人就回家把妻儿和未婚的姐妹接来。女人也成了建筑业的"半边天"。工地上，女人可以干的活多了，如洗衣做饭、开井架、挑沙浆、绑扎钢筋、撬铁钉。那时用砖头、钢筋水泥盖房子，水泥层板设备是用30公分左右宽的模板拼接装订成型，再放预制好的钢筋，用铁丝绑定，倒水泥混凝土。模板、铁钉都是循环着用，建好的一层一层，要在规定的时间里拆下模板，这就有大量的铁钉要撬起来，再用铁锤敲直。"撬铁钉""锤铁钉"就是女人们的活。

这些事你永泰女人干得了，大田女人同样也会干。工地边上那家老乡也让女儿梅香上工地来做小工，梅香又叫她朋友来做伴。工地来了女工，小伙子们个个劲头十足地提升自己的技能和素养。刚来时，收工回来后，他们只是胡乱擦把脸，狼吞虎咽吃过晚饭，然后就忙着打牌。现在不一样了，小伙子们活干得更好了，晚上收工回住处，手脚麻利地洗刷一番，着装清爽整洁。吃过晚饭就去老乡家门口的村道散步，到老乡家里买东西。时光推移，务工人员跟当地人熟络许多。大兴也爱找梅香姑娘说话，工友们开玩笑："大兴呀，梅香姑娘名花有主喽！"原来，梅香的未婚夫也在铁矿上班。大兴笑笑，红着脸说："你们没跟她说过话吗？"

下雨天不能干活，大兴和工友们出去玩，路过梅香家，梅香父亲招手叫他们来家里玩。大兴很肯干，不管是重活还是脏活从不计较，梅香父亲常来矿区玩，对他颇有好感。盛情难却，就进去喝茶吧。没想到的是大兴来喝茶，喝出了一桩美好姻缘！

大兴偶然遇见梅香的姐姐桂仙。原来，梅香家有兄有弟，还有七个姐妹。她姐姐桂仙是从小抱养给人家，养父母家在离她家蛮远的一个很偏僻的自然村，只有十来户人家。她养父母想留住桂仙做儿媳妇，桂仙不乐意接受这门亲事。心里郁闷了，桂仙时不时地回到亲生父母身边，同兄弟姐妹们一起，心情就会平复许多。大兴看她那忧郁的眼神，耐心宽慰她，买上电影票请桂仙和梅香夫妻一起去看电影。有空闲，就凭好手艺帮她家里刷墙、做水池、洗衣池等。一开始桂仙不太愿意亲近他。日子一长，她看到大兴为人率直，勤勤恳恳地工作，内心悄然发生变化，就欣然接受他的美意。

春去秋来，在大兴装衣物的帆布包里，"三角钱的电影票，票根攒下一大沓"。桂仙呢，也攒下了大兴对她一次次无微不至的关爱。柔情深种的她，帮他洗衣服、买日用品，慢慢觉得大兴与常人并无异。从此，大兴的梦里出现一个少女纯真秀丽的身影。他是多么渴望拥有一段美满的爱情，在这美丽村庄寻找到属于自己的另一半！但考虑自身的原因，又纠结能否得到她和父母的认可？他不敢贸然吐露心声。一次无意间大兴听到桂仙姐妹们聊天中说到，从来就没有去过福州市，福州有多大呀？有机会出去走走看看就好啦！

机缘巧合，大兴一个妹妹也在大田县务工，来过几次矿区看大兴，大兴还带她在桂仙家住过。妹妹家里有事准备回老家一趟了，大兴兄妹问桂仙一起到福州玩去吗？她起初还踌躇不前，去还是不去？思量再三，还是接受兄妹俩邀请。就这样，大兴兄妹带着桂仙到福州，又带着桂仙来霞拔老家玩。金桂飘香，稻谷成熟，乡村处处是忙碌的秋收景象。得知大兴要带"桂仙姑娘"回来，喜鹊登枝喜上眉梢。大兴爸妈早已备好接待贵客的好酒好菜。桂仙来到大兴家后，看到他父

宝山机械厂模具车间一角（胡伟生 摄）

母亲年龄不大，为人也好，姐妹一个比一个水灵，可爱的小兴害羞地接过给他的零食就跑开了。

大兴遇见桂仙，是冥冥之中自有注定。月朗风清夜晚，他俩互诉衷肠。大兴此时此刻不再犹豫，而是大胆深情地向她表白！桂仙也放下心中所有的顾虑，她点头，续写前世今朝！大兴的亲事有着落了，大兴爸妈高兴得直抹泪，亲友们都前来贺喜……

好事多磨。大兴爸妈、姐姐姐夫、叔伯，商量去大田桂仙家向她父母提亲。那是件大事呀，不能失了礼节。需要由懂得人情世故，见过世面的人来牵头斡旋。大兴叔父是乡里农械厂跑业务的采购员，大姐夫在乡政府工作，他俩是最佳人选。叔父、姐夫到桂仙父母家。养父母一时半会接受不了，说了些不合情理的话，哪个当父母的不心疼女儿啊，最后还是顺女儿意愿，默许了！但也多要了点彩礼。人心都是肉长的，该给的都得给，大兴家欣然应允。

他们终于顺利结婚。婚后第二年，大儿子小牛牛出生，给这个大家庭带来

蓑衣（池建辉 摄）

无限欢乐，把爷爷奶奶忙得不可开交，但一看到孙儿就笑得合不拢嘴。大兴听一个朋友讲：外省有一个大工程在招师傅，大兴也想去，要养家糊口，待在家里没那么多活干。因躲避"计划生育"，桂仙不得不跟他一起去，老人家也希望儿媳妇趁年轻备孕二胎。爷爷奶奶舍不得小孙子在外漂泊，坚持留下孙子放在家里带。其实没什么不放心的，还有小姑姑呵护。夫妻开始恩爱地双栖双飞，到江西务工，工地上干活虽累，却过得充实有盼头。

天遂人愿，桂仙又生下健康可爱的二宝。谁不羡慕大兴呀！大兴夫妇生完二胎，自觉到乡里计生办办完所有手续。以后去哪儿，不要担心查证件了。

桂仙出嫁三年多，很少回大田娘家，这次她要带二宝回娘家来踏实地陪陪父母亲。这三年多，娘家的变化也很大，新房子多了，有的也正准备盖。亲友们看到桂仙一家人提着伴手礼上门来，可开心了。婚前对他俩有看法的，再看看眼前相亲相爱的一家人，都端出一碗碗太平如意面送上迟来的祝福！大兴看到有的亲友家新房子在装修，就帮忙做几天，亲友们没想到他的活干得那么好，边边角角做得干净利索。通过亲友的热心帮助，大兴包到很多工程，有民房、厂房、寺庙，手头上活多得忙不过来，也雇来很多工人。这位永泰姑爷靠自己奋力拼搏，在大田县扎稳脚跟，赢得了好口碑，让妻儿老小过上好日子……

大兴一家人在大田县生活得很安稳，桂仙觉得日子过得是挺安逸，再有个女儿多好啊！公婆知道她的想法很赞同，经公婆多方打听，帮她去抱回一个女儿，那年头计划生育国策严的，哎，女孩子被亲生父母送走的知多少？回老家过春节，我看到她抱着女儿在晒太阳，一个人在那自言自语，"宝贝呀！你咋就这么难带嘞，吃什么东西肚子都不舒服。"毕竟不是母乳喂养。她二宝还没三周岁，有母乳喂养的就是好，长得虎头虎脑个头也高，我抱他没走多远就感到吃力。

起起落落才是人生。大田县要建图书馆，已有很多永泰师傅在做工，大兴也不满足于现状，要突破——自己去包大工程。他与朋友经过多方努力，也接到活，是单项土工。这不比建民房，民房的风格是东家一个人说了算，建图书馆难度可想而知。大兴知道自己文化有限，早已打算分一部分给朋友做，哪曾想朋友并不厚道，仗着自己对大工程较熟，把好价钱的项目都割走了，留给大兴的都是些耗工难做的。做了一段时间，算算完成的工程量，拿到进度款还不够发给工人工资。大兴想想还是及时止损吧，很遗憾，在图书馆投入那么大的精力，到头来只好草草收场。

做大工程实力不够，就做自己的拿手活小工程，小日子过得依然很滋润。中秋节，我和家人也回老家，见到桂仙都是满脸笑容，知道公婆帮带孙子很辛苦，回来总是去做些力所能及的农活、家务。一天，我在楼上房间看小叔、小姑做作业，听到对面厨房里桂仙一直哈哈笑个不停，我走到廊檐楼道看过去，她婆婆手上提着一口锅，正要刮锅灰。我问桂仙有什么好事？笑得那么开心呀。她笑得话都说不清晰，见我没听明白，朝我招手要我过去。

见我走过来，她说婆婆刚才说的话，她从来没听过。她问我锅灶烟筒堵了，要通一下，本地话怎么说？我说就是"通烟筒"。她说："我婆婆是说，捆两根毛竹枝巴拉烟筒。"她婆婆锅灰刮完了，手里拎个畚斗走进来了，要装锅灶里的柴火灰。桂仙听到婆婆又说出那句话，像似被婆婆点了笑穴，又笑得直不起腰……这个傻女人，这有什么好笑的，我不以为然，但也被她的笑感染了。那是幸福的笑啊！晚饭吃得早，勤快的婆婆抱来一捆毛竹枝要做扫把。看到毛竹枝，桂仙又不行了，笑憷了孩子，笑恼了婆婆；婆婆大声叫道："笑一整天了还没笑够！"大兴和小妹也笑说："妈妈，她笑她的，你身上又不痛不痒。"这个桂仙呀，宛若盛开的丹桂，贵气旺家，温馨和悦！

时光荏苒，岁月不居。他俩的孩子都长大了，快上初中了，我的孩子也有齐肩高。千禧年，欣欣向荣的中国，各行业迅速地发展，尤其是建筑业。各大小城市，旧城改造、新城开发，轰轰烈烈、繁繁荣荣。大兴也不拘于只在大田县务工，也跟同姐夫、妹夫们去福州、广西等城市接活。他也与时俱进，学会了预制钢筋、电焊、装模板等。桂仙也不甘落后，留在大田县，从事美发行业，得心应手，宾客盈门。

时代的发展让我们应接不暇。进城买房，读书就业，大家都把目光投向山外，在不同地域、不同的行业找到生存发展的舞台。因为各种因素，乡里乡亲不能一起回老家过年，成为当今农村的常态。就是兄弟姐妹、亲戚，有时候也得借助于亲人办喜事机会才聚集到一起。我和桂仙已有好久未聚。那次她的儿子结婚，我见她一身富态喜庆，恭迎亲朋好友到来。我和家人早早来祝福她荣升喜婆婆，并祝福新郎新娘早生贵子，百年好合！

几年来，大兴桂仙家喜事连连。他们很快升级当爷爷奶奶，当外公外婆。一家老少其乐融融，欢聚一堂，尽享天伦之乐！

又是一个浅秋。这季节、这旋律，总让我想起桂仙年轻时的模样，想起她与大兴一路走来的幸福。桂仙，你恰似桂花，把你种在坡上，你翠染了山岗；把你种在院坪，你华美了庭廊。你的芬芳似美酒，你的馨香如琼浆，醉了美好人间，醉了似水流年！

鸟瞰霞拔乡全貌（胡伟生 摄）

故园飞霞

江南妙地，文正后人。山水滋养和祖先教诲，深刻地影响着范氏族人。在霞拔乡上和村，数百年来延续着『耕读传家』的祖训家风。人们或安土重迁，固守故乡，本分内敛，于日落日出、年复一年中，与山水为邻，以土地为友，日子清贫却宁静；或抛妻别子，背井离乡，顺时而动，于一代两地跋涉中，让篾片跳跃，让铁花飞舞，日子颠沛却略微富足。对于故乡上和，无论留守还是别离，他们总是心心念念，血脉永续。

儒染家风行且远

□林在辉

霞拔乡上和村,是永泰一个小山村。这里的夜晚是宁静、悠闲的,人们坐在长条石椅上,乘凉,说笑。这里的夜晚是芳香、清甜的,清凉的晚风吹拂着脸颊,风中夹杂着草木的味道。霞拔上和范氏,世世代代重视家风建设与传承,弘扬"文正传人,耕读传家"传统文化,形成了良好的家风,如同这山乡的晚风,给人一种分外美的享受。

上和村户籍人口1800多,由范、黄两姓组成,其中范姓人口占96%。上和范氏,系北宋杰出的思想家、政治家、文学家范仲淹次子范纯仁(谥忠宣)后裔。以明朝天启三年修撰的《上盂范氏族谱》其五代孙文炳公作序为证。据序可知:上和范氏自始祖积公于明宣德元年(1426年)由大田县湖美乡高才村迁居到永泰县霞拔乡上和村,迄今597年,繁衍二十一代。上和范姓,家风上溯至少可追及范文正,可谓绵长深远。

走进上和村,聆听范氏家风故事,深入了解其精髓所在,准确把握其内涵要义。

霞拔人在大田

上和村庄（范玉惠　摄）

孝仁持家，敦亲睦邻

上和范氏持家以孝，代代相传，有口皆碑。

范仲淹《四民诗士》说："道从仁义广，名由忠孝全。"上和范氏秉承"孝道当竭力"祖训，告诫范家子弟从小要学会"孝双亲，爱兄弟，教子孙，睦乡邻，慎交友"，懂得感恩，报效社会。

大田县城，范氏银宋公家族。

据范银宋孙范功团（现为大田县公证处主任）讲述：

祖父银宋公。乐善好施、扶危济贫，以行善出名。20世纪20年代，独自闯荡，落脚大田城关，开小百货店发迹。娶大田县均溪镇温镇村陈三妹为妻，渐至衣食富足。在大田城关东街口，购买一间店铺，遂定居大田。他一生乐善好施，仗义疏财。其店铺成为霞拔乡亲投靠站，与在大田的霞拔乡亲相知甚深。

父朝洪。20世纪80年代在大田城关南门建砖混结构房屋一座，厝名"群芳楼"。朝洪秉承父训，助人为乐，广交朋友。许多受过恩情的人，连他们的后代听说朝洪盖房，纷纷前来做义工。

范功团。家中九兄妹。小时候，长辈们经常进行思想品德教育，对孩子一言一行严加督训，让他们从小明白忠孝、仁爱、礼义道理，从而形成良好品质和习惯。由于父母常年在外打工，兄妹们从小抱团取暖，互助协作，度过了家庭最困难的时期。如今虽皆已成家立业，感情仍然深厚。不论家中大小事，兄妹之间均会沟通与交流。

范家三代人在大田当地享有很高声望。

忠诚勤政，廉洁担当

范国宋，上和范氏积公十五世孙。

范国宋在长辈的言传身教下，以家训为立世之本，秉持"忠诚勤政，干净担当"家风底色，怀揣建设家乡教育的梦想，1956年自闽侯师范学校毕业后就回到永泰一中，成为一名中学政治教师，后来担任永泰一中校长兼党支部书记。耕耘三尺讲台二十年，范国宋秉持忠厚、和善、心正之怀，以勤奋踏实的工作作风，一步一个脚印地履行着一个教师的神圣职责，哺育出一片桃李芬芳。

他善学巧思，率先在全县推广"金字塔式"因材施教方法。1978年，他先后被评为"福建省教育先进工作者""福建省劳动模范"。因教学工作取得显著成绩，被破格提升为副县长，分管文教、体卫工作。在副县长职位上，他牢记全心全意为人民服务的宗旨，不辜负党的信任、人民的重托，勤勉尽职；工作作风扎实，经常深入基层，亲自蹲点跑片，大兴调查研究之风，提高工作效率。同时坚持原则，敢抓敢管，办事公道，严于律己，廉洁奉公，各项工作成绩斐然。在分管农业工作时，大力推行农业联产承包责任制，充分调动农民生产积极性，使永泰县粮食生产连年获得丰收，受到省政府好评，其先进事迹曾刊载于《福建日报》。随后他分管科技工作，重视科学普及工作，努力培养科技人才，积极引进科学技术，为永泰县经济发展服务。积极与省科委和省地质局合作，通过地质勘探，基本探清全县地热资源情况，在地热资源较为丰富的城峰乡（今城峰镇）等七个乡镇利用地热水进行温泉养鳗，取得很好的经济效益与社会效益，为日后永泰成为全国第十二个、福建第一个"中国温泉之乡"打下坚实基础。

范国宋长期扎根基层，用自己的实际行动生动地诠释了忠诚、廉洁、担当的真正内涵，为永泰经济发展贡献自己一分力量，被当地群众誉为"一心为民的好县长"。人民群众的拥护是范国宋不凡工作业绩的强大支撑力量。范国宋说："我只是永泰党员干部中普通一员。我们都在默默地奉献，在平凡中坚守着，这恰恰是一名共产党员应该做的。看着永泰人民生活水平能得到提高，工作中所有的苦和累都值得。"

这片土地上，也有过为人民解放作出贡献的人。范为兴，就是上和村走出来的一位离休干部。

范为兴早年就加入共产党，投身革命。1948年，在党地下组织领导下，在家乡组织贫农团闹革命，时任贫农团主任（后改为乡农会，任主席）。他积极组织贫农团成员开展武装斗争，收缴地主武装，为推翻国民党反动统治和全国解放作出积极贡献。解放后先后在永泰县人民武装部、闽侯军分区、莆田军分区、福建省军区供职，1979年转业到建阳地区人民检察院政治处部任主任（副处级），1993年离职休养。

范为兴生前说道："我出生在旧社会，很多年连饭都吃不饱，衣也穿不暖。在党和军队的关心培养教育下，我才有今天。人要懂得感恩，在有生之年，我还想为党和人民做点事。"朴素的几句话，折射出一个退役老兵的风采和一个共产党员的正能量!

在社会主义建设时期,上和范氏涌现出一大批忠诚勤政、廉洁担当、无私奉献的先进人物,如曾任南靖县副县长、省工商联联合会秘书长、大洋百货总监的范功杰,能政能文的省粮食厅基层教育处处长范桐宋等。在纪检、廉政战线上,也有不少范家子弟:范云国,高级经济师,曾任省农行资产管理处副处长,资产负债管理部专家(正处级),现为省农行巡视三组副组长;范传政,历任梧桐公社党委书记兼社长、永泰县农业局局长兼书记,退休后被县政府聘为廉政监督组组长。

据不完全统计,自1949年新中国建立以来,上和范氏族人曾任和现任科级以上干部的有55人,其中副处级6人,正处级11人。

信义从业,律己正人

"以义从业,诚信待人",强调从业需"和为贵,讲忠义,讲诚信",这是从业者道德规范,也是上和范氏家风亮色。

范苍松,十里八乡远近闻名的木工匠。

范苍松从小勤学木工,先后师从同乡锦安村黄而架师傅、东洋西塘村的邱师傅,刻苦勤奋,深得师傅真传,经多年实践、磨炼与提高,技艺高超。先后主导设计了嵩口善庆堂、隆福居(大门头)以及"卓家里"(方言音译)等庄寨、民宅,参与修缮盖洋闇亭寺、嵩口大埕宫等宫庙。

范苍松不求名利,诚恳待人,经常教导子女:从事任何职业都要"摸着自己的良心,认真做好每一道活"。正因为有了这份良心,他为人正直,秉持正义。比如有一次,一个雇主亲戚找到他,许以重金,让他在雇主家的房屋木料中做点手脚破其风水,被他当场严词辞绝。

言传身教,严于律己,知行合一,在范苍松的影响下,他所带徒弟个个都成为当地的能工巧匠。

精湛技艺，精益求精

范洪力，医学博士，现为厦门市第二医院康复医学科主任、主任医师，福建中医药大学硕士研究生导师，厦门医学院兼职教授。

范洪力凭着一颗仁心，一双妙手，施展着一根根银针，让拄了十几年拐杖的老人，放下了拐杖，恢复了独立行走的能力；让不能俯身的阿姨轻松弯腰。他让无数患者感恩在心。

"康复治疗的最终目标，是让人回归正常生活，有尊严地活着。"范医生把这句话牢记在心。数十年来为患者尽心尽力服务，赢得了患者的理解、支持与尊重，被上级部门授予"第三批福建省级优秀中医"荣誉称号。

范少辉，国家林业局国际竹藤中心科技教育处处长、二级研究员、首席专家、博士生导师。

范少辉本着对家乡竹林的爱，选择了林学，走进"林家大院"。他率领团队开展"竹资源高效培育关键技术研究与示范"项目课题研究，构建了以竹资源调查与动态监测技术为基础、高效经营关键技术为核心、健康保护技术为保障的竹资源高效培育关键技术体系，取得了科研重大突破，提高了竹林经济、生态和社会三大效益，斩获梁希林业科学技术一等奖。

因工作成绩显著，范少辉收获不少荣誉：2006年获全国优秀林业科技工作者称号、2007年入选新世纪百千万工程国家级人才、2014年获全国优秀科技工作者称号。《福建林学院报》与《科技日报》、《知识就是力量》杂志、《中国博士》丛书等刊物书籍多次报道、收录了相关事迹。

像范洪力、范少辉这些专家教授，凭着精湛的专业技艺，在行业领域上独领风骚，对范氏年轻一代在广袤大地间继续书写更加精彩的人生起到了引领作用。

崇教尚学，耕读传家

上和范氏族人世代秉承"耕读继世，诗礼传家"家训，谨遵"兴学校，本行

范氏宗祠博士匾（范玉惠 摄）

实""育才之方，莫先劝学"的教导，耕读立世，形成了独特的家族风气。家族曾创立义庄、义学，救恤族亲、邻里，教化子弟。其中尤其有特点的是，家族旧时设置有"书灯田"。"书灯田"，专划出一块责任田，田地的耕作所得和收入专供老师（旧时称先生）和学生读书、点灯油使用。此俗延至1950年土改。

还有，封建社会科举制度下，范氏子弟科考成果不俗。明万历年间，范氏积公四代孙本元公中得邑廪生，其子六人中三人入泮，其中文炳为邑廪生，文复、文熙为邑庠生，文炳子奕武亦为邑庠生。在当时就有"六房里秀才整半县"的说法。清嘉庆年间，全村有邑庠生（由县官府供膳秀才）14人，邑廪生2人，岁贡生1人。

上和范氏崇教尚学风气延续至今，子弟们心中都明白一个道理："只有读书，才能走出大山。"

当地乡贤范协忠老师介绍，1997年，上和范氏宗亲台北市范士庄设立了"怀亲大学清寒奖助金"，凡上和范氏宗亲清寒子弟，考读大学品学兼优者，每人每学期奖助人民币1000元，以示怀恩报德，兼而鼓励培育上进子弟，造就人才，造福乡里。2015年，上和范氏募资200万元注册成立了福建省上和慈善基金会。基金会每年为考取本科院校的上和范氏学子披红授带，举行颁奖仪式，发给奖学金，合影留念；召开座谈会，让他们接受秉承祖训、佑启后人的思想教育。对于

俯瞰上和村（范玉惠 摄）

家庭困难的学子，发给困难补助金。自 2015 年慈善基金会成立至今，共发放奖学金 23.3 万元，奖励考取本科及以上的学子 79 人次（其中博士研究生 1 人次，硕士研究生 7 人次，本科 71 人次，考取清华大学的 1 人）；发放助学助困金 9.8 万元，惠及困难家庭 78 户。基金会还通过各种渠道，争取各类助学金和助困金共计 12.175 万元，惠及 96 人次。在现有族裔中，具大学本科学历的有 200 多人，其中硕士研究生 36 人，博士研究生 19 人，出现了"父子双博士"1 对，"夫妻双博士"2 对。

现就读清华大学经济管理学院的范璟雯,2017年通过北京大学自主招生初审,免面试。2018年高考以672分位列全省文科第十名,被清华大学录取,开创了范家在上和村自开基以来录取高等学府的历史记录。

同时,上和慈善基金会还大力表彰那些乐于捐赠宗亲在内的各界人士。被基金会评为"慈善之星"(10万以上)的有:范振祥、范功青、范阳春、范和春、范功钗、范青华、范功春、范协锥、范协居、范协银、范文、范朝晖等。众多慈善家怀着一颗慈善之心扶贫济困,服务乡亲。其实,大部分人家境并不豪富,平时一贯保持勤俭节约的作风，但每次遇到家乡困难时，他们总是慷慨解囊，热情相助。

慈善公益基金协会理事长范振祥常说："一个地方不管多么偏僻落后，只要做好了教育，将来不会差。再穷也不能穷教育，再苦也不能苦学生。"

福建省上和慈善基金会积极开展慈善公益，常态化开展奖学、助学、助困和敬老活动。慈善基金会出版《上和人》会刊，开辟了"族史纵横""族史钩沉""宗亲风采""后裔风采"等栏目，刊登《一代名臣范文正》《北宋布衣宰相范纯仁》《范文正公家训百字铭》《范文正公训子弟语》等供族人阅览，学习祖训，从中受到启迪；报道宗亲风采、后裔风采，讲述宗亲创业故事，传送家乡风貌，光大优良家风。

小小上和村被称为"博士"村，这个奇迹便告诉人们一个道理：深厚的家风是一方水土的文化底蕴；能够被传承的家风，无不蕴含着一种积极进取的精神。当这些家风渗透到每一个族人血液中，就沉淀为族人的生命基因，融合后则成为家族的一种精神特质。这种基因，定会促进族人发展；这种特质，也必然促进家族兴盛发达。

夜深了，看着窗外的山村夜空，让人充满遐想。满天的星星，如点缀在深蓝幕布上的亮点，闪着银色的光。其中格外耀眼的是启明星，在黎明前最黑暗中带来光明与希望。在人的生命中，家风也恰似那颗最闪亮的启明星，让我们在人生的夜幕下不再踽踽独行，它能给人以坚定的方向、强健的脚力，让乡村的后生大踏步走出山门，走向更广阔的天地。

祥云之下的村庄

□许文华

虽在山中，恍若向海。

彼时，是农历二零二二年七月初九下午3点；彼地，是永泰县霞拔乡上和村外有500年历史的仙亭寺。

我们一行在当地范家后裔——惠、玉和范医生带领、指点下，瞻仰过正大殿的三仙公，左右殿的观世音菩萨和本邑农业神张圣君。我独立于寺院前埕，见到了高天厚土携手绘就的一幅奇妙大山水——山峦起伏，圆润而秀美。视野所及，色彩宜人。近处，蒹葭以清瘦的身形，柔韧的姿势，应和山风的撩拨，起伏着，涌出一层层柔美的叶的波纹。略远处的山岗上，年华正好的松树们擎着葱郁碧绿的枝桠，挺着腰，踮着脚，去亲近蔚蓝的天空。

而天空，无限宽广清浅，又那么宁静深邃。大团大团的白云，镶着浅浅的金边，轻盈地升腾、翻涌、变幻、流动，慢慢定格成最瑰丽神奇的画面：分明是"九嶷缤兮并迎，灵之来兮如云"的众仙朝拜图！莲花座上，佛祖端坐，眉眼耳廓，清晰可辨。神情仪态，庄严悲悯。宝座左下方，神女言事，端凝虔敬，衣袂飘逸；神兽静依身旁，安详顺从，听候调遣。宝座右上方，三朵偌大的祥云互相呼应着，飘然向更高处升腾。

这一幅天造地设的神云图，如许俏拔灵逸，数载难逢！一种恬淡宁静又幸福祥和的情愫，由我脚底直贯脑际。

幸运如许，也许缘于慕名而来。

霞拔乡，是山区县域永泰县西北部的一个小乡镇，高山缺水，田少且瘠，在农耕时代，如仅靠土地养家安生，当地百姓生活难以为继，只能另辟蹊路。由此，霞拔涌现出一大批优秀的手工艺人，他们织篾、铸铁、冶炼、打铁，逐渐带动亲友族人，走村串巷，他乡谋生。清朝末年，霞拔人用7天7夜的双足行走，开辟出离家数百里之外的处于三明市大田县的"打铁一条街"，建设出"霞拔一条街"的居住地。定居繁衍百年之后的今天，霞拔人后代，在大田已发展至数千人之众，他们的身份，也由手工艺者变成了大田市民，在各行各业大展身手，各显神通。

这其中，当然少不了范家后裔。他们的先祖从魏晋始，因躲避战乱等原因，从中原向南方迁移。至宋代，苏州范氏已发展成江南名门望族。族人范仲淹是名垂青史的政治家、文学家，他的"先天下之忧而忧，后天下之乐而乐"的视野胸襟，为他赢来"范文正公"的谥号，他的成就和精神，光耀中华史册，也激励着范氏后人。北宋末，范仲淹长子范纯佑及次子范纯仁的后裔，先后迁居福建三明，并扩大至龙岩、闽南、广东等地开枝散叶，繁衍生息。千年一瞬，而今，三明市的范姓人口主要集中于大田、宁化两县，尤以大田最多，人数近万。

据永泰、大田两地范氏族人介绍，永泰范氏大约在明清时由大田迁入，定居霞拔；其中部分族人，又于清末时，回迁大田。其间两地往来密切——谋生、联姻、定居，与当地不断渗透融合，发展壮大。所以，在范氏族人的心目中，似乎都已分不清两地中哪是故乡，哪是他乡。或者也可以说是，范氏一族，同时拥有大田和永泰两个故乡了。

留芳庄大厅天井（范玉惠 摄）

  江南妙地，文正后人。山水滋养和祖先教诲，深刻地影响着范氏族人。在霞拔乡上和村，数百年来延续着"耕读传家"的祖训家风。人们或安土重迁，固守故乡，本分内敛，于日落日出、年复一年中，与山水为邻，以土地为友，日子清贫却宁静；或抛妻别子，背井离乡，顺时而动，一代一代两地跋涉中，让箴片跳跃，让铁花飞舞，日子颠沛却略微富足。对于故乡上和，无论留守还是别离，他们总是心心念念，血脉永续。

  半是安居半是动荡的日子，给了上和范氏人更柔韧的性格和更宽广的眼界。他们总是智慧圆融，审时度势。当新中国成立，四海之内和平稳定，他们知道，改变生存方式、提升家族格局的时候到了！于是，范文正公青年时代划粥割齑努力向学的励志故事，在代代族人中口耳相传，成了祖辈父辈教诲督促后辈求知向学的教材与动力。从此以后，范氏族人通过求学走出大山的事例层出不穷。尤其

霞拔人在大田

是1977年,十年动乱后恢复高考至今,范氏家族人才潮涌,取得大中专、本科、硕士研究生学历的人层出不穷。最让他们引以为傲的是,45年来,仅留守上和村的范家子弟中,就涌现了19个博士。他们中,有兄弟、有伉俪,前者兰桂同芳,

上和村全景(范玉惠 摄)

后者梧桐引凤，共同缔造着上和村的今世传奇。

走进范氏宗祠，只觉屋宇敞亮，满目生辉。也许几经修缮的缘故吧，仿古的建筑掩藏不住新时代的建筑气息，但四梁扛井的气派，斗拱雀替的美观，配上"源

远流长""博士""伉俪双博士"等红底金字大匾，让人欣羡之余，心生震撼。房梁下，层层叠叠的木制阶梯，是范氏族人祭祖之日摆放祭品所用——偏远山乡里，这个家族人丁兴旺，由此可知。而远近闻名的"博士村"的荣光，是上和村最高调的炫富，最可自豪的荣耀！

纵然如此，这里也仅仅是范氏族人的根脉，是他们心之所系之处。更多的后人，或读书，或经商，或就业，都已走向山外，定居于县城、省城，或其他城市。同当代中国许多农村状况相似，这个夏日，我们在村中走过，很少见到年轻人和小娃儿，只在一些打理得还算整洁的村居里，见到一些留守的老人。这些老人侍弄着日渐荒芜的田园，努力维持着古老乡村原生态的生活方式。而他们的日渐走向城里的儿孙，是他们的希冀、骄傲，以及浅浅的背叛与惆怅。

亘古的乡愁啊，在上和村的天空下飘荡，萦绕。

村部是贴着瓷砖的二层小洋楼，它居于村庄中心位置。得益于新农村建设福利，它简洁、整饬。贴着标语，竖着宣传栏。门前有池塘，池塘以外是杂草和农作物相间的绿色田塍和菜园、果园。"一水护田将绿绕，两山排闼送青来"景物依旧，内在的生活方式却早已物是人非。

山坡的风水林，是范氏入村始祖亲手植下的吧？数百年阳光雨露滋养着，翁郁葱茏，开枝散叶；数百年的雨雪风霜侵蚀着，古老皱褶，沉默，沧桑。其中一棵硕大的松木，一树3杈，粗壮的胸径目测3人无法合抱，它挺直的身姿该有15米高度吧？抬起头，望不到树梢，只觉它隐入云霄，与长天絮语不休。风水林是村庄成长的见证，是宗族壮大的荫蔽，夏日浓荫下，该藏着多少动人的故事，多少深刻的历史啊！

村中心的小山包下，默默伫立着一座古庄寨——留芳庄。石门、石径、石砌的墙基。暗色的梁柱上，最初的繁复的花纹雕饰也已蒙上百年烟尘。祝寿、结婚的大红对联也已斑斑驳驳。站在大厅天井，抬头望见黑色的瓦楞，瓦楞之上的飞檐翘脊，以及再之上的一角蔚蓝天空，和天空下虬劲苍绿的数棵老松的枝枝桠桠。

脚步轻轻，絮语轻轻，时光在这一刻，透明地凝固着，如一枚微黄又晶莹的琥珀。

范氏后人很遗憾地说，厅堂里，正梁底下的数幅木雕，于数年前失窃了，至今下落不明。那是老祖宗留下的东西，刻着八仙过海的故事呢！八仙如此神通，却护不住家传宝物，挡不住贼子惦记——在今天，在永泰无数个村庄中无数栋被后代子孙遗弃了的祖厝和庄寨里，屡屡上演，莫奈他何。

长春庄是玉的婆家，住的也是范姓人。我们去时，她的公婆刚好从长居的福州城回乡。忠厚的老人热情地接待我们。茶水、西瓜和每人一大碗鸡蛋茶，延续着古老乡村待客的最高礼仪。老人开心地给我们看他的字画收藏，那是他们年轻时闯荡异乡的见证。而今，子孙满堂，散居城市，但整洁清爽的长春庄，仍萦绕着温馨吉祥的亲情，福佑后人。

上和村的范氏后人，在半是异乡半故乡的三明大田，经过数代打拼，传承，已在不同领域做出了不凡的业绩，他们中，最让人称道感念的"范银宋"夫妻早已作古。但瓜瓞绵绵，昌盛滋润，他们的儿孙，据说时常回到上和村寻宗探祖，一解乡愁。那19个博士，以及他们身后无数的硕士、学士，也曾无数次从远方归来，为匆匆的步履寻找最踏实的着地安放之处。那些凭借手艺，凭借诚信经商富裕了的人，也从不曾忘记回乡，修路铺桥，并进入祠堂焚香礼拜，告慰祖先，汲取重新出发的勇气和力量。

这永恒的来自中国人的乡愁啊，这让远方游子魂牵梦绕的永久故乡！

这祥云之下的村庄，愿你上上乃和，百世其昌！

志在留芳

□张建设

永泰县霞拔乡上和村与闽清县毗邻处有一座"汾流峰",该峰为永泰与闽清的分水岭;在汾流峰东侧有一条支脉,蜿蜒向南奔腾而下,到一个叫长垱垱的地方稍作停顿,留下了一个大垱。

清光绪十二年(1886年),上和村村民范珂炎在此建造了一座豪宅,土木结构,左右六扇外加左右横楼、上下两落外加前埕,占地面积达2038平方米,楼上、楼下有房间近百间(二层部分房间高度不及2米),有前、正、后三个厅。总建筑面积达1131.68平方米。整座建筑分成四个平台建造,坐北朝南略偏东,采用了福建地区最好的采光角度。后山稳固,明堂开阔,气势雄伟。建筑布局极有特色,内庄正座部分雕刻繁复,文化底蕴极为深厚。

庄名甚美,称"留芳庄",但如今人去庄空。如何让这座将近140岁的老宅重新焕发青春?这成了范珂炎后裔,乃至上和村委会、霞拔乡政府亟须思考的事。

正座大门（范玉惠 摄）

一、关于留芳庄本体

留芳庄的前埕就很有特色，分成上下两坪，经两处七级如意踏跺才能登上正座前廊。下埕坪右侧设入庄门楼，门楼前还有曲折转进的围墙和甬道，人们从甬道到门楼，再从门楼到进入第一级埕坪，最后登上第二级埕坪，所走路线是一个朝斗状。斗，即北斗，进门朝北斗，在家倚北斗，出门有北斗指路，岂不是无往而不胜？门楼和前甬道形成错位的设计，使得门户不轻易暴露，门楼侧围墙发挥了照墙作用，达到藏风聚气的目的，又增强了防护性。门楼看似简陋，三柱进深，却架着一个"四梁扛井"，前后带垂花柱结构；和平时期，此处适宜护院者值守。围墙高两米许，可以防止窥探，可以防范小"君子"，但不妨碍庄内主人的对外瞭望。两级埕坪进深各有七八米，横宽与正座六扇外大通沟边平齐，约40.5米，是两个很好的晒场。

从前埕仰望正座，正面土木小二层，土墙两端绵延至横楼尽头，并向后折转，围护整匝，墙厚约 50 公分。墙体只有正面设门户，防护严密。中为大门，是方整青石块拱券结构，门洞宽 1.64 米，石砌门框柱宽 0.6 米，两侧梢头处各有小青砖拱砌的小拱券门，宽 0.77 米。正门上方白灰批塑墙面，墨书三个斗方大字"留芳庄"，结体端庄，笔画饱满，行笔从容稳健。门边一副对联"高平绵世泽，胜地绍宗风"，字体与庄名类而小，表达了家族源流和对子孙的希望，字面对仗严谨，内容比一般的门第联更胜一筹。"高平"指范家迁来上和村之前的居住地大田县高平乡。

大门前有一条横向走廊，通往两个边门，实际对三座门户的功能作了划分：中间大门内是主体建筑，是男主人处理各种事物之所，主人和重要的、经邀请的客人以及红白喜事要从此间进出，日常里，下人、女眷不得进入。大门两边的屋墙并未对外开设门户，只有左右两个圆窗，用八卦状团寿花纹格，可以采光，又保证私密性和防护。

在大门的背后是礼仪厅。墙背面上，也是灰墙墨书，还加了一对翩翩起舞的彩绘凤凰，墨书字体与墙前相似，内容是"爱吾庐。"此语最早出自晋朝陶潜的《读山海经》诗："众鸟欣有托，吾亦爱吾庐。"写在此处，让每一个走出家门的子弟要牢牢记住这个家对他们的期望，要爱惜这个家，守护这个家，为这个家争光添彩。主人要在此间迎送重要客人，也可以借此向客人表明自己对家的热爱。

据说"留芳庄"和"爱吾庐"以及和门第联题字，都是清末我县举人何际升所书。何际升是大洋镇苍霞村人，当时我县著名学者、书法家，其墨宝遗留不多，须当珍惜。

礼仪厅与正堂间有一个大天井，两厢三开间，中间为双开门，明显是一个小花厅构造。厢房在本地叫作"下书院"或"下书房"，这种结构，说明此处可以作为先生起居和处理事务的场所。

通过五级垂带踏跺登上正堂，才发现这里很不简单。正堂进深九柱（含后墙），横开六扇，中间明间为堂，两边为斗廊。

首先看轩廊，是一个船篷轩，前金柱和出廊柱的跨梁上立双童柱，顶着横架的双檩。雀替高撑，望板紧密。雀替穿过栌斗，刻满了如意花草云纹。童柱之上的月梁也是花团锦簇，童柱与金柱、出廊柱之间的部分则雕刻着鱼化龙，鳞鳍雄张，充满活力。童柱的正面插把为高浮雕人物，分别为"福禄寿喜"四星，表面绘有赭、蓝、青数色，其神态灵动，似在祝福这一家人；背面分立四个花瓶，瓶中有盛开的花束，寓意"四季平安"。官房前雕刻只剩两块绦环板，为"抚琴"和"对弈"的人物形象。各处雕刻虽然不够精细，但是内容丰富，刀工流畅，保持完整，殊为难得。平安、福寿俱全、读书进取，是普通老百姓的永恒追求。

厅堂中部高处横亘着一条灯梁，梁体壮硕，红漆打底，金彩为图，有牡丹、月季、菊花和一些菱形方胜等，分别寓意着富贵平安、多寿多子，洪福在天。可惜的是两端的梁托已经被盗。

最可欣赏的是太师壁。最高处一斗三升连接着花枋、卷书枋，栌斗如花篮、花盆，花果纷繁。卷书枋上以折篆黑体墨书浅刻着"福禄寿""天地以一""喜气同春""三星指引"等吉祥语。屏柱顶端的插把犹在，是两只对望呼应的衔书凤凰，羽翅高扬，金首昂起，形神俱备。古以"凤凰衔书"谓帝王使者持送诏书，体现了皇命赐予的瑞应之兆。细看这对凤凰，与轩廊插把"福禄寿喜"一样，表面似乎被白灰糊住了，只能在白灰脱落处隐隐约约地透出一些彩色，头部的金彩工艺比较精湛，至今依然金光闪烁。白灰涂抹应该是特殊年代留下的印记。在凤凰之下的版心位置，悬挂着一块横匾，初看表面是红底白字"为人民服务"，仔细辨认，在这层字背后，还透出"杖国高年"四个大字，隐约有上下款；这是原匾阳刻文字被铲除后留下的痕迹。匾额的木框红漆涂装，用金彩描着五福梅花、如意福寿花等图案，匾托只剩下一个，为髹金的高浮雕福禄寿三星人物形象，形态生动。这是一块祝寿匾，四个楷书大字不算书法高手所书，但配合这么精美的匾框和匾托，应该有所来历。

"杖国高年"是称颂德高望重的老者的，普通人当不起。尊老是中华民族的

俯瞰留芳庄（范玉惠 摄）

传统美德，古代有赐手杖给老人使用的定制。多大年龄、在什么范围可以用杖，《礼记·王制》作了规定："五十杖于家，六十杖于乡，七十杖于国，八十杖于朝，九十者天子欲有问焉，则就其室。"意思是说：五十岁可以挂杖行于家，六十岁可以挂杖行于乡里，七十岁可以挂杖行于国都，八十岁可以挂杖出入朝廷。查《上和范氏族谱》，范珂炎的前后几代人，也只有他本人年纪超过七十岁（道光元年1821－光绪十八年1892）；族谱还记载他是"皇清例授岁进士"，即援例捐纳的贡生，理论上具有担任县儒学训导这一级官员的资格。不要看不起这个"捐纳"的贡生，他是从未考取举人的秀才里遴选的；清代科举，考秀才大约三年两次，每次永福县的名额只有8-16名，有的人终生都考不上，都只是一个"童生"。而授匾者必须是七品正堂以上的官员代表衙门授予。范珂炎在光绪十六年达到七十岁，此时建好留芳庄才四年，当时的永福县知县是沈俊，他是附生出身，学问一般，但是为人民做了不少好事。此匾应该是沈俊所题。

在匾额下方，是神龛间，前有四扇屏门，下设祭祀桌。屏门上绦环板为高浮雕鋄金四季吉祥花卉，下绦环板被盗，中间四块版心为红漆底版镶嵌镂刻鋄金的《朱文公家训》全篇，洋洋洒洒，字体端庄，大部分都没有脱落，极易辨读，其内容是：

  黎明即起，洒扫庭除，要内外整洁。既昏便息，关锁门户，必亲自检点。一粥一饭，当思来处不易；半丝半缕，恒念物力维艰。宜未雨而绸缪，毋临渴而掘井。自奉必须俭约，宴客切勿流连。器具质而洁，瓦缶胜金玉；饮食约而精，园蔬愈珍馐。勿营华屋，勿谋良田。三姑六婆，实淫盗之媒；婢美妾娇，非闺房之福。童仆勿用俊美，妻妾切忌艳妆。祖宗虽远，祭祀不可不诚；子孙虽愚，经书不可不读。居身务期质朴，教子要有义方。莫贪意外之财，莫饮过量之酒。与肩挑贸易，毋占便宜；见穷苦亲邻，须加温恤。刻薄成家，理无久享；伦常乖舛，立见消亡。兄弟叔侄，须分多润寡；长幼内外，宜法肃辞严。听妇言，乖骨肉，岂是丈夫；重资财，薄父母，不成人子。嫁女择佳婿，毋索重聘；娶媳求淑女，勿计厚奁。见富贵而生谄容者，最可耻；遇贫穷而作骄态者，贱莫甚。居家戒争讼，讼则终凶；处世戒多言，言多必失。勿恃势力而凌逼孤寡；毋贪口腹而恣杀牲禽。乖僻自是，悔误必多；颓惰自甘，家道难成。狎昵恶少，久必受其累；屈志老成，急则可相依。轻听发言，安知非人之谮诉，当忍耐三思；因事相争，焉知非我之不是，须平心想。施惠无念，受恩莫忘。凡事当留余地，得意不宜再往。人有喜庆，不可生妒忌心；人有祸患，不可生喜幸心。善欲人见，不是真善，恶恐人知，便是大恶。见色而起淫心，报在妻女；匿怨而用暗箭，祸延子孙。家门和顺，虽饔飧不济，亦有余欢；国课早完，囊橐无余，自得其乐。读书志在圣贤，非徒科第；为官心存君国，岂计身家。守分安命，顺时听天。为人若此，庶乎近焉。

  这篇训文524字，文字通俗易懂，内容简明赅备，对仗工整，朗朗上口，问世以来，不胫而走，成为有清一代家喻户晓、脍炙人口的教子治家的经典家训。其中一些警句，如"一粥一饭，当思来处不易；半丝半缕，恒念物力维艰""宜未雨而绸缪，毋临渴而掘井"等，在今天仍然具有教育意义。

《治家格言》以"修身""齐家"为宗旨，集儒家做人处世方法之大成，思想植根深厚，含义博大精深。通篇意在劝人要勤俭持家，安分守己。将中国几千年形成的道德教育思想，以名言警句的形式表达出来，可以口头传训，也可以写成对联条幅挂在大门、厅堂和居室，作为治理家庭和教育子女的座右铭。因此，很为官宦、士绅和书香门第乐道，流传甚广，被历代士大夫尊为"治家之经"，清至民国年间一度成为童蒙必读课本之一。

在永泰的古民居中，镂刻或雕刻髹金的朱文公家训见过不少，但是都是节选，从未有如此完整的。以此教育子弟，这座太师壁就是一个难得的人生课程讲堂。这四扇屏门是非常珍贵的。规模如此巨大，正座雕刻相对精美、繁复，文化意蕴浓厚，保存基本完好，历史136年的古民居，如今无人居住、使用，甚为可惜。如果加以整饬，应该可以申报省级文物保护单位。

二、与留芳庄有关的人事

范珂炎能够建豪宅，本身具备初级功名，与县令、举人有交情，这在封建时代并不容易。此人相关的历史轨迹如何呢？

上和范家是范仲淹后裔，祖居苏州，辗转迁徙到大田县高平乡，初来上和村为范积一人，时在明宣德元年（1426年），至今已传二十一世，在谱人口4000余人。其传至第三世有子言公始留祀田载冬租一十五石，子清被县尹林宗教举为乡饮宾。第四世七人，老二本忠被县令陈思谟举为约正，本和被县令张侃举为乡饮宾，本立被县令钱正志举为乡饮宾，本元则成为邑廪生（秀才中优胜者），本诚被县令李淳举为约正；祀田更多；范家开始走上政治舞台。第五世有二十二个从兄弟，文炳、文复、文熙为邑（廪）庠生，文经、文泮、文辉业儒（教书先生）。第六世五十五个族兄弟，亦武为邑庠生，亦祯、亦升、亦东、亦襄业儒，另有在庠者亦日、亦登、亦寀、亦芬、亦垣等。第七世有一百二十五位族兄弟，在庠的有大英、大雅、大彦、大均；业儒者有：大概、大宗、大堪。第八世降到八十一个族兄弟，仅健夫、术夫、贤夫业孺，另裕夫留祀田载租五十石。第九世有六十五个族兄弟，有在庠者土青，业孺者土潖、土绘，太学生土性，邑庠生土燕。第十世有一百二十个族兄弟，业孺者有：培翔（国学生，建有下寨一座）、在兹、在冠、在乔、在元、在瑛（县令苏公泗举为乡饮宾）、太学生有：在球。另有在森留祀田二百四十斤种，建屋太和堂八扇。第九世、第十世的人多在康乾时期出生。

范珂炎一系是：积－正居－子言－本和（乡饮宾）－文辉（业孺）－亦登（在庠）－大基－裕夫（留祀田五十石）－土青（在庠）－培翔（业孺，建寨）－第十一世宗珪，业孺，建霞拔仓厝华屋一座－第十二世元精－第十三世亨书－本身。

从范氏家族历史看，每一代都有读书人，都有教育从业者，若干代总要留下祀田，这些说明了家族对耕读传家的重视。他们的人口兴衰和读书人的多寡以及成就，与社会安定与否、经济发展水平息息相关。第四、五世出了一波读书人，修了族谱，正处于万历到天启经济发展较高水平时期。第八世、第九世人口急剧下降，正值明清鼎革，国家有难，个人也要受累。而到了康乾盛世，人口迅速恢

精美丰富的雕刻（范玉惠　摄）

复，不但出了读书人，还建起了不少大厝。在范珂炎建留芳庄时，是所谓"同光中兴"阶段，国家经济复苏，慈禧太后在朝中又带头奢靡成风，所以，民居建筑的雕琢也有攀比之势。

再看范珂炎的后代，他生有四子（第十五世）祥宋、泽宋、文宋、雅宋和三个女儿；祥宋生子传奇、传昌，泽宋生子步鸿、呈鸿，文宋生子统鸿、兴鸿、清鸿、香鸿（嗣雅宋）、镐鸿、焕鸿。传奇生女雪娇，嗣子功卓；传昌生子功孙；呈鸿生子功振；统鸿生子功义、功平；兴鸿生子功志；清鸿生子功宜；香鸿生子功莺、功智、功桃；镐鸿嗣子功平，本人卒葬大田城关；焕鸿生子功泰、功荣、功忠、功屹，本人卒葬大田县城关。"鸿"字辈为第十六世，"功"字辈为第十七世。

再下一代"协"字辈为第十八世。功卓生子协武，功孙赘入文藻檀家，生子檀东金、范东华、檀东玉；功义于1988年在本村硋厂仑建土木六扇屋一座，生子协来、协财、协居、协存、协银；功平在王坑尾建土木房屋一座，生子协权、协亮；功志生子协灯、协机、协林、协更；功宜（1935-2014），于1973年在本村建土木房屋一座，娶妻大田县温巧春（1945年生人），生子协钟、协贵；功泰，

汾流峰（范玉惠　摄）

退伍后安排在大田县汽车修理厂工作，生子林勇、协晖；功荣（1955-2004），卒葬大田县城关，娶妻福长村王闽英，生子协斌；功忠，1991年毕业于三明职业大学，供职于大田县电力总站，生女倩雯；功莺（1931-1995），历任五福乡民兵队长、永泰县五区团干事、副社长、副乡长，1981年在本村建绍馨庄，生子协雄、协兴、协玉、协锋、协清；功智（1934年生人），本村大队长，农具厂长，生子协城、协强、协波、协松、协永；功桃（1940年生人），霞拔乡总机负责人，生子协信、协勇、协谋。"协"字辈目前有三十三人，其中居福州四人，居永泰县城关三人，居大田县五人。

第十九世"可"字辈有四十四人，最大的1977年出生，最小的在2014年出生，2000年后11人。现有五个大学本科毕业，一个大专毕业。第二十世"绍"字辈现有43人，均为本世纪出生。

从范珂炎后裔的发展看，虽然各小支不够均衡，但总的来说，人丁还是比较兴旺的。到大田县谋生最早的是镐鸿（1907-1949），其妻子于1940年卒葬大田县城关，本人及嗣子功平皆卒葬本村，说明后来又回到霞拔。而焕鸿（1924-1973）长期以打铁为生，卒葬大田县城关，其子四人供职均在大田县，说明已经在大田县扎根了。另有十多人到福州、永泰县城等地安家，多人大学毕业在外工作，说明更多的子孙将目光投向外部世界。

这些外出发展的人，其轨迹也说明了个人的命运与国家气运紧密相连：国家衰落时，个人要以手艺到处漂泊，艰难谋生，一遇挫折，只能回乡苟延残喘。而在共产党领导下，尽管也是土地资源紧缺，人们却可以通过读书、创业等，找到更广阔的天地展示才华，创造更新更美的生活。

回过来说留芳庄，至今基本完好，周边环境优美，继续空置，非常浪费。建议结合霞拔乡良好的文旅资源，将之改造为古建参观点、传统文化教育基地、民宿等，应该还是大有可为的。

金钟山下的村庄

□章礼提

峻峭的金钟山,位于永泰县西北部的霞拔乡。那是霞拔乡境内最高的山峰,海拔908米。往前看,是同安镇的仙峰;往后瞧,那是东洋乡的莲峰。三座高山连成一线,周围众山围绕,云雾茫茫,恰似三位大将统领千军万马。

金钟山,近视是座山,远看似金钟,山顶视野宽阔,传说于宋代盖了座庄寨,取名金钟寨,只可惜元初被毁。金钟寨除了留下残缺不全却又相当稳固的石基之外,还留下一些让人心驰神往的传说——寨里和寨外埋着金钟、金铊、金秤、金杯……

金钟山颇有名气,而金钟山下的南坪村(原名二十二都南阳境),不管是过去还是现在,名气更为响亮。过去南坪村是出了名的偏远贫困之地,而现在则是一座集旅游与休闲为一体的秀丽山庄。

南坪村地处霞拔乡南部,有前垅、水尾、大树洞、寨仔头、横路下、葫芦乾等九个自然村,距离乡政府7公里,行车到县城53公里。南坪村高山峻岭,要走出"大门",不是爬山就是下岭,到了1989年才开通一条通往乡政府却没有等级的公路。有几条通往嵩口、同安、大洋、东洋、霞拔等地的古道,其中最为有名的,是从嵩口镇起始,经月洲、湖里到南坪,然后前往仁里、霞拔到闽清县省璜镇的那一条。当年解放军就是经这条古道,从闽清县城开始,一路把部分国民党军追到嵩口,然后赶去了台湾。

南坪村周围相邻有大洋、同安、嵩口、东洋、霞拔等5个乡镇12个行政村。东,寨下坑沿乌里溪,直到麻公殿;南,沿溪到苦车坪、后角岭,再往隔仔仑。西,水牛隔、葫芦乾、过都、周坑;北,隔仔格、金钟寨、半腰仑。村中有两条清清小溪,分别向东或向西流去。这里山高水远,地广人稀,草木幽幽,在周边乡镇人们的印象中,南坪只有两个词可以概括:"非常偏僻"和"非常贫穷"。

"叽叽喳喳,南坪寨下",两座村庄只隔一条小溪,山对着山,鸟鸣听得见,走路却要一个多小时。几百年来,同安、大洋等乡镇的村民,如果家里女孩子哭

南坪村上新厝和下新厝(胡伟生 摄)

麻公祖殿（胡伟生 摄）

闹，大人们就会恐吓说："再哭，长大后就把你嫁到南坪寨下！"大人们这么一说，谁家女孩还敢再哭？"南坪寨下"这个词便成为管教女孩最有效的办法。

南坪村民大都姓章，清朝康熙三年，德化县南埕镇章子专和章子恩兄弟俩多次到闽清县坂东一带打工，本想迁居到坂东镇。有一年，路过南坪村，见林深树茂，土地肥沃，水源充足，前有黄螺把口，后有雄狮镇村，觉得风水好，应是宜居之地，于是便在蟒蛇山中选处宝穴盖房居住。过了十几年，侄儿景沧和景璧见叔叔俩迁居到南坪，生活过得还不错，也先后把全家迁移过来，在南坪村盖房安居乐业。

迁居南坪村的章氏，历经350多年，先后盖了250多座房屋，繁育子孙十五六代，人口已达到1500多人。现在有许多南坪人迁居到县城或省城，部分村民因企业发展需要，还迁居到外省去。

南坪村，首先让人感觉村名起得好，"文革"期间，有位姓彭的高级干部下放到霞拔公社，请他选择驻地：去南坑大队，还是去南坪大队？老彭毫不犹豫地选择了后者，认为"坪"应该是比较平坦的地方，但他哪里知道南坪村处处是高山！不过，南坪村民倒是热情好客，质朴厚德，勤奋好学。两年多后，老彭与村民建立了深厚感情。

南坪村虽然偏僻，但也有让人称赞之亮点。

清道光年间，位于下南坪长泰厝太学生章元发的儿子考上秀才，接着孙子和曾孙也先后考中秀才，到了光绪二十二年，两位玄孙也考中了秀才，不足百年时间，获得"一堂四代十秀才""同堂三批首""同科两秀才"等佳绩。据相关资料记载，当年全县考中秀才只有八名学子，而长泰厝就占了两名，惊动学界而扬名全县。这个盛况，让南坪人引为自豪，激励着一代又一代南坪人，自从恢复高考以来，每年都有学子考进大学，有的还获得了硕士、博士学位……

清光绪末年到民国中期，南坪人以幼竹和芦苇为原料，先后创办了5家小型造纸厂，生产出大量粗纸，畅销全县各地；同时在村中设立12家店铺，批发和销售粗纸、茶油、桐油、笋干、李干、地瓜干和茶叶等农副产品，引来了各地商人。南坪村成为一个集市，从此热闹起来了，村民们收入得到不断增加，让人羡慕不已！

20世纪70年代末到90年代初，泥水匠章礼翰带着儿子前往200多里外的大田县创业，几年后包下了几项小工程。因工程建设需要，1981年在大田县成立了"永泰县霞拔乡南坪大队建筑施工队"，章礼翰回到村里带去50多位乡亲，加入建筑施工队伍。十几年来，施工队先后建好大田县农业局宿舍、农业干部学校、大田公园、大田县自来水厂、大田公路段宿舍、大田邮电局附属工程、大田财政局集资楼，为大田县建设作出了贡献。特别令人高兴的是，施工队的许多年轻人，由于能吃苦耐劳，手艺精湛，为人老实厚道，得到了许多大田姑娘的青睐，几年之间就从大田县娶回20多位美丽姑娘，过上恩爱生活，成为佳话。

常言说，三十年河东，三十年河西。谁都不会想到，进入21世纪，山高水远的南坪村，撩开面纱，倒成了君子好逑的"窈窕淑女"：这里因空气清新，景点秀丽，成为城里人羡慕和向往的村庄。

当今南坪村，建有一条三级公路通往县城，到省城也只需个把小时，村里每天有两部班车，交通非常便捷，近年来每天都有城里人进村旅游，到了节假日更是热闹，许多省城人携妻带子而来。

春天来了，前往金钟山观赏满山遍野的茶树，看着那采茶姑娘双手飞舞采茶忙，听着那优美动听的采茶歌，然后到竹林里观赏那盛开的野花，挖几根心仪的毛竹笋或甜笋，到农地采些鼠曲草。

夏天到了，走进距离村部不远的山林，观看各种鸟类表演，倾听它们无忧无虑的话语。这里地处深山老林，鸟类资源非常丰富，时不时飞来几只平时无法见到的小鸟，让你大开眼界，也让你惊喜不已。离开鸟语林，你还可以前往果园，采摘南坪村盛产的芙蓉李或山桃子。

秋天来了，到田边观赏水稻丰收景象，体现一下农耕活计；到山上，欣赏野花秋菊和八月桂花；在林下，捡一些米椎、榛子、板栗；往果园，随意采摘些红柿子和柑橘，让你满载而归。

冬天到了，导游会带你参观金钟寨、尼姑庵、造纸场和位于湖里溪畔榨油坊的古迹；参观具有300多年历史的里祖厝、前祖厝、大王宫；然后带你进住"夏凉冬暖"古民居，领略乡村文化的厚重。回城时，你可以购买一些好吃的槟榔芋、兴化薯、地瓜粉等农产品。

不管什么时候进村游玩，如有感兴趣的客人，导游都会带你前往参观位于水尾黄螺守口和位于湖里溪的麻公殿，讲述黄螺守口的故事和麻公殿主神"石、麻、扇"尊王以及白眉帅公的传奇……

岩城展艺迎燕归

□章智前

南坪是一个行政村的名字,位于永泰县霞拔乡南部,金钟山下。南坪村中心,距乡政府所在地7公里,离县城53公里。域内海拔380至910米之间,田园、民居分布上下相差500米左右。

南坪二字,按字义解释,南是方位,坪泛指山区和丘陵地区局部的平地。实际上,南坪"地无三尺平"。境内高山耸立,沟壑纵横,民居不是建在山脊上,就在山坡或山坳中,整个村庄是在峰峦的夹缝中存在,是个地道的山旮旯。村民出行,不是爬山,就是越岭,直到1990年开通公路,南坪人才结束货物靠肩挑背扛进村的历史。

这里住着章姓,300多户1500多人。由于地处偏远,生存环境恶劣,南坪人谋生娶妻难现象,成为一个不可缓和的突出问题。但这也倒逼着向往美好生活的南坪人,不断逃出大山,出外谋生。

南坪人性格,像大山一样沉稳,遇挫不馁,踔厉奋发;又像山雾那般飘荡,

金钟山下茶园(胡伟生 摄)

  风吹为带,光照为虹。他们不被大山所困厄,不因崎岖而止步,向外拓展,由来已久,其中前往大田创业成家的成为一种现象。

  章礼株是南坪最早闯荡大田的人。从20世纪40年代开始,他跟随霞拔村林銮宝来到大田上京,拜师学艺,架炉打铁。随着时光流逝,经人介绍与上京刘氏相爱,结为伉俪。并生育三女一男。

  这样的好事,是众多娶不到老婆的南坪人,做梦也想的事。礼株事例,激起无数年轻人的心澜,跟风、效仿乐此不疲。

20世纪50年代中期，南坪章智万也跟随仁里村陈师傅前往大田县广平乡学做箧。他从做箧起步，曾当过煤矿财务会计，娶大田广平镇林氏为妻，生育两男六女。其子孙十几名取得本科以上学历。他们务实有为，兴家立业，子孙多数从事金融工作，堪称"金融之家"。

成功的榜样是无穷的，到了20世纪60年代，章智万堂弟章智和也来到大田广平，从事竹编加工，并与当地人结婚，生育两男。

改革开放后，全国各地掀起建设高潮，工程项目纷纷上马，新兴建筑产业给农村劳动力提供了广阔平台。南坪年轻人追波逐浪，顺势而为，撇下山中活，陆续出外打工，赚钱谋生、娶妻成家。

1979年，南坪章礼翰也开启了大田之行。先是从水泥工做起，后改为承包小工程，涉入建筑领域。1981年，他在大田县创立了"永泰县霞拔乡南坪大队建筑施工队"。施工队成立后，他回南坪村带走50多位乡亲，加入建筑施工队伍，为大田基础设施建设输送了能工巧匠。

建筑施工队成立后，需要一个管理团队，章礼翰又回到村里邀请章礼炎、章智贺、章智勋、章智端等组成管理人员，加入管理团队。这些人员文化程度虽然比较低，但勤奋好学，通过不断努力，学到了一定的管理知识，管理能力与水平适合当时需求，工程质量得到保障，信誉逐渐飙升，项目越来越多。

南坪建筑队在大田落地十年，先后承建了农业局宿舍、农业干部学校、大田公园、县自来水厂、公路段宿舍、邮电局附属工程、县财政局集资楼、县桃源税务所等工程。

1991年，由于建筑队资质偏低，难以承建大项目工程，便与霞拔乡建筑工程公司联合，继续承接建设项目。章礼翰以及儿子章智端在大田二十多年，由于注重质量，承建工程广受好评。

你唱罢我登场，这是舞台的规矩，也是南坪建筑人参与大田建设的现象。2008年，章智炎与其子章小斌，也来到大田参与工程承包，先后单独或与人合作，承建了岩城广场、大田体育馆、部分市政项目，以及改造汽修厂等工程。有的工程目前还在施工中。

大田建设项目，为章礼翰、章智炎等施展建筑才干提供了机遇。他们承建工程，又为南坪人谋生展艺和娶妻成家搭建了平台。走出去，富起来的年轻人，陆续在大田抒写了一个个美妙动人的爱情故事。

三十多年来，许多南坪人因为勤劳、淳朴、善良，在工地上或交往中，不断赢得大田姑娘的芳心，许多姑娘爱上了有手艺的南坪人。据不完全统计，就一个南坪村，从章礼株开始，先后有26位大田姑娘嫁给了南坪人，一时成为佳话。

娘家在大田均溪镇，嫁到南坪已二十多年的叶氏大姐，操着一口不太流利的永泰话说，均溪镇位处大田城郊，虽然当时还没与县城融为一体，但房子比比皆是，非常热闹。嫁到南坪寨仔头自然村来，说好听一点，是爱情的力量，说难听点，是发疯的恋爱脑所致，迷迷糊糊跟着男人来到了这里。

她回忆恋爱的过程，有甜蜜、也有酸楚。当姑娘时，在家没事做，也想着赚点小钱，用来贴补家用，经人介绍，进入南坪人承包的工地，做了小工。工地上，遇见了泥水工师傅章忠某。经过几个月接触，日久生情，爱上了他。就这样，不问出身、也不问来处，以身相许，缘定终身。

她说：第一次来永泰，火车、汽车、徒步交替进行，一路辗转来到霞拔街。此时，我身心俱疲。在老公鼓励下，带着新鲜和猎奇的心理，跟着男人走向通往老家的漫长山路。来到南坪村，我惊呆了：站在山脊远眺，整个村庄淹没在莽莽苍苍的山野里，一座座土木房，像一顶顶黑毡帽落在山野中，再努力搜索，也见不到几座。四处鸟唱虫鸣，一片苍茫。与大田老家相比，简直是不同的两个世界。问她后悔了吗？她回道，说不上后悔，但肯定不是理想的归宿。俗话说"姻缘天注定"，我也认命了，只要夫妻有爱，比什么都重要。看准了这点，什么都习惯了。

还有一位嫁到南坪村的范姑娘说，当时在工地做小工，年轻渴望爱情，两情相悦，便黏在了一起。至于他做什么工、哪里人？一概不究。我想这就是南坪小伙子，迎得大田姑娘的魅力所在。

经了解，嫁到南坪的大田姑娘，所有都是自由恋爱的，是情投意合的结合，没有一人是媒人撮合的。大田姑娘嫁到南坪个个好样，受到乡亲的啧啧称赞。如今，他们的爱情，就像金钟山下一朵朵盛开的并蒂莲，叶子田田，花开有果。

南坪人在大田还在延续，两地年轻人的爱情故事还在演绎。一曲曲爱情恋歌，伴着心有灵犀的感动，唱着并蒂花开的明艳，缭绕在戴云山脉东西两侧，回荡在山间，绵延永恒。

绿野深处觅锦安

□ 赖 华

阳春三月,初识锦安。

驾着小车一路攀升,进入群山之巅的锦安,犹如置身绿野秘境。彼时万物复苏、花香正好。我奔着慕名已久的霞拔黄氏"父子三庄寨"而去。

锦安村是永泰县霞拔乡第三大行政村,位于霞拔西部,全村面积6.5平方公里。村里有黄、林两姓,黄姓始祖苍山公于明万历年间(1575年)由尤溪迁入。

位于锦安长万自然村的谷贻堂、积善堂以及邻村东洋乡周坑村的绍安庄,被称为黄氏"父子三庄寨",被世界建筑文物保护基金会纳入"2022世界建筑文物观察名录"支持对象,全国唯一。据统计,永泰现存大大小小的庄寨有152座。我曾走过同安镇的"爱荆庄""青石寨""仁和庄",参观过白云乡的"竹头寨",曾被这些大型庄寨宏大的气势所折服。缘何霞拔黄氏"父子三庄寨"独受世界建筑文物保护基金会青睐?

未入谷贻堂,先被堂前的青梅林所吸引。门前一大片陡坡,栽种着青梅,正

黄文禧雕像（胡伟生 摄）

是梅子成熟季，青梅压枝，风吹过，梅园窸窸窣窣地摇晃着春天青涩的诱惑。林中几树柚子花开，独特的清香浮动，混搭上若有若无的青梅酸涩，穿肺过腑，恍若年少时光，虽不成熟，岁月却青葱撩人。林下三两妇人，一边闲聊，一边手握竹棍敲打枝桠，梅子应声簌簌而下。农人与季节的约定，似来自远古时候，许是亚当夏娃与上帝的契约，许是大地之母对女娲任性之举的厚待，农人只需以棍为媒，即可唤醒万物。站在台阶上，看蜜蜂与蝴蝶在柚子花上窃窃私语，听陡坡下的锦安溪汨汨流淌。蓦然回望，屋顶层叠的飞檐翘角，高高地向碧蓝的天空卷翘着，似龙舌、似燕尾，整座庄寨如凤如凰栖息于高山原野，恍惚间，即拖着长长的翎羽，展翅滑翔在青山绿水间，清丽的鸣叫声婉转在山巅深谷。

霞拔人在大田

峡谷往下，百米开外的积善堂，成"方形倭角八边形"，在永泰庄寨中极为罕见。是黄孟钢最为宠爱的第三子黄学猷所建。庄寨内里的木构，雕梁画栋、精美至极。锦安溪在峡谷间穿行，顺流而下。

到达东洋乡，绍安庄就建在东洋乡溪畔。看似有些笨拙的绍安庄，因其后楼屋脊与溪流水平面落差达30米，被喻为"福建的布达拉宫"，一座坚固的堡垒。作为黄家仓储而存在的绍安庄，在匪患肆虐的清末民初，数次抵挡住土匪的进攻，守护着黄氏后人生生不息。

再探锦安，已是骄阳似火的六月。

霞拔谷贻堂（胡伟生 摄）

本以为酷暑之际访锦安，情绪被炙热的阳光烘烤，难免焦躁。不承想，迈入村口，干净整洁的村庄令人耳目一新。村子中央高高低低的梯田里种着槟榔芋，墨绿的芋叶铺排着，山风吹过，挤挤挨挨。环顾坐落在群山环抱中的村庄，村舍井然，或新筑、或老屋皆依山势而建，宽敞的村道、洁净而透明的空气中夹杂着原野的气息，令人心旷神怡。或许，人亦如此，不贪不嗔不念，顺势而为，自然心怀万象。

古时道路大多傍溪流而行，锦安古道亦不例外。从锦安村顺溪而下至长万村，

古道经东洋乡周坑村，沿着黄连隔，下到嵩口洋中，而后到月洲，翻过月洲隔，到达嵩口古镇。爬上锦安村背后的将军岭，翻过山顶的隔头亭，往下即可达连江。据说解放前，国民党 96 军溃败，从这条古道撤出永泰，现年 79 岁的黄仁泉他奶奶还见过国民党 96 军撤退的官兵。

黄氏四十一世祖黄文禧就是通过古道走出大山，走向马尾船政造船厂。黄文禧出生于清朝道光八年（1828 年），家道贫苦，父亲是筑墙师傅。他随父亲四处建房子吃百家饭长大，渐渐地，有着一手筑墙的好手艺。古时夯土筑墙，用两块木制长侧板、一块短板组成模具，另一端加活动卡具。先是将模具放在石块砌好的地基上，填入三分之一的黏土，用整棵树削制成一头大、一头小、中间小蛮腰的大木棰将黏土夯实。筑墙师傅需双手抱起夯棰，直上直下夯打，除了需要过人的耐力与力量，还得将房墙垂直地建在地基上，这种技术没有一定的时间与经历，难以成师。

据锦安村老辈人说，黄文禧非常孝顺，父亲爱吃鱼，他就徒步到福州筑墙，换取微薄的酬劳，每月按时买鱼用盐腌制后徒步背回锦安孝敬父亲，直至十多年后父亲病逝。乡下人大抵忠厚老实，传说他在福州马尾替官府筑城墙，按协议城墙为单面测量计算工钱。他将墙筑得又厚又结实，县令巡检时非常满意，按双面测量付工钱给他。

1866年，清朝廷在马尾创办船政，研究、制造船只大炮，急需能工巧匠，黄文禧在马尾县令的举荐下进入船厂，一边工作，一边在最早的技工学校——船政艺圃学习，成绩优异，后来成为船政十三厂中精通西法制造的匠首。1869年，他参与制造了中国第一艘千吨级船舰——万年清；1872年，他又参与制造了成为福建水师旗舰的"扬武"舰。此后，"飞云舰""振威舰""济安舰"等，他均参与建造。位于马尾的中国船政文化博物馆至今收藏着一张1875年6月28日船政大臣沈葆桢、钦差大臣左宗棠、闽浙总督、福建巡抚、福州将军等五位大臣为船政匠首黄文禧咨请给奖奏札"黄文禧在厂精熟西法制造，不负所学，请以千总留闽尽先补用"，后加升四品守备。古时"千总"官职为正五品。立匾"大夫第"。

1884年，中法马江海战，战斗从打响到结束，不到30分钟，扬武、济安、飞云等9艘兵舰被法军击沉，多艘运输船被击毁。福建水师官兵殉国700多人，几乎全军覆没，清政府的昏庸无能令人捶胸顿足。不管是官兵也好还是船舰制造者也罢，能从这场战役中得以幸存，是大幸，黄文禧就是其中的幸存者之一。眼睁睁地看着船舰在敌人的炮火中灰飞烟灭，看着马尾造船厂和两岸炮台被摧毁，他心如死灰。哀莫大于心死，马江海战之后，黄文禧回到锦安。据说，后来清军派了十多名清兵接他回福州任职，他拒绝了。1897年，他驾鹤西去，享年七十。他一生为人正直，到了晚年更是两袖清风，丧事还是族人凑钱帮忙料理。

村委张剑华是个热心肠的人，她将我带到黄文禧的故居前，老屋是木构瓦房，飞檐翘角。虽然看上去没有黄孟钢父子三庄寨的奢华与坚固，但有一份闲适与轻松自在的意趣。老屋依旧住着黄文禧后人，正门的门框上、圆柱上贴着红对联，门楣上结着的红绸带，虽有些褪了红色，但喜庆之意依旧给老屋增添了不少生气。厨房里老虎灶，灶上的油盐酱醋，灶前的锅碗瓢盆……日常的人间烟火一下子拉近了我与老屋的距离，它似一个令人可亲近的老人，看着它，似观望有着100多年岁月的老古董。村部前的黄文禧塑像是个身着官服，头戴顶戴，两眼深邃，手握书卷的男子。他的老屋虽然100多年了，依然结实，没有荒废，更没有倾圮，默默地守护着后人，守着些许陈旧的岁月，候着日出日落。

我和张村委走到黄氏宗祠前，门前的瓜架上结满了大大小小的黄瓜，一女子提着桶正在采摘。看到张村委，熟络地打着招呼。随意地攀谈着，无非就是儿女

黄氏宗祠（范玉惠　摄）

丈夫，家长里短。听说我的来意，她将摘下的鲜嫩黄瓜递了一根给我，旁边邻居顺手接了过去，笑着说帮我拿进屋洗干净刨了皮再给我吃。咬一口，浓郁的瓜味缠绕上味蕾。小时候，父母每年都在屋前房后的空地压些黄瓜种子，等瓜秧长出，即上山砍回一捆竹子，搭成瓜架。没过几天，瓜蔓喧喧闹闹地攀上架子，一路攀爬一路结小黄瓜，一嘟噜一嘟噜地垂下来。再过几天，摘下带刺的黄瓜，蘸盐巴生啃，没有比这更清新美味的夏日水果了。我一边啃着黄瓜，满满的老家记忆涌上脑海。微风拂面，女人还往我的背兜里塞上几根，说是带着吃，有家乡的味道。在一个陌生的小山村，享受着回娘家的待遇，那般的亲切感让我心里暖暖的。

锦安人自古有外出务工的经历。前人中黄文禧是典范，而后来最令人惊叹的是与三明市大田县的渊源。两百多年前，霞拔人即沿着古道前往相距150多公里外的大田县谋生。他们在大田多从事手工艺、建筑、水泥制造、机械制造等经商行业。"霞拔一条街"上有打铁铺、竹编店等小作坊。据说目前霞拔人有3000多个乡亲在大田从事着各行各业，有的还是行业中的翘楚，谱写着霞拔人在大田的传奇故事。当然，霞拔人在大田并不是孤立的群体，而是融入了当地的生活、创造，据说锦安有个小伙子与大田姑娘的爱情故事最是传为美谈。

如今的锦安如众多的山村一样，年轻人大多外出务工，村里多留守老人、儿童。支书黄春晖说，村干部成了他们最直接的守护人。村委组织慈善基金会，村里贫困人员但凡得重病皆可向基金会申请资助，尽量做到人人病有所医；为鼓励孩童努力学文化，他们奖学助教。锦安是个好地方，全村2000多户籍人口，80岁以上的长寿老人有60多个。每年重阳节来临，村委即登门慰问，并组织拍摄"金婚银婚"照。

喜欢上一个村庄与喜欢上一个人一样，不一定是轰轰烈烈、怦然心跳的桥段，有时候一个温暖的瞬间，心即被俘获。我确定自己喜欢上了被群山捧在手心里的村庄——锦安。它不止有黄氏三庄寨，它的人情温暖更是令我再三流连。

霞之凤兮，御风起

□赖 华

如果说陶翁笔下的桃花源是一处武陵人躲避秦时之乱的世外桃源，那么，最先被清晨霞光抚摩到的群山之巅，名为"霞拔"之地，定是清末民初匪患肆虐时，黄氏族人的桃源之境。建于彼时的永泰霞拔黄氏"父子三庄寨"：谷贻堂、积善堂、绍安庄，如一群栖息在深山里的凤凰，于160多年后，惊艳了世界。

谷贻堂

霞拔乡的锦安溪自北而来，沿着两山峡谷间逶迤而下，经长万自然村，一路向南，流向月洲桃花溪后，汇入大樟溪。据说，懂堪舆术的黄孟钢看好长万村溪岸东侧台地，因其山脉由莲花山始发，一路来龙，在此结出"凤浴金盆"之地势。咸丰十年（1860年），黄孟钢选此厝址，建谷贻堂。

锦安溪穿行在苍翠的峡谷间，时隐时现。从溪畔至谷贻堂门前，是一大片陡峭的山坡。原先这片陡坡是梯田，现在改种青梅。我顺势坐在门前的台阶上，享

谷贻堂大门（池建辉 摄）

谷贻堂下书院（池建辉 摄）

受片刻与自然相拥的宁静舒缓,听黄孟钢后人讲谷贻堂的前世今生。

孟钢公的家原在谷贻堂背后的锦安自然村,他常来这片山坳放羊,发现此乃吉地,先是在此搭建小土房,圈养生畜,而后筹建谷贻堂。谷贻堂占地面积1727平方米,建筑面积达2650平方米,大小房间118间,从高空俯视,它如趴在山窝里欲振翅高飞的大鸟。谷贻堂屋顶为悬山顶,青瓦覆面,屋脊平直伸展,飞檐缓缓起翘如龙舌,层层叠叠、错落有致地向天空高高舒展着,灵动大气。正堂、廊庑、厢房、横屋……高护坡上的围墙将所有的建筑紧护怀里,紧密相连。谷贻堂从门亭起建,由下往上,最后才是正座厅堂。

谷贻堂门前山坡陡立,深十余丈,孟钢公对谷贻堂进行精心布局。谷贻堂坐东面西,正门转而朝向西北,不与正堂大厅相对。一条一米多宽、183级的石砌台阶从正门处沿西北方向斜伸进锦安溪,似大管子源源不断地汲取"溪水"。跨进大门,右边是一长溜的围墙横屋,横屋前是一棋盘空埕,摆着两尊练武石,石砌台明,高丈许,两边设有"鲁班尺"形状的台阶。两侧走廊,改架木梯上下。上得第二个空埕,是一坪浅且宽阔的方埕,中有五级青石板台阶可上正厅。从方埕两侧的廊庑上厅堂,依旧是架木梯,廊边镶木板,雨天防雨水溅上走廊。

谷贻堂的两扇形似木栅栏的正门充分体现了孟钢公的睿智。在黄氏后人的指点下,我拉开木门,左右门上赫然各现一个"才"(财)字,合上,一个大写的"本"字立在眼前。"开门迎财,关门见本",其用意之深切,在永泰其他庄寨中极少见到。

黄孟钢在长万及周坑两村都开有榨油坊。他在山场种下大量的油茶树,谷贻堂背后的山坡,至今还有100多年前种下的百多棵老油茶树。除了自己种油茶树,还向乡亲收购油茶籽。每年油茶籽收获季节,他每天凌晨出门,天未亮已到人家门前,待晨曦微露,才敲门谈收购。俗话说得好"早起的鸟儿有食吃",与其说,他是靠山茶油发家致富,不如说是因为他勤勉做事、低调做人。

黄氏后人将我带到一个黝黑油亮的大木榁前,告诉我,木榁是160多年前装茶油用的容器。茶油最多的时候，墙角下一溜摆着30多个这样的大油榳，每个油榳容量近1000公斤。当时霞拔流传着这样的顺口溜："上和（长万上游的村落）出水流，到此变成油。"每年农历十月至来年的三四月，是黄家榨油坊最繁忙阶段，众多工人日夜赶工，忙翻晒、榨压。有人说黄孟钢家的茶油多，足够带动水车舂一臼米，名副其实"富得流油"。

俗话说，成功的男人背后都有一个默默支持他的女人，孟钢嬷堪称女人中的典范。谷贻堂门前的梯田原属于上和村人，因路途远，清晨来播种收割的农人都带上煮好的简单饭食。将其挂在谷贻堂门前的树上，临近中午，孟钢嬷就将这些午饭拿进厨房加热，经常夹些自家的菜品搭配，有时还有深山里罕见的咸带鱼。待孟钢公的家境稍好，孟钢嬷就舀出家酿的青红酒给他们解乏。三年如此这般好酒好菜地款待，上和村人被深深地感动，将这片梯田赠予黄孟钢。

慢慢地，黄孟钢手上有了盈余即开始购置田地、山场。坊间传说，霞拔有三条洋，其中两条洋上的耕田为黄孟钢所有。他的田产、山场遍及霞拔乡、东洋乡、同安镇，每年可收成粮食几千担。

据《锦安黄氏族谱》记载，锦安黄氏祖先来自河南光州固始，光启元年（885年）随闽王王审知入闽，先迁居梅溪坊（闽清）凤栖山下，元朝年间迁居尤溪盖竹，自万历年间从尤溪盖竹迁居永泰莲坑头，后定居霞拔锦安霞川，从事山林开发，最后加入永泰籍。锦安黄氏始祖苍山公一路筚路蓝缕到锦安，他们的生存理念除了"寸积尺累，幸获羡余之裕，多增山林田地，多盖屋宇土堡"外，亦非常注重耕读传家。至明末清初，第五代的朝典、朝珣，已当上甲长。而后，他们的族人积极参与科举考试，接下来的每一代子孙中均有人从事举业，其中不乏立功名者。有的入"太学"，有的成为"乡饮耆宾"，有的"业儒"，有的是"武庠生"，有的还曾担任"佾生"……"父子三庄寨"的黄孟钢和黄学猷即是太学生，黄学书与黄学烈为武庠生。

谷贻堂距今已160多年，虽年久失修，但是，当你站在面阔7间、进深7柱的宽阔气派的厅堂中，满眼是用料考究、繁复而精美的雕花时，仍忍不住赞叹。厅堂两侧八卦太极窗，窗下是八扇雕花门；仰望正堂，两个垂莲柱，精致细腻；轩廊梁架上雕花童柱、彩色花角斗、青色蕉叶替木，替木上还附着两朵粉红色的花，色彩鲜丽娇艳。朱红太师壁上雕刻着"姜子牙钓鱼、文王拉车、盘古开天地、刘伯温预言"四幅图案。

谷贻堂厅堂内，六对楹联上自梁架、下达柱础，恢弘大气，最为特别的是用典《诗经》与《尚书》的这一副："思爱始爱谋作室只云底法，望肯堂肯构安居可告成劳。"

站在厅堂向下望，两侧廊庑上的屋面围脊上栩栩如生，异常美丽的彩绘，图案精美，色彩依稀："脊上用矿物颜料灰塑彩绘天官、高士、仕女、樵夫、牧童、寿女、五老、瑞兽、花鸟鱼虫、几何图案、楼台亭阁。"（《福建庄寨》）。细

锦安、长万俯瞰图（池建辉 摄）

谷贻堂（池建辉　摄）

看谷贻堂各处建筑，正堂、围屋、油作坊、碾坊、双侧厢房、耳房及卫生间、双重护厝、双过水、双书院……所有的建筑设施一应俱全，设计别致精巧而人性化。

绍安庄

绍安庄是黄孟钢派大儿子黄学书在东洋乡周坑村所建，同时期二儿子黄学烈亦在周坑村建绍宁庄（绍宁庄因历史原因已倒塌）。黄孟钢派俩儿子建造的即是屋宇土堡，亦是两个大仓储。

明清以来，西山片（霞拔、东洋、同安）村民生产的经济作物对外售卖，大多靠嵩口古镇的集市贸易。长万村前往古镇，走古道，经东洋乡周坑村，沿着黄连隔，下到嵩口洋中，而后到月洲，翻过月洲隔，到达古镇集市。长万村紧邻周

坑村，山场里出产的木材、靛青、茶叶、茶油、李果等，均是经周坑村运至集市进行贸易。周坑村成为向外运送物资的中转站，黄孟钢在此有田产、山林，还有一个"三和兴"榨油坊。

绍安庄建于光绪二十一年（1895年）。它依山势而建，层层向上，门前溪流如玉带环绕，庄寨后楼屋脊与溪流水平面落差达 30 米，被喻为"福建的布达拉宫"。庄寨正面呈长方形，占地面积 1846 平方米，建筑面积 2940 平方米，总面阔 44.1 米，总进深 40.9 米，大小房间 108 间。只有站在它的面前，领略它的宏伟气势，才有最直观被震撼到的感受。

站在周坑溪畔，仰望绍安庄，鹅卵石砌就的墙基高达 3 米，厚围墙，悬山顶，单脊龙舌燕尾翘，层层叠叠的屋面飞檐翘角，异常美丽。面阔 40 多米的围墙上一排狭小的瞭望窗，墙体上各个防御位置分布着枪孔。庄寨两侧傍着碉式角楼，如忠实的护卫。围墙正中开正门，厚重的青石条垒砌的门框、青石条门楣上方书"绍安庄"三个大字，仅有一条狭小的曲折坡形岭道与之相通。《永泰县志》记载："永泰地硗民贫，宋元以前，无苦大盗者。明祚中衰，倭患遂烈。薮泽之雄，又啸聚凭陵，远近之逆奴凶竖，惧罪逋逃者，倚为窟宅。"绍安庄为内庄外寨，将日常生活空间与防御抗敌设施完美结合。

绍安庄整个建筑内饰以简洁、纯朴、宜居为主旋律。最引人注目的是正堂太师壁上设悬空的神龛，上悬挂"极娑联辉"鎏金大贺匾，为光绪乙巳年（1905 年）

兵部左侍郎福建学政秦绶章所书。"极婺联辉"是祝贺年长夫妻如南极星、婺女星般长寿之意。

绍安庄布局合理而全面，生活、学习、生产等用房样样不少。用以防御的碉式角楼、跑马道、高护墙、瞭望窗、厚实的庄门亦样样俱全。庄寨中最为与众不同的地方是建在左后侧碉式角楼内的弓箭形"阴井"，此井水至今源源不断，即使土匪围攻，关起寨门，生活丝毫不受影响。

积善堂

积善堂的主人是黄孟钢的第三个儿子——黄学猷。庄寨内饰风格与绍安庄的简约风迥然不同，极尽精美奢华。厅堂梁架上的雀替镂雕云纹、牡丹花卉，拱上的斗雕成莲花状；门柱后挑着两个挂桐，挂桐下雕嵌成宫式红灯笼；大厅前廊卷棚的压条为圆形，浮雕着抽象的松梅吉祥图案。目光所及，太师壁、梁架、正堂明间、正堂轩廊前檐、下堂插屏门，处处雕梁画栋，浮雕点彩，精美至极。最引人注目的是正厅镶有四扇镂刻的《朱子治家格言》："……一粥一饭，当思来处不易；半丝半缕，恒念物力维艰。宜未雨而绸缪，毋临渴而掘井……"据黄学猷后人说，学猷公亦如朱子治家格言中所言："黎明即起，洒扫庭院，要内外整洁；既昏便息，关锁门户，必亲自检点。"

黄学猷自幼天资聪慧，3岁已学会打算盘，13岁即替父亲黄孟钢记账掌管财务。传说他"十八杠算盘顶在头上打得啪啪响"，非凡的记数和经营能力令他备受父亲的宠爱。黄孟钢在他13岁那年，分予他千担粮食，让他起建积善堂。积善堂坐落在距离谷贻堂100多米的锦安溪下游，建于清光绪三十一年（1905年），占地面积1610平方米，建筑面积3117平方米，寨堡成八角形，永泰庄寨中极为罕见，寓意子孙世世代代开基立业，万事亨通。

如果说绍安庄和绍宁庄是黄孟钢家族的两大仓储，那么积善堂则是财务部。积善堂现存的文书194件，涵盖账簿、契约、阄书、收据等等，时间上迄乾隆三十四年（1769年），下至20世纪末。主要涉及黄孟钢及黄学猷的经济活动和日常生活。

黄孟钢以茶油发家，置田产出租佃户，同时兼营桐油、肉、稻谷等等。经营中除了现金结算外可赊账、赊物，连牛仔都能赊。赊账赊物之人待手头宽裕了再还钱。他们家族的经营模式远不仅于此。比如，将自家的羊羔交予他人饲养，然后约定羊群繁殖后再予以平分。这样的经营模式在山高林密的乡村，可获得双赢的效果。

黄孟钢与黄学猷俩父子以组织会社的形式将资本直接投入金融借代，有抵押借贷、直接借贷、亲戚间的无息借贷。在抵押贷款中，往往以山林、土地、房屋作为抵押物。由此，黄孟钢家族的财产似滚雪球般越滚越大，终于成就永泰西山片的商业金融帝国。小儿子黄学精，行武出身，他把建庄寨的木料、石料、瓦片都备齐了，却英年早逝。黄学精的后人说，很遗憾他的祖先最终未能完成独自建庄寨的夙愿，要不霞拔黄氏将有传奇般"五父子五庄寨"。

走访黄氏"父子三庄寨"，似隔着百多年时空，与每个庄寨主人作了无声的交流。谷贻堂内敛的奢华，大气而包容，有开基拓业、事业有成者方有此气度；绍安庄沉稳简约而庄重，似行伍出身的黄学书，有不怒自威的气魄；积善堂备受宠爱、意气风发，令人深爱。

2022年3月，世界建筑文物保护基金会将黄氏"父子三庄寨"纳入"2022世界建筑文物观察名录"支持对象，全国唯一。而今霞拔"父子三庄寨"带着传奇般的故事，如藏匿在深山里的凤凰，冲天而起，响遏行云。

霞拔人在大田

一寨九庄著风流

□郭永仙

背井离乡是一个悲壮的词，毅然而决绝，前路茫茫，何为所终？

在一百多年的历史长河中，霞拔乡的霞拔、南坑、上和、福长等村的前辈以及后辈人，带着打铁、打铜、铸鼎、弹棉、裁缝、织篾、织蓑衣、理发等手艺，一路讨生活，流动他乡，最终落脚大田。在大田这块热土上，与当地人和睦相处，繁衍生息，发展壮大，据不完全统计，霞拔人在大田的人口已达3000多人！

县文联关注到这个迁徙奇观、社会现象，并组织作家前往霞拔、大田两地采风，写出了近40篇各有侧重的文章，为普通人立传。我因错过前往大田采风的机会，未能领略霞拔乡亲在大田的风采。于是第三次补充采风，我选择了下园村，也想探访下园村村民有无落户大田的乡亲……

从乡政府出发，乘坐下园村黄统书记的摩托车，半小时左右就到了下园村。黄书记是位90后村官，虽然上任才两年多，对村情与历史还是很了解的。在闲聊中才知道，下园村没有村民走大田谋生之路，村里只有一位大田讨的媳妇。村

聚安庄大夫第牌匾（郭永仙 摄）

民从事建筑业的居多，在霞拔乡颇有名气。

下园村算个小村，村落面积3.48平方公里，人口1397人左右，441户，17村民小组，下辖4个自然村。村平均海拔650米，全村耕地面积1344亩，林地面积3524亩。村里主要有四大姓：黄、张、陈、肖。黄为最大姓。

村虽然不大，黄书记却十分自豪地告诉我，他们村有著名的一寨九庄！在永泰众多的村庄中实属罕见。一寨：省垱寨（德星居）；九庄：容就庄（也称下园旧厝）、福星庄、长发庄、龙境庄、福安庄、仁安庄、长安庄、庆安庄、聚安庄。都是黄姓家族父子、兄弟、爷孙们营建。

黄书记带着我从山谷底的龙境庄看起。龙境庄规模不算大，面向田畴，以小青石块筑一道矮墙，将庄屋护于其间。房屋不高大，也没有雕梁画栋砖雕泥绘，多的是平民隐逸低调的意味。没有高堂华构，却给人家的温馨感觉。

黄书记用摩托车载着我从低处往高处参观。福星庄、福安庄、长发庄、长安庄等一一观赏。这些庄基本上都无人居住而显破败，其后人多另址盖房居住。来到村

半座聚安庄（郭永仙　摄）

里一处较高的山坡上，眼前一座比较高大的房屋引起我的关注。房屋只剩下一座主座，院落及侧屋都已拆除。这就是聚安庄。厅堂及左右厢房廊柱上的楹联让人眼睛一亮。屏柱联："汉江夏唐颍川名宦名儒功德留贻光史乘；左龙潭右鹅髻佳山佳水秀灵钟毓振人文。"从联中透露出门弟及住处的山峰及地理。老脚柱联："栽花竹养禽鱼旦暮悠游皆乐趣，笃读书勤稼穑儿孙耕读是良图"。六扇边柱联："山水送清音堂上埙篪叶奏，林峦呈秀色阶前兰桂联芳"等红底黑字的楹联，清一色楷书，透过久远的风烟，可以看出主人乡居生活的闲适与静逸情怀。厅堂正中挂着"大夫第"牌匾，足见不是一般百姓宅屋。

居住于下园村的四姓人氏，黄姓的始祖豪有公名气最大。据传其发迹于豪爽，曾大富于一时，声名远播于乡内外。清乾隆年间自南坑村迁居下园，子孙繁

衍 10 代数百人。张氏始祖维寿公于清康熙年间从德化县举家栖迁下园寨下，已有 14 代，263 人。肖氏始祖大经公于明万历朝拨军到村开宗立基，至今 400 年，乃下园村最早的主人。陈氏始祖宜发公于清乾隆年间从闽清搬迁，发展到 12 代，400 多人，为村中第二大姓。

此时正是初秋，站在省墘寨（德星居）前，居高临下，整个村庄尽收眼底，豁然开朗。建于清嘉庆十九年（1814 年）的省墘寨，为下园黄氏始祖豪有公营造。原建筑宽 63 米，进深 75 米，占地面积 4700 多平方米，有房屋 324 间，当时规模仅次于豪有公长兄思有公所建的霞拔寨（361 间，火灾毁坏）。张建设先生从现存的屋宇判断，原来应该是三进四落，左右八扇带横楼的格局，目前只剩下正座大堂和礼仪堂部分，以及周遭寨墙。周边一圈扶楼全部缺失。据说是担心失火，为了保护正座大堂而拆除了。

恢宏壮观的省墘寨坐东朝西，所处位置，山峦奇特，风景秀美。风水先生喝其形曰"飞天蝙蝠"。省墘寨的建筑注重文化装饰，与白云乡的竹头寨如出一辙，这似乎是黄氏民居的标签，在一寨九庄中最为豪奢。除了满堂精美的彩绘木雕，八扇精致秀雅的围屏外，还有正堂和厢房各柱上的红色底漆楹联，体现了乡绅文化与耕读传家思想。楹联的内容也体现了家教与为人处世训诫。

永泰黄氏皆从闽清坂东迁至永泰,俗称六叶黄。下园黄氏与白云黄氏同属一支,是宗亲关系。其营建的庄寨都注重文化,楹联内容散发出农耕文化与哲学思想,隐藏在楹联中的都有自己的源流与本地的地理风光之意。从省垱寨的正栋联可窥一斑:

历代振鸿图启江夏守颍川迭有勋猷标简策

永阳诒燕翼依云林居山谷长为族裔树藩篱

上联译文:祖先代代从江夏、颍川传承而来,有许多历史功勋都记载在史册中;

下联译文:我们来到永泰这个地方希望能庇佑子孙发展,所以在这隐蔽的山陵谷地中为族人建造庇护所。说明:此联实际上讲述了家族的源流。

后二充联:

芳馨遡廷尉关候爵秩荣颁西汉

瑞气环钟峯鹅髻山川秀拱南阳

上联译文:我们家族的好名声源自西汉的黄霸,他的爵位、品秩是廷尉正、关内侯,是子孙引以为豪的。

下联译文:我们的省垱寨拱对南阳,前朝金钟山,旁有鹅髻山护卫,山川竞色非常秀美,有瑞气环绕,是风水宝地,一定会长发祺祥。

通过对祖先荣耀和所处环境风水的描述,强调血脉正统,荣贵,强调有好风水,这些都会保佑我们,从而给人信心,鼓励人努力上进。

中国传统楹联,寓意深长,字里行间都有深意。为了弄懂一些典故与含意,请教精通诗词楹联的建设先生,他专门为省垱寨众多楹联作出解读,让我们轻松地理会古人的思想与达观的心态以及家族渊源。

如今的省垱寨有些破落,留下的厝屋还是高大敞亮。沉浸在那一副副回味无穷的楹联中,依依不舍地走出省垱寨。对寨屋内的楹联及漂亮的楷书充满敬意,这些楹联不少都是原创，据说当年请了十多位县内文化人前来创作。

省墘寨居高怀远，彰显主人性情与胸怀。高大雄浑壮阔的省墘寨，面前远山重叠，朗阔通达，好风徐来。高达4.5米的山石砌的寨墙，将厝屋包围其中，显得坚固厚重。流逝的岁月损坏了地表上的许多建筑物，省墘寨依然巍峨硬朗矗立在高坡之上，诉说着一个村庄曾经富庶与一个家族的辉煌史……

跟着黄书记又来到了容就庄。这是我第三次来容就庄了，在永泰庄寨声名鹊起时，第一次到下园，感受到容就庄舒适的居家体系与文化内涵。从木制楼梯爬到二楼，沿环廊行走，木构的楼板、板墙、木柱、屋梁等等，感觉整座庄子都漂荡着木香。这是乡村最贴近人的所在。百年时光过去了，这些木构还是那样坚挺，似乎有前人的影子浮现……

容就庄，俗称下园旧厝，下园村名由此而来。此庄由容就公于清嘉庆二十三年（1818年）营建。一庄、一院、一坊，是容就庄最大特点。3进3落，6厅9天井，128间。据永泰本土庄寨专家张建设介绍，原本是按寨子建筑，因风水原因，只砌了三面石围墙，半寨半庄。

据族谱记载，容就公豪迈质直，看重文化人，曾邀请晚清著名理学家余潜士到庄里小住，两人相见恨晚。余潜士对容就公称赞：胆大如斗，气欲冲霄，率真其性，返璞由衷，盖实其纪实也。

容就庄的建筑风格隐含了天人合一的理念，各个部位的构成，体现了居家的方方面面。庄的建筑为穿斗式结构，悬山顶。内有长檐廊、下堂、天井、厢房、正堂、前后轩、横向大通沟、后楼、护厝、扶楼；门前有大空坪、放生池、书院、茶油作坊等组成。从选址到建造皆按五行八卦风水之术。其正面十里之外有金钟奇峰，百步之外有案山如月牙似牛角；内中围住一个人造小盆地；左右两山如青龙白虎护卫庄寨。建造也一反常理，先建外围设施，再建正厝，极尽风水之学。因水口低洼，先建牛角楼，再建油坊。后又筑上下两大潭，引本村岭头洋水逆入下大潭，把水口锁得严实。正厝水沟建造也与众不同，正厅天井左边水沟低于右边,但水口却改流右边下隔出水;左边横厝沟下,比右边稍宽,处处彰显风水学。同属容就庄建筑体系建于水口处的书斋楼(又称牛角楼,形似牛角),水口外建有茶油作坊,由此也可见证下园村盛产油茶的历史,油茶是昔时重要的食用油,特别在乡村。

霞拔下园黄氏家族在清中、晚期极为兴盛,上下四代,皆接续营建新庄寨,在我县建筑史上不多见。黄思撝是盐商巨贾,共建笋安垅、上带洋两宅;其子黄植有营建霞拔寨(房间共有360多间,20世纪80年代毁于大火),次子黄豪有兴建下园省塀寨(即德星居);豪友公长子容就公兴建容就庄,容就公四子德耀公营建福星庄,德耀公长子乃坤公5个儿子都有实力,长子大山公营建仁安庄,次子大忠公营建长安庄,三子大瑞公营建南坑瑞兴庄,五子大柱公营建庆安庄,德耀公二子乃猷公营建福安庄,三子乃湘公营建龙境庄,四子乃鳌公营建长发庄,以及豪有公五子容东公营建的聚安庄构成了下园村"一寨九庄"的乡村古庄寨群奇观。

在永泰现存较完整的152座庄寨中,像下园村这样一寨九庄的属唯一。这是一部乡村奋斗史,著述了农耕文化的壮丽篇章。以此足见黄氏在下园的为人处事与持家的本领。

一寨九庄是世家文化的传承与发扬,也是农耕时代一段美好的传家故事……

参考资料:《福建庄寨》安徽大学出版社出版　李建军著
特别感谢张建设先生提供相关古建资料及楹联解读

大田乡村一瞥（胡师生 摄）

大田可稼

跟所有创业者一样，王建智白手起家时极其艰辛：跟雇主打一些零散工，一天的工钱只有1.39元，或者在别人班组里做点工；吃住都在工地，生活工作环境极其恶劣，入不敷出；没有工可做时，一帮兄弟温饱问题都得不到解决。凭着霞拔人吃苦耐劳的精神、坚韧刚强的毅力，他坚持了下来。他独有的人格魅力吸引了美丽的大田姑娘范春梅，两人相识相知相爱，最后步入婚姻殿堂，结为了伉俪。

均溪河畔的霞拔人家

□温瑞香

三明市大田县的母亲河名曰均溪。均溪河道弯弯，河流缓缓，穿城而过，河岸上的栈道依傍着潺潺东去、且歌且行的均溪。"九山半水半分田"是大田独特的地形地貌。这种地貌或者可以意味生态环境优越性，而"九山"里埋藏的40多种矿产资源更是为当地百姓提供了丰富的生息繁衍条件。

若没有跟随永泰县文联和霞拔乡政府组织的"霞拔人在大田"采风活动来大田，我是难以了解永泰霞拔乡亲跟大田有如此深厚的渊源的：一个户籍只有一万七千六百多人的小乡镇，活跃在大田各行各业的霞拔人就有三千多人。更不会知晓均溪岸上的一户户霞拔人家，在艰苦卓绝的创业岁月中付出何等的艰辛，在盛世风景里又收获了怎样别致的人生风采。

林家创业筑新章

定居均河畔的霞拔人家林渊标家族较有代表性。在大田走访了许多霞拔人家，只在林渊标的家中，我还能听到他父母兄妹所操的一口浓浓乡音。

流经大田县城的均溪（胡伟生 摄）

　　林总的父亲林銮宝老先生1924年出生于霞拔村，今年98岁；母亲黄玉香，1929年出生于锦安村，今年93岁。夫妻俩虽年事已高，但身体都还健朗，生活起居都能自理，还天天相携去菜市场买菜。聊起走大田的点点滴滴，林老先生还记忆犹新。黄奶奶更是耳聪目明，时不时地给听力有点下降的丈夫传话。这两位根本看不出是近百岁的老人，让我们感叹：如此精神矍铄的老寿星，唯有这样山好水好人更好的福地大田才能滋养！

　　我们询问林老先生，他们那一代的霞拔人为什么要走大田时，大爷的话匣子就打开了。他说霞拔属于高山地区，群山起伏，高低不平，耕地少，气候恶劣；刮风下雨时，常伴有山体滑坡，生存环境极其恶劣；加上时局动荡，匪乱猖獗，很多人在当地生存不下去，就背井离乡，出外谋生。

　　林老父亲12岁就跟人学打铜，后来到大田谋生。林老自己是14岁那年的5月，跟父亲结义弟弟、做箴谋生的王阿四（名字取自兄弟中的排行）来到了大田。他们一行六七个人，其中还有两个也是只有十四五岁的同龄人。从老家霞拔出发，经盖洋阊亭寺，过尤溪安桥，入大田文江，再经过太华、桃园，最后到达目的地上京溪口。一路翻山越岭，风餐露宿，用了七天七夜的时间，靠双脚一步一个脚印才"北漂"到大田。途中还要防范土匪流寇，一路上担惊受怕，其中的艰辛不知如何诉说！

这一点我体会深刻，亦有切肤之痛。因我祖籍闽清省璜，与霞拔只有一山之隔，姑姑嫁到霞拔。爷爷在父亲三岁时就不幸去世，父亲十来岁就跟随霞拔的阿七师傅学做篾，饥一顿饱一顿，颠沛流离的生活道不尽人间的心酸苦楚，走大田队伍中就有父亲的身影。

林老在大田上京读了两年私塾，16岁跟父亲打铁。他说，那时已有很多霞拔人在大田谋生，主要从事打铁、补锅、打铜、做篾、箍桶、编竹席草席等手工艺工作。

打铁的生活极其艰辛。夏天本就酷热难耐，铁炉却还要烧得旺旺的，铁铺里就跟蒸笼似的，一天到晚挥汗如雨；冬天严寒，滴水成冰，手背龟裂如树皮，抡大锤时还会渗出血来。坐在一旁的侄孙——大田县粮食与物质储备局局长林永清先生也补充：打铁确实艰辛、不易。他自己七八岁就得在铁铺里帮父亲拉风箱，每次至少得拉半个小时以上。拉风箱时还要控制力道，掌握火候，走心时拉不好还时常招来父亲的训斥。十五六岁时，寒暑假还得在铁铺里抡大锤，手掌上的老茧就是当年艰苦劳作的最好见证。

林老先生22岁时回老家霞拔村谈婚论嫁，娶了锦安村17岁的黄玉香。婚后过着牛郎织女的生活，每年只在过年时回老家和妻儿团聚。他们育有三男三女，除二女儿在大田出生，其余孩子均在老家出生长大，所以一家人都会讲老家话。

当问及是谁最先来大田发展的，老人说是阿银父亲，说阿银家是引路人，聊起阿银时，老人家一再强调阿银嫂为人很好，热情大方，帮助不少的霞拔乡亲。

当我们问这么多年过去了想不想老家霞拔时，老两口异口同声地回答："想！

怎么能不想呢？"那急切的话语，那渴望的眼神，我们读懂了老人对故乡的思念与眷恋。奶奶补充介绍，过去二十几年都没有回去过。自从高速公路开通后，只有两个多小时的车程就可以到老家，这几年他们年年都回去。今年春节天公不作美，时常下雨，才没有回老家省亲。也许午夜梦回时分，在他们脑海中挥之不去的还是故乡的那些人那些事，在他们心头上荡漾的还是故乡的那轮明月，那轮朝阳。他乡纵有当头月，不及故乡一盏灯！

林老的孩子们走大田就没有祖辈父辈那么辛苦。

二儿子林渊标1976年时年仅14岁，也来大田投奔父亲。他和同乡的几个人先是步行到闽清省璜，然后坐车前往闽清县城，再坐船到闽清火车站，换乘火车到永安，最后坐永安的班车前往大田，路程可能比父辈当时走七天七夜更远，但用时仅两天，跟父辈比起来轻松多了。而现在年轻一代回霞拔老家都是自己开车，只用近三个小时的时间就可到达。这一切的变化都说明国家在进步，给人民的生活带来了便利。等莆炎高速与京福高速连接线经过霞拔时，从大田回霞拔只需一个小时，这日新月异的变化让人感叹时代变化之迅猛。

谈到选择大田创业的原因，林总如是说，一是大田物产比永泰丰富，全县境内已发现蕴藏42种矿产资源，给创业者提供了得天独厚的理想条件。二是大田人民热情好客，没有排外思想，不管来自何方的人，都能融入大田这个大家庭。他衷心感谢大田人民给予的这个舒心的创业平台。

林渊标先生刚来大田时，先在上京机械业厂上班，1987年升任副厂长。后来自己创办水泥机械有限公司，赚了第一桶金。创业初期极其艰难，什么事都要亲力亲为，每天忙得跟陀螺似的。直到1993年，公司才步入正轨，发明了很多专利，扭亏为盈，盈利几百万。再后来和几个志同道合的朋友，筹资500多万，创办了大田县第一家民营水泥厂——梅林水泥厂。2012年又整合石凤、岩城两大水泥厂，采用股份制形式，成立了福建省大田县鑫城水泥工业有限公司，林先生任公司董事长。公司总投资5亿多元，经多方改进，建成年产200万吨水泥的大型旋窑生产线，产值7亿多元，每年上缴税收3000多万元，很好地解决了转型问题。企业创建生产的"鑫城""石凤""金石凤"知名品牌产品，广泛运用在桥梁、机场、高速公路、住宅建筑等方面，深受广大商家、客户青睐。目前公司有员工近500人，齐心合力，再铸辉煌！

当代民工展宏图

要说大田的霞拔人家多数都是在清朝末年或民国时期，迫于无奈出外谋生，在大田生息繁衍，福建崇鼎建设工程有限公司老总王建智则是在改革开放后来大田闯荡的地地道道新时代农民工。

王建智先生，霞拔乡福长村人，家中兄弟姐妹众多，他排行老四。1978年夏天，高中毕业后的他没有继续深造，而是选择外出打工减轻家庭负担，先后在福州、南平等地做泥水工，机缘巧合认识了一个退伍后在大田武装部当驾驶员的大洋乡亲。这位俞姓司机闲聊时说起，他在大田有一个朋友盖房子，找不到技术过硬的砌砖师傅。王建智得知消息，赶紧毛遂自荐，在俞师傅的穿针引线下，带了一个

林渊标在采风座谈会上（胡伟生　摄）

霞拔人在大田

王建智先生建设的三角亭公园（胡伟生 摄）

只有三四个人的小班组奔赴大田，从此拉开了大田建筑行业龙头企业的大幕。

跟所有创业者一样，刚开始白手起家，极其艰辛，只是跟雇主打一些零散工，一天工钱只有1.39元；或者在别人班组里做点工。吃住都在工地，生活工作环境极其恶劣。入不敷出，没有工可做时，一帮兄弟温饱问题都得不到解决。可即使困难再大，凭着霞拔人吃苦耐劳、坚韧刚强的毅力他咬牙坚持了下来。独有的人格魅力吸引了大田的美丽姑娘范春梅，两人相识相知相爱，最后步入婚姻殿堂，结成伉俪。

结婚后，王先生的人脉更广了，也认识越来越多一起打工的人，有些还是自己从老家带过来的亲朋好友，凭着多年的积累，慢慢地站稳了脚跟。于是他就萌发了组建团队，合理利用资源，更好地服务社会的想法。经多方努力，于1995年成立了福建省大田县盛达建筑工程有限责任公司，经营范围包含：民用与工业房屋建筑、市政公用工程、土石方工程、建筑装修装饰工程、钢结构工程、地基与基础工程等。自此，王建智在大田的建筑行业有了一席之地。

公司成立后，拓宽了业务，如日方升，业绩蒸蒸日上。在政府大楼、学校教学楼、住宅小区、道路修改、厂房建设等都留下了王建智公司的足迹。

2017年，为了渗透行业领域，提升业务标准，王建智又成立了福建崇鼎建设工程有限公司，公司业务从房屋工程建筑延伸到河湖治理、工矿工程、架线及设备工程、电气安装等领域，取得丰硕业绩。

我们下榻的角亭御华园宾馆，位于凤山中路，边上有一个开元天成社区。这里原来是大田的老汽车站，周边环境比较杂乱。拆迁重建后成了一个繁花似锦、佳木苍茏、景观别致的小区，这美丽的楼盘就是王建智和他的工友们精心承建打造的。

憨厚质朴的王建智凭借自己的勤劳耐苦和远见睿智书写了新一代霞拔人的风华。

初心不改承祖业

在大田凤山西路，20世纪八九十年代，曾有几十户霞拔人家在那里修房子建铺面，经营自己在行的营生，生意红红火火，当地人称"霞拔一条街"。后来有些人家改行，有些人迁徙到福州、厦门、三明等地生活，昔日繁华的闹市逐渐冷清萧条，可总有人坚守本心，传承祖上的技艺。

林渊德师傅就在这条街上经营一家农具打铁店，广告牌上"专业猪刀加工""铁件加工"等字样，还是可以溯源霞拔先辈人打铁的轨迹，说明了这门手工技艺的传承后继有人，让人宽慰不少。

从作坊里的机器设备、布置、零件配置等方面，也可以看出打铁这门手工艺已融入现代电气焊接这些科技手段。虽然这门营生还是辛苦，可比起先辈拉风箱、抡大锤敲打耗时耗力则轻松多了，这一点也得到林师傅的肯定。因为现在这行从业的人员逐渐减少，竞争没有过去激烈，一年辛苦下来赚个二三十万没有什么问题，他轻松愉悦的笑容也让我们欣慰不已，但愿我的这些霞拔乡亲坚守本心，发挥特长，与时俱进，让祖上的这些独门技艺永远流传。

霞拔先辈走大田是旧社会永阳百姓谋生糊口的模式，也是中国当时社会广大劳动人民的生活缩影，就如闯关东、走西口一样，那一串串不堪回首的往事，既是一段艰苦的岁月，也是一个奋斗的征程。

"锦霞绚丽，出类拔萃"，借用黄盛书记的吉言，愿地灵人杰的霞拔乡在振兴乡村的浪潮中再现辉煌，愿新时代大田的霞拔人鸿基始创，骏业日新！

匠人转身也风流

□邵永裕

大巴在甬莞、泉南高速路上驰骋，2小时40分后从石牌镇驶出，到达大田县城已经中午。下午，一场隆重热烈的座谈会，开启了我们为期三天的"霞拔人在大田"采风之旅。

2022年2月18日，是入冬来最寒冷的天气，出了收费站，接车的人已在寒风中列队等候。从迎宾的人员和阵势来看，此行受到了在大田的霞拔乡亲高度重视。

窗外的接车人，于我都是生面孔。带队的霞拔乡党委书记黄盛，已隔着车窗玻璃向道旁的人招手致意，显然他们是老熟人。

在接车的队伍中，一个面庞黝黑、身体壮硕的中年人特别抢眼。随着午餐、住宿、座谈会等程序陆续展开，只见他有条不紊地指挥着各项安排。看得出，他是此次接待方的主角。在下午的座谈会上，通过黄盛书记的介绍，并聆听了他的发言，我才知道了他的名字，并开始关注他，了解他的人生经历，走进他的事业

霞拔人在大田

闯荡生涯。

林渊标，大田县鑫城水泥有限公司董事长。1962年10月出生于永泰县霞拔乡手工艺人家庭。其成长经历与众多当地同龄人相仿：读过书、打过铁、进过工厂、

大田县鑫城水泥有限公司董事长林渊标（邵永裕 摄）

做过工。他家三代手工营生，父亲林銮宝14岁随祖父到大田织篾、打铁。他16岁随父步入祖辈行当，踏上了打铁谋生路。

同为打铁谋生，林渊标与父辈相比，底色有点不同——他多读了几年书。14岁前，渊标跟随母亲在霞拔老家读书、生活。1976年他初中毕业，从家乡来到大田三中（桃源镇）升读高中。读了一年半，在高中毕业前一学期，他离开校园步入社会，跟随父亲抡起铁锤，进村入户承揽铁活，不断把铁块打制成各种农具，过着火花四溅的生活。

燥热的炉火、飞溅的铁花与汗水交融在一起，让他品尝到与校园不一样的滋味。寒来暑往，走村串户，就地露宿，饥饱不分的日子，让他学会了吃苦。然而，他是铁匠中的文化人，四年周而复始、单调、机械的生活，让他在静心时，比别人多了一分思考。

通红的铁块，在他手上随意拿捏，打磨出的各种器具，让他悟到了人生道理：人活在世，何尝不像一块铁，哪个有为的人，不经艰难困苦玉汝于成？于是，他坦然面对"劳其筋骨，饿其体肤，空乏其身"的苦，养成了坚毅，学会了耐劳。

他憧憬着未来，规划着人生，决意改变自己轨迹，不再于叮叮当当的敲击声中，像父辈那样在枯燥乏味中终老。世界这么大，外面很精彩，为什么不趁年轻闯一闯？他像蓄势待发的帆船，四年后，他终于鼓起勇气，告别祖业，寻找新的谋生方式。

1983年，他进入上京水泥厂当了一名工人。水泥厂工作收入稳定，令人羡慕。许多人求之不得。更让人刮目相看的是，他进厂没多久，就被提拔为车间主任、水泥厂副厂长。正当人们认为，他会于此大展身手时，他却又做了令人费解的决定，辞去副厂长职务，投身商海自谋创业。

"斜阳徒倚空三叹，尝试成功自古无。"他正年轻，不惧斜阳，更不相信三叹。他坚信后面一句话"尝试成功自古无"。他有胆识、有远见、有闯劲，平添了常人所不具备的创业砝码。他精通机械原理，善于研判分析，在尚未辞去副厂长之时，面对方兴未艾的水泥产业，看到了新的商机，把目标锁定在水泥加工机械制造上，以自己的胆识，创办了大田建材机械配件有限公司。

林渊标董事长带领管理人员深入车间检查（邵永裕　摄）

他懂设计、会画图、能安装，一整套秘籍掌控手中，为开展机械制造奠定了基础，起到了定海神针作用。创业不久，循环式螺旋给料机在他手

鑫城水泥厂一瞥（邵永裕 摄）

上诞生。这一成功，标志着他研发的机械与创造进入新阶段。1993年，该产品获得国家专利和中国当代专利科技成果转让博览会金奖。1993年至1997年四年间，他年生产、销售机械近200台，创产值1000多万元，创税利500多万元。

开辟了机械加工、机械制造新天地，让他赚到了人生第一桶金。回忆起这段时光，他还沉浸于闽南人用水泥袋装钱购买机器，数钱数到累趴的快乐情景。由此，他在大田企业界崭露头角，实现了从工人到企业家的华丽转身。与此同时，他先后创立了大田鹰标建材机械研究所（科研企业）、大田鹰标建材有限公司（营销企业）等。

"未收夜色千山黑，渐发晨光万国红。"林渊标的过人胆识，在于他有一双透视市场的慧眼。1995年，他完成第一笔资本积累后，目光转到建筑材料水泥上。他认为，国家基础工程建设正陆续展开，老百姓购买商品房意愿逐渐升温，建材水泥市场必将大有可为。大田石灰石得天独厚，是生产水泥不可多得的原料。经过分析研判，他又一次做出投资抉择，再次把触角伸回熟悉的水泥行业。

于是，他梅开二度，联合三位股东投资800多万元，在大田县上京镇梅林成立了该县第一家私营水泥厂。并以此为契机，大胆承包了灵川水泥公司和铭溪石凤水泥熟料有限公司。这次回归，为他在大田水泥业站稳脚跟奠定了基础，身份也从员工或管理员，转变为老板和企业家。

"乘风破浪潮头立，扬帆起航正当时。"2004年，为顺应国家水泥产业政策调整，他瞄准时机，当机立断，加快企业转型升级，成立了大田县鑫城水泥有限公司，把几个松散型的水泥厂，连成组合体，朝着企业航母目标迈进。

2008年，金融危机爆发后，他按设定的目标往前推进，以过人的胆识，参与了大田县企业重组项目竞标，成功收购了大田县岩城水泥有限公司，成为大田县兼并国有企业的首位民营企业家。

2010年，他敏锐地意识到水泥产能与市场的供需不足矛盾，果断投资3.5亿元，对铭溪石凤水泥立窑生产线进行技改，建成了一条日产2500吨熟料和4000千瓦低温余热发电的新型干法旋窑水泥生产线，并于2012年7月竣工投产。同时，他沿用"岩城"驰名商标，弘扬"坚如岩石、固若长城"品质，进行旋窑技术改造，使公司年产水泥达200万吨，为大田水泥产业转型谱写了一曲优美的华章。

林渊标谋求企业组合多元化，充分发挥自身优势，先后成立了三明市镇东房地产开发有限公司、山东名城房地产开发有限公司，为实现本地发展和对外拓展进行了大胆尝试。

2013年，他又一次先知先觉，把企业引向生态环保材料制造，投资2亿元在吴山乡建厂，生产集生态、节能、环保为一体，年产600万平方米的新型绿色墙板；生产生态环保专用抹面砂浆、水泥添加剂等新型建材等。如今，林渊标名下拥有集工贸为一体的新型企业4家，年产值超10亿元，上缴税收8000余万元。

近年来，受新冠疫情和房地产业萎缩的影响，企业面临着产量过剩，效益下滑的考验。如何摆脱困境，林渊标正谋划着走出绝境的策略。

当前，他着手落实国家有关工业发展规划，计划重组鑫城、岩城、石凤等多个建材工业企业，成立"福建省岩城建材集团（大田）有限公司"，集研发、生产、销售、房地产、酒店等为一体，以综合性黏合企业，强身健体，不断推动企业沿着建材工业科学路径发展。

林渊标致富思源。几年来，他先后为大田捐资 1000 多万元，用于基础建设和民生工程。同时，他致富不忘桑梓情，为支持家乡新农村建设、资助贫困生等公益事业捐资 200 多万元。

他是霞拔人在大田的精英，先后被评为全国青年星火带头人、福建省优秀星火企业家、三明市建材工业公司先进工作者、大田县优秀青年企业家、"十佳"个体户、捐资助学先进企业家等称号，在业内外享有较高声誉。

林渊标出身于草根，从铁匠做起，流过汗、吃过苦，尝尽普通百姓的千滋百味。然而，他又是时代的弄潮儿，以青春不负时代之勇气，敢于抉择，敢于闯荡，在商海沧流中，劈波斩浪，闯出了一片人生新天地，实现了从手工艺人到行业老大的完美蜕变，抒写了一曲草根阶层的赞歌。

古驿萧萧独倚阑

□黄德舜

"长亭外,古道边,芳草碧连天。晚风拂笛柳声残,夕阳山外山。天之涯,地之角,知交半零落。一壶浊酒尽余欢,今宵别梦寒……"每当吟唱李叔同的《送别》这首意蕴悠长的歌曲时,那古朴遥远、亦真亦幻的古驿道就从脑海中铺展开来。仿佛有一位古典美人在森林深处青石道旁倚着栏杆翘首以待一段要发生情缘,去探访的心绪就澎湃难抑。

古代的驿道相当于现代的省道,是供人们交通往来的主干道。驿道经过洋面、山坡一些易积水的地方,就铺上石头,铺得很工整,护坡也要砌上。山路平坡、不积水,路面损毁不了的,就不砌石头。

驿道上会建一两个凉亭,有的是简陋的四角亭,四根赫黑色柱子,三面横木相连,顶上斜面木板,上着瓦片,只是遮风避雨的地方。当你头顶日头走上一两个小时,挑夫气喘吁吁,远行人汗流浃背时,乘一下凉,掬一捧清泉润喉,那是怎样一种清爽和惬意?这无疑是沧桑古道上最温暖的记忆!

霞拔人在大田

　　驿站是指古代传递政府文书的人中途更换马匹或休息、住宿的场所。唐朝驿站分陆驿、水驿及水陆兼办三种。杜牧的《过华清宫》绝句诗云："长安回望绣成堆，山顶千门次第开。一骑红尘妃子笑，无人知是荔枝来。"穿过州府，要拼命运送杨贵妃的荔枝，每年会累死多少匹马、多少个可怜的驿官兵啊！

　　永泰置县于唐永泰二年（766年），但"九山带水一分田"的地形布局，决定了先民生存与发展空间的局促。120年前，永泰县霞拔乡人跋山涉水奔赴大田、异地求生存谋发展的故事，就在这悠长的驿道上演绎着。

霞拔通往大田古道（胡伟生　摄）

　　永泰县很早就有了打铜、打铁、铸鼎、铸犁的手工技艺，世代传承，经久不衰，甚至成了闯荡江湖谋生的一种手段。民国时期，一批打铜仔挑着铜担，走出山门，离开故土，他们从霞拔出发，长途跋涉步行十天左右，最终到达大田。霞拔乡霞拔村人范梅炎带着年少的范银宋（即乡亲们口中相传的阿银哥），以挑货郎的身份行走江湖养家糊口。他们每天肩挑着有五金、针线、纽扣等生活用品的货郎担，穿越崇山峻岭，走家串户。后来在大田文江落脚暂居下来，靠卖五金为主的生产生活用具及"宫口红釉"等谋生。

范银宋娶大田均溪镇温镇村的陈三妹（即乡亲们口中相传的阿银嫂）为妻。阿银嫂为人热心善良，手脚麻利。她看到家乡人辛苦辗转来到大田，人生地不熟，无处投靠，夫妻俩便在当时大田东街口开了一家"悦来客栈"，热心周到地接待来往的客人。

说起这个"悦来客栈"的由来，还有一个令人荡气回肠的故事。这个故事发生在民国时期，一批永泰霞拔乡民跋山涉水来到大田谋生。在这一队伍中，范银宋一家人在大田城关镇东街口安顿下来。城关镇地处闽江和九龙江分水岭，西部有梅溪、均溪向西注入九龙江，此处正好是商旅水陆必经之地。那些年，均溪溪边断断续续有了行船，溪边也有许多行人过往。

有一天，一位路过的永泰老乡因疲劳至极又高烧不退，请求在卖日常生产生活用品的"悦来客栈"借宿。原来这位客人是从永泰霞拔来大田谋生的老乡，因旅途劳累，不幸得了风寒而发高烧。阿银嫂见此情景赶忙帮着抓药、煎药、煮饭，热情照顾这位客人。俗话说："老乡见老乡，两眼泪汪汪。"阿银嫂见客人服药后病情好转了，便与他唠嗑，这位客人对阿银嫂在危难之时的出手相助至为感激，临走时说，以后他还会经过这里。

几个月后，那位老乡果然带领着一批乡亲再次来到这里。他看见恩人仍然住在原先简陋狭隘的房子里，为了报恩，他领着几个木匠、泥水匠帮助范阿银修房盖屋，也方便以后路过这里的乡亲休息投宿。范阿银一家人见盛情难却，只好忙着烧水煮饭，热情款待这些老乡。客栈翻盖之后，夫妻俩决定：今后来此住宿的家乡人不收分文报酬。随着过往旅客的增多，范阿银家接待的客人也越来越多，

打铁补铜担（胡伟生 摄）

  家里粮食、银钱开销也随之增加。在此情况下，曾做生意的邻居，劝范家人适当收取一些银两补充家用。范家人这才开始象征性地收取客人一些费用，但也是视客人身上是否方便而定。

  范银宋把客栈取名为"悦来客栈"，寄寓了"悦四海宾，迎天下客"之意，也包含"近者悦，远者来"的意思。此语乃孔子所言，出自春秋战国时的《论语·子路篇》中叶公问政于孔子。叶公问孔子："如何处理政事？"孔子回答："为政者要以身作则，如果做到你国家的百姓在你的统治之下，生活开心，那么他国家的百姓就会自愿过来投奔你，乐意来归附。"

"近者悦，远者来"，寥寥六字，包含了孔子"以人为本"的"民本"思想，着眼于百姓的切身体验和感受。一"悦"一"来"，非常深刻。以"悦来"为客栈名的寓意在于：使居住于此地的人甚觉开心，也希望远道而来之人在此倍感愉悦。客栈名表明了"悦来客栈"的待客之道。

"悦来客栈"起初只是一个水陆小驿站，专为过往商旅提供餐饮茶食，供其暂住休憩。它建在大田县城关镇东街口这一带四通八达的交叉路口，作为大田城关镇的重要水陆驿站，成了过往大田霞拔人的一处中转站。之后，"悦来客栈"旁边的道路成了通往德化、永安、尤溪、三明、漳平一带的驿道，客栈周围也陆续多了一些人家，形成了一个繁华的地段，"悦来客栈"便越来越受到来往客商的青睐。

店主人范阿银主要经营农具、日常生产生活用品，兼售"宫边红粬"。说起"宫边红粬"（又叫三堡红粬）还有一段悠久的历史。原来"宫边"乃一处地名，

打铁店（胡伟生　摄）

是当地吴氏先祖南迁的落脚之地。相传宫边古法制粬技艺是明末吴氏先祖从南宋宫廷酿酒坊习得，后因异族入侵，流落至此，取"宫边"名以寄怀。吴氏宗族的红粬制作技艺，大约有700余年的传承历史，其制粬不同季节制作方法亦不同，各家把绝活口授心传，代代相沿。酿酒做粬，吴氏迄今依旧遵循祖训：传宗不传外，传男不传女。宫边红粬是永安吉山红、清流玉露红、尤溪坂面红的主要原料。它在坚守古法，遵循古制的同时，品质更为丰富细腻，深得酿酒商青睐。因此，大田当地老百姓经常光顾范阿银的卖粬店，生意兴隆。

来自永泰的家乡客人有的在此客栈只是暂住一夜，第二日便离开寻找活计。有的人要在此住上三五天，甚至十天半个月，待找到活计后才离开。不管情况如何，阿银夫妇总是嘘寒问暖，热情接待，还依靠人脉帮助寻找活计。有时旅客多，客房住不下，阿银夫妻俩就是带着孩子打地铺将就一夜，也要腾出房屋让客人住下，从不因客人身份地位不同而区别对待，总是给人一种宾至如归的感觉。这种造福苍生的举动令人十分动容，因此一传十，十传百，来此落脚的客人络绎不绝。

有一天，有一位霞拔乡亲在暮色苍茫中来到"悦来客栈"投宿，诉说与他一起来大田的宗亲林玉银在途经德化附近时被涂飞龙、陈和顺、赖成元等土匪劫持作为人质。看见这位乡亲饥肠辘辘，阿银嫂连忙端出食物给他充饥，并与丈夫一起商讨营救的办法。在阿银夫妇的热心帮助下，后来几经周折，请了永泰东洋乡人林文水与土匪进行交涉，花了大笔赎金才把人质从土匪窟里赎出来。乡亲们对阿银夫妇的古道热肠都赞叹不已。

昔日的古驿道，过往商旅频繁，主要靠骡马托运。"悦来客栈"几经拓建，发展成共有四间店面的四合院。成为集居住、商业、货物仓储及马棚一体的组合院落。这里的店铺式四合院一般由居住、商业、仓储及自家使用的小马棚组成。这些以院落为核心的合院式店铺，铺面上仅限于零售日常生产、生活用品，而大宗的洽谈、交易活动都集中在四合院内部。"悦来客栈"临街铺面为三开间倒座房，明间前后均由四扇大门组成，方便商旅出入。铺面除经营村民的日常生产、生活用品外，还有服务于驼队的用品，如鞭梢、绳索等。店家不仅为过往商旅提供食宿、代客饮马喂料，还有仓储空间以满足经营转口贸易和期货贸易的需要。

这种家庭庭院式客栈充满了浓浓的人情味和安全感，让远离故乡的人们有回家的感觉。大家常来常往，熟门熟路。贸易上互通有无，外界的信息相互交流。与以农耕为主的封闭村落相比，"悦来客栈"得益于古驿道带来的经济繁荣，加之注重乡情亲情，一直是人来人往，生意兴隆。

我们中国人历来注重惜福和积福。《尚书》中有载："五福：一曰寿，二曰富，三曰康宁，四曰攸好德，五曰考终命。"在现代的《辞海》中，"福"是："旧谓福运、福气，与祸相对。"虽然文献中对福的解释有所不同，但古往今来人们对"福"的向往、对幸福的追求是一致的。如今"福"文化作为中国传统民间文化已经融入城乡居民的生产生活中。从范功团（现任大田县公证处主任）的曾祖父范梅炎，到祖父范银宋（即阿银）、父亲范朝洪，再到范功团的孙子这一代共六辈人，范阿银夫妇的后代子孙都得到了福德庇佑，子孙满堂，家族繁衍生息至今有几百人。一代代人踔厉奋发，笃行不息，续写了中华盛世惜福、积福、追福、造福的崭新篇章……

在星河璀璨、文化深邃的历史长河中，因商旅舟楫之便，缔造大田城关东街口的繁华。"悦来客栈"让来大田的霞拔人倍感浓浓的乡亲情和背后隐藏的历史沧桑。我们回眸那一段尘封的历史，重温起"悦来客栈"那一段柔软的时光。

范公精神代代传

□温瑞香

壬寅年二月份中下旬之交的这几日，春寒料峭，细雨绵绵，是入冬至初春以来最寒冷的日子，气温降到冰点。"霞拔人在大田"采风团如期奔赴大田开展采风活动。

2月19日上午，我们如约来到了大田县公证处，今天我们采访的对象是霞拔人走大田的引路人范银宋（乡亲们口中的阿银哥）的后人——大田县公证处主任范功团。

来到大田县公正大楼门口，就见一位戴着眼镜斯文知性的中年男子在门口迎接我们，初次见面，范主任就让人如沐春风。范主任一大早就来到办公室等候。为了便于我们了解更详尽的史料，他拍了族谱的部分内容通过微信与我们分享，还特意叫来熟悉家史的兄长范功贤一起接受采访。兄弟俩热情的接待，让我们有如家的氛围。

通过交谈，我们得知范主任这支范氏家族是范仲淹二儿子范纯仁（忠宣公）

后裔，祖上于明朝天启三年即公元1623年从苏州迁来大田生存定居，后来范家有一房，即他们兄弟的祖上又迁徙到永泰霞拔上和村生息繁衍，开枝散叶。至今，上和村范姓人家还有不少，都是当年从大田迁徙来的范氏后裔。范主任曾祖父范梅炎又带着儿子范银宋回迁大田定居。

清朝末年，因霞拔地处边远山区，穷乡僻壤，生活环境极其恶劣，匪乱猖獗，民不聊生，好多乡亲纷纷外出谋生。因为没有一技之长，范梅炎只好带着年少的儿子范银宋以挑货郎的身份养家糊口，父子俩跋山涉水来到大田，成了第一批走大田的霞拔人，也成了"霞拔人走大田"的引路人。范梅炎父子创业的艰辛、阿银哥成家立业的经历、阿银夫妇热情帮助乡人的事迹、霞拔乡亲溢于言表的感恩话语让我们动容。

范主任特别介绍了一件事。那年冬至，他们兄弟相偕回老家霞拔祭祖扫墓，走在热闹狭长的霞拔乡街道上，兄弟们浓浓的闽南口音引起了大家的关注，因为每年这个时节，都有外出大田谋生的霞拔后辈回乡祭祖。有人上前询问他们是谁家子孙，当得知他们是阿银哥的后代时，乡亲们纷纷上前拉住他们话家常，告知自己祖上在大田曾得益于阿银夫妇的帮助。一桩桩，一件件，都是多少年前的事了，可乡亲们都能记得清清楚楚，向兄弟们娓娓道来。滴水之恩难以忘怀，乡亲们代代铭刻在心。兄弟们听了，感动乡亲们的善良淳朴、知恩图报，敬佩爷爷奶奶与人为善的美德。赠人玫瑰，手留余香！时隔多年，范主任兄弟俩在叙述这段亲身经历时感慨万千，在那泪光点点中，我读到了他们对先人的怀念与敬仰。我们听了也是感动不已，由衷敬佩。是啊，阿银夫妇在积累财富之时，更重要的在积攒为人处事、嘉言善行的传家之道！

阿银夫妻育有四子五女，瓜瓞绵绵。福德庇佑，二儿子范朝洪也养育了七男二女。范家人丁兴旺，本枝百世，这也是阿银夫妻一生积德行善持家的初衷。小儿子范顺洪先生目前在香港定居，虽然已是耄耋之年，可身体还很硬朗，一生以父母为榜样，热爱公益事业，慈予天下，善施大众。老人家每年都会抽时间往返

古道上小桥（池建辉 摄）

大田和霞拔省亲。故乡始终是他的根脉之地，是他的精神家园，是他心头的白月光。

告别范主任兄弟后，虽然屋外凉风飕飕，可范家故事带来的温暖，驱散了这料峭春寒。我不禁想，他们的高祖范仲淹出身苦寒，亲历人间冷暖。长大后不管在哪个层面为官，都是把劳苦百姓放在心上，造福于民。庆历新政、修捍海堰、苏州治水、戍边御敌、赈灾济民、执教兴学，所经历的每一事件，这位范姓祖先总是把国之安危、时之重望系于一身。他倡导的"先忧后乐"思想和仁人志士节操，为儒家思想中的进取精神树立了一个新的标杆，是中华文明史上闪烁异彩的精神财富。他一生忧国忧民，宽厚仁爱，与人为善，逝世后追封谥号"文正"，后人尊称"范文正公"。

阿银夫妇虽没有祖上范文正公"先天下之忧而忧，后天下之乐而乐"忧国忧民的大格局，但秉承了范文正公宽厚仁爱、与人为善的美德，极富普通老百姓的善良纯朴，深谙为人处事之道，行善积德，得到了福德护佑，子孙满堂。直系繁衍生息至今，已有两百多人，生息在大田、福州、三明、厦门、香港等地，枝繁叶茂。

范功团现担任大田县公证处主任，他所带领的团队为民众提供在线公证咨询、公证书办理预约、民事经济及涉外公证等服务，工作中努力做到勤政廉洁：依法审批，公开公正。他们亲民为民、高效便民的优质服务态度获得了大田民众的一致认可，口碑载道。范功团主任以"公信天下"作为自己的微信名，其实际行动正是对范文正公精神血脉的赓续。

范家另一个孙子范功金在大田县政法委工作，任大田县政法委副书记。工作中，兢兢业业、任劳任怨，讲求工作方式与成效。在社会矛盾多元化的时下，他积极应对，带领部门工作人员着力构建多元化纠纷解决机制，在调节社会利益、化解社会矛盾、维护社会稳定等方面积极进行探索，坚持一级抓一级，层层抓落实的负责机制，建立信息、排查、回访等预防机制，变事后处理为事前化解，变被动调处为主动预防，切实做好社会安定稳定工作，取得较好的成效，为建设美丽大田创造了平安祥和的社会环境。

踔厉奋发，赓续前行！如今阿银夫妇的子孙后辈活跃在各行各业，为创造美好的生活挥洒青春汗水，砥砺前行，奋楫争先，续写范公"先忧后乐"造福于民的新篇章！

园丁浇开科技花

□邵永裕

2022年春节,一场别开生面的会议,在大田县人保公司会议室举行。会场悬挂着"霞拔人在大田"招商暨采风座谈会会标。座谈会座无虚席,其中,多数是祖籍永泰,出生于大田的霞拔人。

与会的乡贤代表有企业家、公务员、教师、普通乡亲。林渊标会长逐一介绍:范、林、王、黄、陈、杜、章等一大众乡亲的名字。乡亲相逢,乡音袅袅,会场漫溢着浓浓的乡情。

会场摆成回字形。大家轮流发言。忆往昔、谈今朝,大家感慨热烈。杜克胜介绍了其家族的迁徙与发展时,林会长插话说:"杜建辉今天在县里开人大常委会,待后也请他谈谈创业情况。"此刻,我记住了杜建辉的名字。

晚宴时,杜建辉赶到酒店陪我们用餐,他坐在我身旁。我仔细端详他的模样:个子高挑、皮肤白净、戴着一副秀郎镜,显得温文尔雅。他的气质与别的老板不同,整个外表贯通着儒气。他到底什么出身?做何起家?一大串疑问撞击着我的思绪,并有了强烈的探访冲动。

次日采风，兵分两路。我决意去看看杜建辉、杜克胜兄弟俩的工厂。工厂距大田县城不远，位于石牌镇大陂村的一个山谷里。这里青山环绕、绿水潺潺、温泉汩汩、地形如盆。盆地里分布着许多工厂。杜建辉兄弟俩的工厂，就坐落在依山傍水处。

大田宝山机械厂杜建辉（邵永裕 摄）

车子在一个喇叭形的大门口停下。抬头望去，一排鎏金的厂名映入眼帘——"宝山机械"。环顾四周，觉得这是一块风水宝地。前有一条通往武陵的公路，从门前穿过，沿着盆底的豁口，沿着山体向上攀升。后面是背靠大山，矗立着几排高大厂房。杜建辉创业人生，像谜一样让我猜测。

杜建辉祖籍永泰霞拔，生于大田，为永泰名人杜申后裔。《永泰县志》民国版载："杜申（1132.11—1184年），字景嵩，霞拔人，以解首登第，官朝请大夫。先娶黄定女，继娶萧国梁女。子天彝，临江府同知。"记虽不详，但已概全貌。宋乾道五年（1169年），杜申以乡试全省第一的身份与郑侨一起参加会试。郑侨中了状元，他得了进士。官职朝请大夫，掌管都家之国治。何谓"都家"？郑玄有注："都家，王子弟、公卿及大夫之采地也。主其国治者，平理其来文书於朝者。"也泛指朝中大夫之官职。

也就是说，杜申为科举进士，朝廷官员。娶有两个老婆，有趣的是，两个老婆都是状元的女儿。前任为状元黄定之女、后任是状元萧国梁千金。至于两个老婆，是否同存而生，县志没有记载。有子嗣，名叫天彝，官职同知，相当于现在地级市副市长级别。

霞拔杜氏为名门后代。主要聚居在霞拔村，有500多人。除了少数世代留居外，还有一部分人出外谋生，散居异乡。杜建辉家族，从其父辈离乡背井，出外谋生的。其父杜锦容1931年生，到了十六七岁，1947年左右，随乡人辗转至大田，过着挑担打铁、走村串户，飘摇不定的生活。

随着年龄增长，杜锦容技艺日趋精湛，名声渐隆。十里八乡找他过炉锻器的人，越来越多。收入逐渐稳定，生活更加顺当。觉得日子越过越有信心，活得有奔头。

工人在车间工作（邵永裕 摄）

不经意的闯荡，他闯进了吴山乡，也闯进一个姑娘的梦乡。他憨厚老实、勤俭耐劳的品质，博得了林全英姑娘的好感。由于彼此心有灵犀，杜锦容对林姑娘的心意，看在眼里，记在心头，借打铁走村之名，行入户密约之实，常年转悠在吴山乡。

林姑娘觉得，杜锦容为人实在，手艺也好，讨口饭吃不成问题。出门人居无定所，只是暂时的，收入稳定，才是她最稳当的托付。再说，即便当下流浪，生活过得也不比当地人差。就这样，她吃了秤砣铁了心，认准杜锦容，与他结为伉俪。

杜锦容有三儿三女。儿子为杜克胜、杜克力、杜建辉。女儿为杜淑芳、杜淑萍、杜阳琴。杜建辉居中，上有二兄一姐，下有两个妹。兄弟姐妹皆为大田出生，多数受过良好教育：克力毕业于上海华东理工学院、建辉毕业于三明师专、淑萍毕业于医校、阳琴毕业于福州大学。大哥与大姐由于时代局限，读书少了点，但都有稳定体面的工作。这六个兄弟姐妹中，老大杜克胜与霞拔关系最为密切，他是唯一在霞拔老家，读过书并生活过的人。

"文革"期间，由于运动冲击，霞拔人在大田的生存环境恶化。1970年，杜克胜到了读书年龄，其父为了孩子能上学读书，便把他送回霞拔老家，由爷爷奶奶带着，读满小学五年。1975年，大田形势趋于稳定，杜克胜才被接回大田。随着年龄长大，他也步随其父，成了手工艺人，长期在大田打铁社当工人。

父亲谋生的经历，大哥求学的际遇，给杜建辉幼小心灵影响极大。感悟也好、启迪也罢，对生活归结为：谋生艺要精、出头要读书。"读书、赚钱、养家"字字千钧，仿佛一道道紧箍咒，紧紧锁住他驿动的心，时刻憧憬着明天更比今天好。

家庭背景、人生经历，培养了他要强的性格。如何赚钱？如何养家？他非常敏感，并把握每次机遇。

1988年夏天，21岁的杜建辉从三明师专毕业。毕业后，根据专业分配，他被安排到大田武陵中学当政治科老师。武陵地处高山，本就爱闯的他，面对偏僻而又单调的教学生活，多少有点不甘。三年后，他被组织调回大田五中任教。其时，教育队伍里，时兴教师停薪留职，或校办工厂勤工俭学活动。校领导看他心已躁动，喜欢挑战，便同意他出去勤工俭学工作。从此，他在县城建山路老交警路口，租了一座老房子，做起了加工生产破碎机的勤工俭学活动。

勤工俭学做了三年。后因政策规定，学校勤工俭学，一律予以清理。此时，他面临着回归教坛和下海的抉择。他选择了下海。为啥执意下海？底气来自何方？他说："教师育人固然高尚，但投身商海浪潮中搏击，更有挑战性，我喜欢这样的挑战。"

是去是留，学校由他选择。要么回校上课，要么辞职下海。杜建辉没有犹豫，果断向学校递交了辞职申请，一边办着离职手续，一边出手租下了大田县三建公司的三亩地，继续研发、生产破碎机。

他是个读书人，接受新生事物快、加上知识的支撑，破碎机越做越好，获取利润远远超出当老师的薪水。有了经济支撑，他胆子越来越大，想法也越来越多，一个规模更大、技术含量更高的制造工厂，在他脑海浮现。

2004年，他在福塘买下16亩地、三个厂房，创办了铸造、精密加工、冷作车间等，进行多品种加工生产。由于善于管理、产品优良，加工生产的产品畅销市场，为他扩大生产规模，打下了厚实的基础。

2008年，政府在福塘征收地块，要他搬迁建厂。杜建辉不把搬迁当包袱，而是看作机遇和挑战。他铆足一股劲，又一次出手购买并置换了50亩地。此地，就是宝山机械公司。有了地块，他就像鲤鱼出了大溪，可以自由遨游一般，先是做了总体规划，并很快起盖了一座办公楼、四个车间，面积达18000平方米。

有了独立的工厂园区，加上高大宽敞的车间，他似乎找到了施展拳脚空间的感觉，与大哥杜克胜商谋，做大做强企业。大哥应和并支持小弟的想法。

厂房搬迁后，不到半年时间，杜建辉先后创建起数字砂铸造、真空铸造、精密铸造、精加工、矿山机械等生产线。商品订单纷至沓来，成为大田县纳税大户。

今年四月份，我再次回访。杜建辉老板告诉我，三年来，受疫情影响，出口虽有下降，但国内市场销量不降反升。由于产品受信赖，影响降到了最低限度。2023年上半年，该厂纳税额达300多万元，工厂呈现蓬勃的生机。

公司主导产品，延续杜建辉负责"勤工俭学"时加工生产的破碎机。只不过，变更厂址后，已经更新了好几代。如今，"宝山"牌破碎机，因性能优越、功能强大、品牌响亮，成为一张闪亮的名片。

杜建辉不满足单一的破碎机市场。通过调研分析，他大胆延伸产业链。从破碎机产品，扩大到筛分、输送等设备。"一条龙"配套的推出，解除了购机不配套，或多头采购的麻烦。追求产品卓越、想用户之所想，赢得了掌声，受到了追捧。

杜建辉遗传老祖宗科举摘冠的血性，骨子里留存着儒雅、谦和、缜密、勤奋、幻想的个性特征，具有强烈的品牌意识。2004年，他注册了"宝山"商标。从注册那天起，他潜心打造"宝山"牌各类产品品牌。短短四年时间，他把"宝山"牌破碎机，打造成福建省名牌，2009年荣获福建省著名商标。

开弓没有回头箭。不满足现状，是他前进的最大动力。2015年，他在印度尼西亚注册了"宝山"商标，市场向海外开拓。由于产品优良，好评如潮。先后被评为"福建省知名老字号""福建省科技创新型企业""福建省科技小巨人领军企业""国家高新技术企业""福建省知识产权优势企业"等荣誉称号。企业荣誉的背后，隐藏着他对产品创新的付出，2017年起，他连续两届被选为大田县人大常委。

"须教自我胸中出，切忌随人脚后行。"杜建辉注重技术研究和技术创新。不断补充优良设备，采用先进工艺，产品质量不断提升，通过质量体系认证，计量体系认证。多次被省、市、县评为"重合同守信用企业"。

工厂生产的铸件（邵永裕　摄）

"晓风催我挂帆行，绿涨春芜岸欲平。"此时杜建辉的心境，与诗人笔下的意境差不多。一边是机不可失的催行，一边是憧憬绿涨春芜的美好。他知道，自己打造的企业，未必追求百花齐放，但一枝独放肯定不是春。于是又把目光聚焦到制砂设备、水泥成套设备、选矿成套设备研发生产上。

对此，他有自己的理解：单一品种的产品，一旦被冲击，容易溃不成军。要想有防撞能力，一定要有系列品牌组成舰队。当人们疑惑，为什么不专一做破碎机？他诙谐地答道："船小好掉头，船大好冲浪。"一个形象的比喻，给我们阐释了市场竞争法则，也给我们解答了他心中的理想与目标。

从规模和产值来说，宝山机械公司向规模化进发还在路上。他从家庭作坊做起，做到如今场区占地50亩，拥有四个专业性车间、四条生产线、五台中频熔炼炉、几十台抛丸清理、机床等。实现了从小家碧玉，到雍容华贵的转身。

如今公司业务正在不断拓展。他不惜研发和设备投入，建立起一套完整的铸造工艺检测方法。采用世界最先进真空铸造工艺，自行设计、开发、制造成套的真空铸造自动化生产线，具有国内同行业领先水平。真空铸造生产线成套设备，被认定为福建省首台（套）重大技术装备；V法铸造的工程机械桥壳规模化生产关键性技术研发项目，被福建省科学技术厅评为工业领域区域发展项目。

杜建辉以园丁的情怀，把每个车间、生产线、产品、制造技术看作一个个有灵魂的学生，用心血来浇灌。经过三十年的努力，公司以高新的技术、过硬的质量、合理的价格、良好的信誉、周到的服务，赢得国内外用户的信赖和好评。

宝山机械公司从小到大，从弱到强，就像一朵科技之花，在他的呵护下，从大陂村的山谷里，绽放出鲜艳明丽的色彩。

叫卖叫买挑货郎

□章礼提

时光回流到 20 世纪初。

在大田县城关附近各个山村，人们时不时会看到一个年轻人，挑着货担，走家串户，叫买叫卖，"喔、喔、喔，鸭毛换带仔"。每到一座厝里，男男女女，老人小孩都会围了上来，交换物品，或买卖物品。

这个年轻人名叫范银宋，人们就叫他"阿银哥"。说起这个阿银哥的祖宗，还是相当有名的，他是北宋仁宗时大臣范仲淹的次子。1038 年范仲淹拜为参知政事，负责庆历新政，之后提出了"先天下之忧而忧，后天下之乐而乐"的千古名句。明代初期，范家老二的后代，迁到闽中大田县湖美乡高才板定居，但不知何故，明朝初期，范家后代范积公却率全家迁到永泰县霞拔乡上孟村，也就是现在的上和村。

当年范积公迁到上和村，按现代上和范家发展来看，应该是看中了上和村这块风水宝地。据统计，范家在上和村，繁衍近四百年，历经二十多代近四千人，

霞拔人在大田

鸟瞰岩城（胡伟生 摄）

获得博士学位就有 19 人，各级官员层出不穷，上和村也因此闻名全县。

迁居上和村范家，第十三代有位叫范熙光，从上和又迁居到了霞拔村上洋自然村仓厝，这个地方风水更好，历代出了不少政府官员。我刚参加工作时的单位是永泰县农业局，局长范传政就出生于仓厝。

范熙光有三个儿子,分别叫士炎、梅炎和阿拾。梅炎年轻时,婚娶闽清县省璜乡佳垅村吴氏。结婚后的梅炎,为了生计,前往大田谋生,当起售货郎,成为在大田第一代霞拔人。梅炎在祖地生下了两男,名叫银宋和春宋,还育两女六妹和七妹。梅炎在世66年,但吴氏只活到43岁就病逝了,范梅炎在大田过着艰辛的生活。

范银宋生于光绪三十二年(1906年)。银宋在家乡生活了十六年,然后跟随父亲到大田谋生,也当起了卖货郎,挑着小商品,走乡串户,叫买叫卖。在大田城关附近的村庄,没人不知生性温和的"阿银哥"。

银宋在走家串户中,看上了均溪镇温镇村"种娘仔"(女孩子)陈三妹,这可是位美丽善良又勤劳的姑娘。陈三妹小银宋两岁,通过不断地接触,加深了对银宋的了解,也喜欢上这个外乡人。范梅炎托媒人说合下,两家便订立了婚约,过了一年就结婚,两口子过上幸福生活。

由于范银宋勤奋,为人热情,生意越来越好,积蓄了一些银两,在大田县城最为热闹地方，当地人称"东街口"的南门街，租了个十几平方米的店面，开办百货商店。

20世纪40年代，银宋的商店生意不错，赚了一笔钱，于是在中南街（现为南山路）购买了一家店铺和住房，同时又在县城附近购置一些田产，成为小康之家，让大田第一代霞拔人羡慕不已。范银宋1995年逝世，其妻子陈三妹1999年逝世，夫妇俩都活过了90岁。

范银宋有四个儿子，彩洪、朝洪、顺洪、彪洪，建国初，全家被纳入城镇户口，国家供应商品粮。银宋子孙在大田都发展得很好，次子范朝洪解放前婚娶福州市茶亭街吴家女儿吴细妹。解放后，工商业改造，政府安排范朝洪在大田县搬运站工作，1986年逝世。吴细妹1930年出生，老人尚健在，居住在大田县城的南山路。

范朝洪生有七儿子，对子女培养特别重视，教育特别严格，人人有志气，个个有出息。1950年出生的长子范功贤，在大田县乡镇企业供销公司工作；次子功殿，在大田县木器厂工作；老三功发，在大田"五七"综合厂工作；老四功修，在三明汽修厂工作；老五功宪，在三明钢铁厂工作。这几位均已退休了。1965年出生的老六范功团，本科毕业，现在大田县公证处担任主任；1972年出生的老小范功金，也是本科毕业，现为大田县政法委常务副书记。范功团说，七个兄弟后代都是男生，个个都是大学生，现在已经没有后人再做生意了。

说起大田的阿银哥、阿银嫂、阿银店，已99岁高龄的林銮宝大叔，竖起大拇指连连称赞，特别称赞阿银嫂。銮宝大伯说，阿银嫂可是一位与人为善的大好人。

林銮宝大叔，1924年出生于霞拔村上洋中林家，14岁那年就跟随族人到大田上京一带学做篾，两年后又跟随打铁师傅学打铁和打铜手艺，算是霞拔人在大田第二代打铁匠。

当年被霞拔人称"阿宝师傅"，已是霞拔人在大田代表性人物之一。他头脑灵活，为人和气，打铁手艺出众。銮宝大叔在大田有两件事情，最让人羡慕。一是銮宝与其妻子结婚已近80年，那年她妻子才17岁，现已94岁了，两人身体都很好，还相当恩爱。二是他的儿子——1962年出生的林渊标，1976年年仅15岁，从老家跟随父亲到大田学打铁手艺，经过40多年打拼，现已是大田县鑫城水泥工业有限公司董事长，成为霞拔人在大田事业最为杰出的代表。

我采访鸟铳工艺传承人王自德时，已91岁的王大叔说："霞拔人在大田，解放前最有钱的是阿银（范银宋），现在最有钱的是阿宝（林銮宝）！"自德大叔说阿宝有钱，当然说的是他儿子阿标有钱。

林銮宝大叔，虽然高龄，但身体还很好，眼不花，耳不聋，说起话来还相当清楚。我们到家里去做客，他和他的妻子，双双从木沙发上站了起来，欢迎我们光临。銮宝夫妇以"霞拔话"与我聊着往事。当他俩知道我家在南坪村前垅涧新厝时，林婶说，前垅涧新厝她去过几次。这让我惊讶。林叔婶接着说，章义草是阿銮的好朋友，过去两家经常有来往。章义草，是我的远房叔叔，但过世多年了。林叔婶说起义草，让我想起了20世纪60年代，霞拔人在论富时，就会说到霞拔有三宝：上和范仙保，霞拔林銮宝，南坪章义草。

范仙保和林銮宝有多富我不大清楚，但我堂叔义草自然是知道的，平常做些生意，收入不错，家道殷实，想来仙保和銮宝夫妇常到我堂叔家做客，那时我年轻自然没有印象。

銮宝大叔说，仙保和义草祖传了些财产，做生意赚了些钱，而他却是靠打铁手艺，创办打铁店铺，通过省吃俭用积蓄些财产，但并不富裕，那时与阿银哥比起来差远了。接着林大叔给我们讲起了大田"阿银店"。

"阿银店"位于大田县城东街口南门街，属于中心地段，那地方当年非常热闹。店面开始是阿银租用，店铺也不大。过了几年，阿银赚了一些钱，便把那店面买下，还购买几间居住房间，继续做着小商品生意。

解放初期，在大田打铁做生意的许多霞拔人，经阿银哥介绍，许多人也在那条街上购买店面，有的开打铁铺，有的开理发店，有的开办小吃店。"霞拔人一条街"就这样形成了。这条街的店铺产权，霞拔人占了一大半，但现在大部分出租给沙县、德化、江西等地商人，在这条街上做生意的霞拔人也不多见了。

林大叔接着说：阿银是做生意的，有人说生意人很奸滑，但阿银哥他不会，阿银经商很讲信用，从不骗人，也从不坑害购买人，所以生意非常好。阿银为人和善忠厚，阿银嫂为人更好，不管你是有钱人，还是没钱人，到她店里她从不另眼相待，这是非常难得。

解放前，阿银在他的妻子的支持下，于店面后座腾出两间，安上几床床铺，让过往老乡歇脚。不管是霞拔人，还是东洋或大洋或同安人，只要永泰老乡在大田，或打铁、或做篾、或理发、或补鼎，如果到城关办事，晚上若无去处，便住在阿银店铺里，阿银也从不收费。阿银嫂很早就起床，为老乡热汤，做早饭，也从没收钱。"阿银店"成为永泰老乡们的"驿站"。

銮宝大叔继续说，当年他和他的叔叔刚到大田，也常到阿银店去，请阿银介绍些打铁的活计，阿银都会热心地帮忙。还有，阿银嫂是大田当地人，在城关有许多亲戚朋友，霞拔人在大田发生些生意纠纷，也常常去请阿银夫妇帮忙协调，许多问题经过阿银夫妇调解，基本上都会得到妥善解决，于是"阿银店"也成为霞拔人的"商会"。

从梅炎到大田，范家已在大田历经了一百多年，人丁也发展到一百多人，当年阿银夫妇为人客气，为霞拔人做了许多好事和善事，已铭刻在大田的霞拔人心里。

范家积德积善，精心培养子女，工作奋进向上，都值得我们学习宣传。

栖身大田最温润

□邵永裕

我在大田采风活动期间,认识了王建智。

霞拔与大田素有渊源。彼此间,不是亲就是戚。王建智属于"白领",祖辈无人落脚大田,是自己高中毕业后,谋生闯荡,不经意间闯进了大田,并与大田结缘一生。

他是土生土长的霞拔人。世界这么大,为什么他非要来大田凑热闹?他是怎么来?又因何钟情大田,如何落地扎根、繁衍生息?

一连串问题,撩起我对大田魅力的探究、对霞拔人钟情大田现象的关注。

1978年9月,王建智高中毕业。毕业后没多久,他与村里许多同龄人一样,寻觅着谋生之路。打工谋生,是农村人最简单,也最容易谋求的一种生存方式。王建智说,第一次出来谋生,漫无目的。听说霞拔公社建筑队(永泰六建)在南平造纸厂有工地,就尝试着寻找这个工地。

从老家霞拔福长出发,翻山越岭,徒步十多公里,来到闽清县省璜公社。从

霞拔人在大田

王建智（左二）参加"霞拔人在大田"采风座谈（池建辉 摄）

省瑞乘班车抵县城，再由县城坐汽车达火车站。第一次出远门，搭上了北去的列车，开启了未来的谋生路。王建智回忆起当年情景，仿佛昨天的故事，滔滔不绝。

"咣当、咣当"的绿皮火车，经过一个多小时有节奏的作响，到达南平下洋站。王建智下车后，凭着在老家听过的南平造纸厂工地的记忆追寻着。那时，没有移动电话，无法联系在工地的霞拔人。他只好凭感觉，瞎子摸象一般，希望找到工地，找到可依托的老家人。

他第一次出远门，人生地不熟的，仅凭大家说的一点信息，走在深山峡谷中，山路越走越偏，人心越走越迷茫。目标无法确定，方向对错不知，眼前深山沟壑，让他感到一阵惊慌。

临近傍晚，夜幕即将降临。他犹豫了：好像就在附近，来回多次找不到。他不敢向前，正当他无助时，一个拐弯处，透过茂密的树林，瞧见了树在楼顶上"永泰六建"的字样。顿时，一颗茫然的心，好像找到了栖居所，心底升起一股希望。

王建智朝着工地往里走，定睛一瞧，远处正在锯木头的正是邻居王传裕。传裕闻声停下手中的活，冲着他大声喊道："王建智！你来干吗？"熟悉的乡音在山间回荡，建智激动得像遇见久别的亲人、流浪无助找到了家。他慢慢缓过神来，紧张的心情、疲惫的身躯，随着越来越热烈的乡音而烟消云散。

王建智回忆这段历程，感慨万千。他说："在家千日好，出路半刁难。"从走出校门那天起，第一次体验到出外谋生的艰辛。打工谋生，看似有体力就行，但外出找得到工打，也不是一件容易的事。仅凭一身蛮力，没有熟人介绍，到了工地，进不了工班是常有的事。

王建智突然出现，让王传裕惊讶不已。你联系过谁？准备去哪打工？你事先如果没有联系，哪有工让你做？王建智一听他话意，便知满心的希望将换来失望，乞求他：那你就帮我问一下吧？经协调，霞拔锦安姓黄的工头接纳了他。这年下半年，他在南平造纸厂工地，开始体验了出外谋生的滋味。

第一天出工，工头就叫他去搭脚手架。要搭的脚手架，位于新建的办公楼两侧山墙。怎么搭？他纯属菜鸟，初来乍到，一无所知。但又担心工头嫌弃他，只好硬着头皮，叫干啥就干啥。这一天，听话卖力、谋取工作是他的全部想法。

忙碌了一整天，覆盖两边墙体的毛竹架子，立了起来。这是他人生第一个劳工作品，凝视着整片竖立的脚手架，内心充满着自豪感。想不到，喜极生悲，他搭建的脚手架，由于不得要领，受力全靠捆绑附着力，到了傍晚，一阵狂风骤雨过后，架子稀里哗啦全塌了下来。辛苦了一整天，没工钱不说，还被工头臭骂一顿："这么笨还想做工？"

我静听他叙述第一次打工的经历，心里犯起嘀咕，这与大田有什么关系？难道他用谋生经历，论证栖身大田的重要性？我继续耐心续听他的故事。

王建智说，在南平造纸厂打工20多天，感受到的不仅是辛苦，似乎还有一眼望不到头的路。在工地，他算是有文化的人，想法比别人多。辛苦劳作时，他想着一天能挣几个钱，休闲品茗时，他又想着明天又重复今天的无聊。觉得这样下去，未来的人生，一定是在周而复始、机械般运转的劳作中度过。他顿感前途黯淡，暗自神伤。

于是，他决定换个地方，寻求生机的转变。

说来也巧，有个叫阿城的老乡，介绍建智到他姐夫承包的建瓯工地去打工。到了新工地，由于他年轻体健、勤劳肯干，不久当上了"小工头"。为了锁住他心，大工头以让他学砌砖为激励，希望他努力干活。

砌砖是一门技术活，乡下人打工，求的就是"师傅"这个头衔和名誉。在工地，其他小工都是配角，只有"师傅"的地位才不可小觑。工头看重师傅，除了地位更高，收入也是小工不可比的。如果年轻人当上师傅，娶老婆都比别人容易。一想到这，他兴奋得忘记了劳作的辛苦。就这样，他参与建了一个车间，干到春节才返乡过年。

1979年春，他随老乡去了福州工地，打了半年工。当年七八月，又在老乡的介绍下，来到了大田，做了三年零杂工种。

1983年下半年开始，他凭着积攒的人脉，开始兜揽项目，先后承建了均溪镇和丰小学教学楼、二铁厂宿舍楼、选矿厂厂房、村道施工铺设、川石选矿厂（邵武）等工程。

之后，他认识了在大田武装部当兵兼当县委书记司机的老乡余忠。混熟后，又认识了余忠的表哥王绍基。王绍基长期在大田包工程、做项目，有着五年工程经验的王建智，此时已从一个小工角色，成长为师傅级人物。他不再安分做着苦力活，在王绍基面前尽显能力和担当。王绍基一眼相中了他，与他合作，承包了大田武装部工程。经过项目一次又一次洗礼，王建智在施工管理、带领队伍能力上得到了飞速提升，这为他后来独立开张、承建更大项目迈出了坚实的一步。

武装部项目完成后，工地的人相继离开，只有他继续留下寻找机会，一心思量着"媳妇熬成婆"的质变。凭着五年来学到的技术和管理经验，他越来越自信，陆续承建了大田公安局宿舍、移民局宿舍、实验小学教学楼、开元天城房地产等工程。项目从乡下到县城，规模由小到大，在大田建筑行业，立起了一块闪亮的品牌。

说起这段历史，他最感怀1987年的转折。这一年他从铁厂回到县城，独立

王建智承建的大田县城开元天成楼盘（邵永裕　摄）

承包了武装部宿舍楼建设工程，他挖到了建筑第一桶金。这一年，他在大田县城，娶了一个范姓女子为妻，结婚生子，还买了一块地皮，盖了一座五层楼房。

王建智说，高中毕业出来，为了谋生，去过南平、福州、建瓯、邵武等许多地方，只有到了大田，心是安宁的，工作是愉悦的，收入是稳中有升的。在这里，收获了爱情，建立了家庭，事业越来越顺意，生活越来越美好。"来了不想走，走了还想回"，大田令他魂牵梦绕，不仅锁住他的人，还温润了他的心。

我好奇大田温润他的理由，不断向他抛出心中的不解，让他作答。他稍作思索，总结了四点理由：一是从前的大田，交通闭塞，对外联系少，技术人才缺乏，只要怀揣一技之长，在大田容易谋得工作，生存便更容易。二是永泰人淳朴善良、憨厚老实，吃苦耐劳、献艺谋生，弥补了当地生活需求，本分人聚首，惺惺相惜，容易被当地人接纳。三是群体带动，容易落脚。霞拔人在大田有三五千人，老乡遇到困难，相互照应，生存相对容易。四是婚姻嫁接，家庭稳固。许多霞拔人在大田娶妻生子后，与当地人融为一体。霞拔大田因通婚带来的融洽画面，处处可见，虽居异乡，少了寄居感，和谐相处，融合发展，令人流连忘返。

大田与霞拔交往始于明代，至今有五六百年的历史。清代以来，手工艺人奔赴大田谋生逐渐增多。王建智属于新生代，他没有先祖落脚大田的根基，踏遍天涯，偶然的机缘来到了大田，不知不觉地爱上了大田，流连忘返。他谋生的方式与先辈虽有差异，但都是"为了同一个目标，走到一起来了"。由此可见，大田人善待霞拔人，大田这地方，特别滋养霞拔人。

如今，六十开外的王建智，过着含饴弄孙的生活。可谓事业有成，家庭美满。他育有一男三女，两个孙子、三个外孙。儿子西安航空大学毕业后，曾在厦门日报社工作，后辞职下海，回大田接他的班，办铸铁厂。家安厦门，人在大田工作。大女儿西安财政大学毕业，在上海工作；次女闽江学院毕业，就业于福州银行部门；三女泉州科技学院毕业，回大田水务局工作。

王建智在工地与施工人员讨论（胡伟生　摄）

说起儿女，他感到非常欣慰。他说，儿女们彻底改变了父辈的谋生方式，生活过得更有尊严，更舒心惬意。在我看来，其儿女是霞拔人在大田以知识改变命运的样本。

现在王建智生活殷实幸福。在大田城关、三明、厦门等地拥有楼房、店面、别墅等房产。他拥有今天的美好生活，是自己奋斗的结果，也是大田厚待霞拔人的缩影。他对大田山山水水充满着感情，对大田乡亲充满着敬意。

他多次深情地说："大田温润了我，让我过上美好的生活。"他非常感念大田的好。儿子在厦门上班，安家厦门，他执意拉儿子回大田发展，成立了福建省大田盛达建设有限责任公司、福建省崇顶建筑有限公司。这样做的目的，是让子承父业，希望孩子回馈大田，回报乡亲。感恩大田父老乡亲，一路走来对他的帮助。

"大田山水厚待我，生活一年更比一年好！"王建智回忆走过的路，有创业的艰辛，更多的是事业有成、家庭美满的幸福。

"栖身大田最温润"，他感触良多，意犹未尽。

艺"修"回乡路

□张知松

《霞拔人在大田》一书写谁呢？是写霞拔人吗？看了书名，相信这是大家的共识，霞拔人三个字清清楚楚地写着。

可是，我却一回回地读着永泰文友们写的这一篇篇文章，却是另一感受：感觉写的是大田人。

不是吗！这些霞拔人祖辈，在数十年前，有的甚至百年之前，为了谋生，便不远百里，靠着自身的手艺、血汗、智慧，来到了大田各地谋生，历经数代的繁衍生息，不但在大田深深地扎下了根，而且在奋斗中、拼搏中，不少人积攒了家业，赢得了人生。

如今，这些从永泰迁到大田的霞拔人，他们的户口、家业都在大田，大多的亲友也是大田人。所以，笔者以为该书所叙说的故事，应当讲述的是大田人，只是这些大田人是从永泰县霞拔乡迁来的，他们的祖先在霞拔，他们的根在霞拔。

霞拔乡党委、政府，永泰县文联缘何耗费不少心思来给咱们大田人采写故事呢？那是因为家乡的亲友在呼唤，长眠于霞拔的祖辈有着这样的心愿：漂泊在外的游子们，你们要永远记住霞拔！你们的子子孙孙都要记住：源于霞拔！根系霞拔！

笔者当时在大田县文联工作，永泰县文联邵永裕主席联系我，说是想来大田组织一次采风活动，而且此次采风主题比较特别！电话里大致说了梗概：一百多年来，永泰县霞拔乡百姓前来大田谋生、创业很多，据粗略统计约3000人。福州人在大田不到一万，永泰人在大田不到5000人，霞拔人居多。

大家可否感到纳闷，为何那么多霞拔迁往大田？而且不少拖家带口地迁入大田。一些霞拔乡亲迁到大田后，家业发达，子女成才。个中缘由是什么呢？这是永泰各位文友心中的谜，也是不少永泰人心中的谜。

我与多位大田霞拔人相识，其中不乏交往密切的。以水泥为主的林总产业不小，但常年的奔波，脸庞黝黑，说起话来轻声细语，着装简洁轻便，外观上，怎么也看不出是位企业家。但多年的商海沉浮，已深韵商道，尤其是为人谦和应是他经商成功之要。林总的多位族亲与我多有往来，均是秉承其谦和家风，让人感到交往得舒适、愉悦。这样谦和家风应当源自祖辈他乡谋生、创业里，需与当地群众和睦相处吧。

祖辈从霞拔迁至大田的永焜，亦是我志同道合的文友，同居一小区，频繁相见，时常海阔天空地聊生活、侃艺术、说见解。其书法颇受赞许，常有亲友求其墨宝，永焜总是热心提笔相赠；随性、热心的他，家里茶室常常高朋满座，与之同层两位邻居相处尤其融洽，家门总是敞开。其子瑞宸与小儿兴阅更是亲密无间，随性在其子身上亦是一览无余，必是个乐天派。永焜一家应是在大田的霞拔人一个缩影，他们安居乐业、幸福美满。

霞拔乡村干部也希望在大田创业的霞拔人，能够常回家看看；霞拔当地的亲友，也期盼着在大田的亲友，多往来、常联系，这样感情才能不断线。艺牵两地，共谋发展，在文友们挖掘他们的创业故事的同时，创业有成的大田霞拔人，也正

大田县城夜景（胡伟生　摄）

在谋划回到祖辈生活的霞拔投资兴业，霞拔的山水一定吻合他们的发展之念。

笔者明白了邵永裕一行的初衷：不辞辛苦地前来大田采写，就是为了通过文艺的形式，给这些特殊的大田人，"修筑"起一条回乡的感情之路。将他们祖辈迁来大田的谋生、创业的故事讲透透，让在大田的霞拔人寻着那一篇篇灵动、温情的文字，找到了回乡的路。

各位永泰文友笔下的王氏、林氏、范氏等创业代表，仅是在大田三千霞拔人的代表，一篇文章、一本图书，自是难以写尽在大田的百年霞拔人，他们的故事很多，情感很长。但是通过永泰文友们的抛砖引玉，必然带动在大田的各位霞拔人思家之情、念祖之意！

乡愁在哪里？在他们的采访期间，笔者一直相伴永泰文友左右，看到他们用永泰的方言畅快地交流着，仿佛让我看到了一缕缕乡愁弥漫在整个空间。笔者相信，在大田的霞拔人，一定也是日夜思念着霞拔的山水，思念着那儿的亲友、伙伴。岁月的沉淀，也将会让他们的思念愈加浓烈。

两地虽是百里相隔，但在解放前，交通不便，信息不通，百年前迁往大田时，他们的先辈曾是挑着行李行走了7天6夜，才来到了大田。那时前来创业的霞拔人，一定是心里无时无刻地念想着家里的父母、妻小，漫漫的岁月，更是拉长了他们的思念。如今，通了高速公路，两地往来只是区区两三小时而已，血脉相连，情感相系，我想，念想也一定都在。

如何更好地相互念想着？记忆的深处还有哪些味道？就是到了当下的信息时代，一时的电话、微信应当也难解开他们之间满满的乡愁与念想吧！《霞拔人在大田》一书里详细地描述着众多霞拔人来到大田的谋生、创业，字里行间写满了他们的酸甜苦辣，我想这是霞拔人在大田与在霞拔的乡亲最好的思念解药。翻阅着一篇篇精心记录的故事，思绪怎能不上头？

永泰文友们为了更好地唤起他们相念之情，挨家挨户地走访，详细查阅了各类书刊、祖谱等资料，怀着真诚的心情，整理着这些约邀大田霞拔人回乡的文章。书里的记录，是为了让书外的大田霞拔人回到祖辈生长的地方，循着书里的文字，寻根谒祖，一解乡愁。书里祖辈的典故、创业的艰辛亦是这些在大田的霞拔人教育晚辈的好教材。

如今，交通是方便了，但回去的次数却为何不见增多？难道思乡的情愫也未浓郁？电话、微信的通达，念想的感情难道就在信息的大潮里淡去了吗？不会的，让文艺的力量，搅动起更多的思乡之绪，修建起这条无形的回乡大道。

为何回霞拔？怎么回霞拔？这些文字在呼唤着！在引路！

文字在心里！乡愁在路上！

霞拔人在大田

借得春风展雄才

□黄德舜

"镜以淬而日明，钢以炼而益坚"，人生是一个永不停息的奋斗过程。

——题记

福建省鑫城水泥有限公司成立于 2003 年 5 月，系大型旋窑水泥生产企业，坐落在大田县广平镇，是一家研发、生产为一体的股份制民营企业。该公司的董事长，是土生土长的永泰县霞拔乡人——林渊标。

搏击商海、开拓创新，这样的字眼似乎离"抱紧铁饭碗""小富即安"等观念根深蒂固的永泰人挺遥远的。林渊标，这个大田乃至三明市著名的企业家，这样一位永泰出生的风云人物，他身上到底有哪些不一般的故事呢？

每一个认识林渊标的人，都会对他脸上朴实憨厚的笑容及敏锐果敢的做事风格留下深刻的印象。他身高 1.75 米左右，黑色的羽绒服，休闲裤，黑色皮鞋，给人简洁朴素、干练睿智的感觉。

1962 年 10 月 2 日，他出生在永泰霞拔乡霞拔村一个打铁匠家庭。父亲林銮宝，

鑫城水泥厂厂区（胡伟生　摄）

现年99岁，仍然身板硬朗，耳聪目明。母亲黄玉香，现年94岁，永泰霞拔乡锦安村人。这一对已过钻石婚17年的夫妇回忆起往事仍然记忆犹新。林銮宝14岁时跋山涉水，步行七天，来到大田跟随父亲学打铁。林銮宝共生育三男三女，渊标排行老二。

俗话说："人生三苦：打铁、撑船、磨豆腐。"窘境下，父亲用打铁赚来的血汗钱供他兄弟姐妹读书。林渊标年轻时也学过打铁，父辈艰苦创业的基因融入了他的血液里，培养了他吃苦耐劳的品德。

1983年初，年满22岁的林渊标，怀着对工作的热情，从永泰霞拔这个山沟沟，来到大田上京水泥厂一线车间，从企业基层业务做起，一路坎坷，一路拼搏。

家乡的贫穷的记忆时刻鞭策着他。为了脱贫解困，进厂后，他义无反顾扎根基层，研究水泥生产。当时大田上京水泥厂正步入瓶颈期，水泥行业产能过剩、市场疲软，面临市场、资金和运输等因素制约，且利润空间有限的严峻形势。由于效益不好，工作条件十分艰苦，很多工人选择离开到外地打工。当时也有不少人劝他凭着一技之长，到沿海城市去闯一闯。妻子更是劝他说："你怎么也是一个高中生，不如开个店，既省力又见钱，自己的本事和价值也体现出来了。"

林渊标是属于认定目标就执着追求的人。几年来深深的水泥情结，已把他与水泥事业紧紧地融合在一起。他毅然选择了既来之，则安之。严峻的形势、艰苦的条件，更锻炼了他迎难而上、善破难题的出色才能。

表现出色的林渊标，在1985年被任命为车间主任。没过多久又被任命为副厂长。虽然被提拔，他却始终高兴不起来。如何让企业尽快走出困境，是他脑海中想得最多的问题，他的肩上扛着"责任"带来的压力。

为了使企业尽快走出低谷，林渊标几乎把所有的业余时间都用在了学习知识和专业业务上，并将学到的理论知识融入到生产实践的过程中，努力将自己的工作干好。他团结带领广大职工，全面推行技术研发创新进程。1987年，循环式

林渊标深入车间指导工作（胡伟生　摄）

螺旋给料机研制成功给企业带来了显著效益，使公司及时摆脱了困境。林渊标的创举，一时之间在大田民营企业家中成为美谈。

人因为有梦想而变得伟大，人生因为有梦想而变得精彩。林渊标有个梦想：让大田水泥业成为三明全市乃至福建全省的龙头。他为了这个梦想拼搏了20多个年头。

1988年，为响应大田县委县政府大力发展县域经济，打造水泥强县的号召，年仅27岁的林渊标在旁人的不解中辞去了上京水泥厂副厂长的职务，先后创办了大田建材机械配件有限公司、大田鹰标建材机械研究所、三明市鹰标建材有限公司。1995年在上京镇梅林投资建设了大田县第一家年产10万吨水泥的民营企业，后相继承包了大田灵川水泥公司和铭溪石凤水泥熟料有限公司，形成年产35万吨水泥的规模。1993年至1997年四年间，他自行研发的循环式螺旋给料机，在本省各地销售了200多台，创产值400多万元，向国家上缴利税200多万元。至此，林渊标在大田企业界崭露头角。

2008年，金融危机爆发后，他重新确定结构、目标，尝试参与企业重组，成功收购了大田县岩城水泥有限公司，成为大田首位兼并其他企业的民营企业家。

进入21世纪后，国家出台了水泥产业调整政策，水泥企业进入全面升级换代阶段，大田多家水泥企业因生产规模缩小面临淘汰。

企业家就如同战场的指挥官，要洞察一切，作出准确的判断，才能掌握战场的主动权，才能够捕捉到隐微深处的商机，从而掌握市场的话语权。面临上述严峻形势，林渊标当机立断，早定位、转方式、调结构、谋发展。他拿出多年的积蓄，于2003年5月成立了福建省大田县鑫城水泥工业有限公司，并在2010年底投资3亿多元人民币，对原铭溪石凤水泥熟料有限公司的立窑生产线进行拆除技改，建设一条日常3500吨水泥熟料暨6000千瓦纯低温余热发电的新型干法旋窑水泥生产线，年利用煤矸石、炉渣等工业废物47万吨，该项目于2012年7月竣工投产。同时借福建盐城水泥责任有限公司改制之机，租赁经营该公司，沿用国优"岩城"水泥驰名商标和品牌，弘扬"坚如磐石、固若长城"的优秀品质，使公司生产经营水泥年产量达到 200 万吨的规模。

他经常深入第一线，及时了解生产情况，掌握职工思想动态，纳民意，听民声。有一次，他像往常一样，早早来到厂里，换上工作服，就来到生产车间察看夜里生产指标运行情况。他发现熟料窑台产出产生波动，环保指标不稳定，能耗指标增高。到现场仔细查看，发现立磨循环机轴承密封处漏风，立即通知烧成车间主任、工段长、岗位班长、操作工召开现场会议，针对漏风、漏粉现象拿出整改措施。由此及彼，他立即组织召开专题会议，成立以公司领导带队，车间、相关人员组成的能源管理小组，对全厂设备系统漏风、漏粉、漏气及设备开空车、长明灯、长流水等现象进行专人专项排查治理。经过集中整治，不但系统漏风、漏粉得到根治，还明显节省了水电。

在工作中，林渊标要求各部门精益化管理，在不断完善各项生产管理制度的同时，还通过走动式管理模式，全面加强生产运行管理，实行设备周检查制度，不断优化工艺操作方案，强化员工操作技能，落实外委内修，通过管理实现精益生产，通过部门联动，实现稳产顺产。

林渊标正是有了与众不同的独特眼光，才迈开了市场经营的一大步，每一次转型都能够及时捕捉到超前的信息，并且娴熟地运用了信息，打造了品牌，赢得了发展。

2019 年对于水泥公司来说，是举步维艰的一年。国家对水泥行业实施错峰生产，落实政府重污染天气管控的各项制度；水泥原燃料价格居高不下，生产无法连续运转；水泥市场需求压减，产销难以保证。

万众一心加油干，越是困难越向前。在困难面前，林渊标从不退缩，他认真分析水泥行业的形势和发展机遇，果断决策，在其水泥公司 2019 年职代会上说了这样一段话："同志们，新的一年，形势虽然严峻，但是我们更要看到水泥公司难得的发展机遇。第一是大环境的改善，伴随着国家供给侧结构性改革的推进，行业形势将会明显改观。第二是国家对环境治理提出了更严格的要求,主导错峰生产,通过去产能、去杠杆,促进水泥价格回归。第三是积极推进转型项目,为水泥公司未来发展谋篇布局。只要我们敢打硬仗,奋勇争先,勇往直前,就一定能逆境突围,创造更多辉煌!"

蓝图绘就,正当扬帆破浪;重任在肩,更需策马加鞭。最终,林渊标用行动带领水泥公司全体员工超额完成公司下达的指标。

为了更好地发挥自身优势,实现企业本地发展和对外发展"双轮"驱动,他先后成立了三明市镇东房地产开发公司和山东名城房地产开发有限公司,由此形成年产值超十亿元、上缴利税达8000多万元的产业规模。当前,他正积极贯彻落实国家和省市县建材工业"十二五"发展规划,谋划重组鑫城、岩城、石凤等多个建材工业企业,设立"福建省岩城建材集团(大田)有限公司",成为集研发、生产、销售、房地产、酒店为一体的综合性企业,推动大田建材工业科学发展。

林渊标同志待人热情,总是以帮助别人为最大快乐。"和他一起工作,感觉到他像是一名老师,一个亲人,更是一位助人为乐的朋友,根本感觉不到他是一名老总!"这是公司522名员工的肺腑之言。

他善于学习钻研,有一股永不服输的劲头。"对于民营企业,谁会学习,谁善于学习,谁就掌握了发展的主动权。"这是林渊标经常挂在嘴边的一句话。早在2000年前,他就开始与大田县商会领导,一起到沿海经济发达地区及欧美一些发达国家考察学习,同时推荐输送20多名企业技术管理人员到清华大学、北京大学参加各类培训,以开阔视野,为公司更好经营管理和多元化发展作准备。2008年起,他又邀请省市教授、台湾企业界专家来企业现场授课,极大地提升了企业广大职工的整体素质。

他注重企业文化建设,努力改善职工生活和生产工作环境,提高生活待遇。率先建立了党支部、工会、共青团、妇联会等组织。与此同时,他关爱职工,改善职工就餐食堂环境,对职工冬送温暖夏送清凉,对困难党员及职工及时帮扶慰问。举办排球、篮球、爬山、红歌比赛等文体活动,极大丰富职工业余文化生活,从而提高了企业的向心力和凝聚力,营造和谐温馨的良好氛围。他关心企业员工工作生活的方方面面,受到广大干部职工的一致好评。

走进大田县鑫城水泥工业有限公司,厂区整洁,绿树成荫,环境优美。一条"绿水青山就是金山银山"的横幅标语特别引人注目。高耸的塔架和密集的管道,形成了泾渭分明而又错落有致的美丽图画,给人赏心悦目的感觉。

林渊标高度重视鑫城水泥公司的绿色发展。他在各种会议以及深入基层、车间、班组调研时,经常对其公司职工说道:"我们要以党的十九大精神为引领,心怀梦想,脚踏实地,把打造'花园式公司'的梦想转变为实际行动,积极践行习近平总书记关于'绿水青山就是金山银山'的发展理念,按照公司的要求部署,坚决打赢安全、环保、质量'三大攻坚战',让厂区的天更蓝、草更绿、花更香。"

在他的带领下,多年来公司进一步落实安全生产责任制,逐级分解指标,把安全责任落实到每一位职工。严格落实属地管理责任,深入完善推进双重预防机制,运用动态循环管理模式,以文化引领、风险管控为基础,以人员管理为核心,落实水泥公司安全长效管理机制。新建了密闭石灰石、砂岩堆棚,消除原料露天堆放的环保隐患,厂区内实行低碳排放。

通过全面加强生态环境风险管控、绿化草坪、库棚全封闭建设、路面硬化、厂房清洁、环保设备设施购置安装、卫生死角清理、垃圾分类处理等措施,实现零突发环境事件,年度环境隐患整改按预定计划完成,污染物排放达标率及固废处理合规率均达到规定要求。他制定《水泥质量管理办法》,发布《企业标准》《质量奖惩》等相关制度,开展质量评价、标杆产品建设、品牌建设等质量攻坚标志性项目,如期完成了管控指标、技术标准提档升级,提高了产品质量。

公司秉承坚决打赢"三大攻坚战",深入推进绿色体系建设的理念。从落实"中国打响蓝天保卫战"部署,到遵循"绿色发展"思想,到践行党的十九大"美丽中国"建设,鑫城水泥工业公司绿色发展之路一步一个脚印,走得扎实,发展

林蜜宝老先生接受采风团成员采访（胡伟生 摄）

迅速。2018年，该公司实现全年安全生产零事故，完成攻坚方案目标，顺利通过安全生产标准化三级企业资格认证；2019年获得质量管理体系认证；2019年该公司荣获中国材料研究学会颁发的科技进步一等奖荣誉证书。

在发展壮大实业的过程中，他始终不忘国家，不忘回报社会。不但自己循道致富，而且还带动一批人致富，在他的培养和带动下，一个个企业家正朝气蓬勃地成长起来。如今，大田县鑫城水泥工业有限公司总资产67160万元，2020年公司实现工业总产值52968万元，实现税收总额2844万元。

他助人为乐，乐善好施。林渊标觉得自己的成就不是拥有财富，以及县政协常委、商会副会长等各类头衔，而是他对家乡建设的那份热情、那份执着、那份真挚已经得到了越来越多朋友的理解和支持。几年来，他先后为家乡新农村建设、资助贫困生等慈善事业捐赠累计超过200多万元，受到大田县领导和当地百姓的赞许。

百舸争流，奋楫争先。作为一名创业卓有成就的企业家，林渊标在不断地用无垠的大爱，诠释着上进、追求、爱心、奉献的真正含义。"我是一个山区的孩子，吃过苦，受过穷，我知道贫穷生活的艰难，我的企业得到社会各界的支持，才一天天好起来。如今回报社会，做一点我力所能及的事，是我不可推卸的责任和义务。"凭着这份强烈的社会责任感，他先后被评为全国青年星火带头人、福建省优秀星火企业家、三明市建材工业公司先进工作者，多次被大田县政府评为优秀青年企业家、"十佳"个体户、捐资助学先进企业家等。这一个个殊荣并没有使林渊标停下自强不息、勇于开拓、默默奉献的脚步，大田县的民营企业在他的带领下，未来将走得更高更远。

"党的十九大吹响了深入改革开放征程的新号角，对我们企业家来说更是吹来一股强劲的春风。今后，我愿尽自己所能，以更好的业绩来回报国家，回报社会。"东风吹来满眼春，潮起正是扬帆时。林渊标董事长谈及未来，信心满满。

途经的下楼山路（范玉惠　摄）

陌上青禾

他们在崇山峻岭中穿行，在崎岖山路中穿梭。他们把一生最美好的岁月抛洒在了陌生之地，把异乡当成了故乡，开拓出生存之路，探索成生存之道。无论是第一代创业者，还是第二代、第三代传承者，乃至他们的后裔，都坚守着创业、拼搏、开拓的精神。他们把传统的精神价值融入、更新于大田土地上，锻造出大田人新的精神气质。他们的追求成为一种精神导向，将一直激励大田人去探索、创造更美好的生活。

我们大田

□范维生

我的祖籍在永泰县霞拔乡上和村,在大田出生长大,是典型的霞拔人在大田。至于为什么把这篇小文命名为"我们大田",是因为在大田生活过的人提到大田总是称"我们大田",透着对大田的自豪、眷恋、深情和亲切。发现这一说话习惯是我的一位朋友。福州的几位大田同学聚会时,乐智慧(大田人,母亲姓范,上和村人,所以也算半个霞拔人,在省医大工作)经常把"我们大田"挂在嘴边,以至于后来就把乐智慧称为"我们大田"。大田人说话,有一种腔调,我也说不清道不明,反正一开口就会听得出。永泰菜市场有一家海鲜店,我到店里买海鲜,老板娘一开口,我就发现她有大田口音,一问果然是大田石牌人。

大田话是闽南话的次方言,保留很多古音古义,比如称瞎子为"青盲",何其太雅!也称"瓮仔"(无法翻译,以此代之,大田人看得懂)。大田城关前街有一个"瓮仔",相信很多大田人对他印象深刻,长得慈眉善目,以卖五香花生为生。"文革"期间百业凋敝,小生意都不让做,却因为他是残疾人,对他网开

宝山机械厂车间一瞥（胡伟生 摄）

一面。他在大田城关的大街小巷售卖五香花生米，用旧报纸裁成小片包成三角锥形，一包卖五分钱，边走边嚷"好吃的花生，一包卖五分"，又用大田话念"瓮仔土豆仁，好吃没人嫌"（大田人称花生为"土豆"）。时间久了，他卖花生时，后面会跟着一帮半大孩子大声嚷着改编后的顺口溜，合辙押韵，一串一串的，成为那个物质匮乏年代大田城关的一抹亮色，相信也是在大田城关长大的人脑海里永不磨灭的记忆。

大田人称猪为"恵"，很特别，跟福建的其他方言都不一样。后来偶然看到一篇语言学方面的论文，说"恵"是"hui"，出现在"诗经"里，念如"灰"，意为林下之豕，才恍然大悟，又何其太雅！大田地处闽中山区，交通不便，闭塞封闭，保留很多中原地区的古代发音，此所谓"方言岛"现象。

大田猪肉在三明地区乃至闽南地区很有名气，大田黑猪是国字号名优猪种。大田猪肉好吃，三明市区的餐厅酒楼会在门口挂一块牌子，上写"大田菜猪"，意思是我卖的是大田猪肉，好吃！却把大田人气得不轻。大田石牌大骨头曾经风靡一时，鼎盛时一条街上有二三十家大骨头店，可惜后来因生意太好，许多店家用冰冻的大骨头取代本地大骨头，砸了招牌。

说到"惠"，想起我的中学同学程立佳，他兄弟两人都是我同学，弟弟程立双长得瘦，绰号"鸭腊脯"，后面官至三明市政协主席。陈立佳因名字里有一个"佳"字，大田话称公猪为"惠家"，因此陈立佳绰号"惠家"。记得在大田一中上学时，正值"文革"期间，校园里的空地和后山的山坡都被开垦出来种菜，有一次年段同学在后山种萝卜，男同学挖畦，女同学开穴，陈立佳负责放萝卜籽。有一位女同学开好穴后用大田话高声大喊："惠家来放种了。"静默了几秒钟后，忽然满山坡轰然大笑。那位女同学好像悟到了什么，顿时羞红了脸。

关于大田的话题已见诸各种文字，我不想多说了，我想从我的角度说说我的父辈和我的平辈。

我父亲范鸿端，铜匠，手艺人，手艺在大田十里八乡小有名气，人称"阿端师"。14岁就离开家乡，在大田、永春、德化、安溪一代谋生，也曾有在福州茶亭街六柱桥一带打铜谋生的经历。最后落脚大田城关，娶妻生子，终老大田。

关于父亲的身世，在世时他很少说起，我只能从他的只言片语以及后来回家乡插队时听到的关于父亲身世和经历中理出一条粗粗的脉络，勾勒他的一生。父亲1918年生人，属马，出生在霞拔乡上和村九都墘。很小的时候就从长房过继给六房的范观炎做孙子，读过一两年私塾，粗识文字，14岁就出门给人当学徒，老家有一个童养媳，但他不要，在他的执意要求下，童养媳后来改嫁别人。

父亲年轻时也曾轻狂，据他自己说，曾赚过不少钱，年终从十里八乡收到的工钱（银圆）得用担子挑，但他好赌，按他自己的话说是只"赌钱猪"，在赌场上经常把一年辛苦所得输个精光。又好"泡寡妇"，"赢得平生薄倖名"。也曾追求进步，从他留下的为数不多的几张老照片里，看到过一张照片，父亲衣着时髦，手里拿着一把乐器，与一帮衣着光鲜的青年合影，我认得其中有张雪舟、张海宽、张应邦三兄弟，他们是永泰县盘谷乡人。张海宽当医生，是当时大田国民党党部书记,受过良好教育,张雪舟做高档家具,张应邦修理钟表,在当时都是比较高尚的职业。张海宽对我父亲影响最大,是他平生最敬重的人,在他的引荐下,父亲加入国民党,因为这个在"文革"中也受到冲击,并影响我一生。张雪舟"文革"中受到冲击,不堪羞辱,愤而自杀。

张海宽一家就住在我隔壁,在我的印象中,张海宽温文尔雅,学识过人,说话轻声细语。父亲但凡有发脾气的时候,只要他出面几句话就说的父亲怒火全灭,偃旗息鼓。他的夫人是福州人,也是医生,他们有二男三女,分别取名为张引、张弦、张强、张弪、张弩。少年时就想,能给孩子起这么好的名字,学问一定是很好的。记得小时候隔壁张家总是言笑晏晏,欢快轻松,父女合唱《逛新城》,欢乐的歌声传遍四方,我如闻天籁,至今言犹在耳,永世难忘。父亲33岁时,经张海宽等人说合,与我母亲范彩玉结婚。母亲是大田城关人,比父亲小14岁,非常贤惠,在她的规劝以及张海宽的说服教育下,父亲彻底戒掉了好赌和"泡寡妇"的陋习,从此一心工作,养家糊口。

我父亲解放前单干,解放后加入"打铁社"。"打铁社"里大多是霞拔人,我还记得起名字有上和村的范友宋、范焕鸿,福长村的王锦忠、王自德(玉得)、王自香,霞拔村的杜景容、杜成团、杜阿七、杜阿德、林广二、林考二,锦安村的黄炳国,下园村的黄身喜等等。"打铁社"里还有一帮闽清县省璜镇黄埭邱姓族人,邱元其、邱仙其、邱银其、邱其成、邱珠其、邱玉长等等。还有闽清池园的池宜端。省璜距霞拔8公里,口音、习俗均相同,其实也不妨纳入霞拔人范畴。这些人手艺好,口碑好,乡下农民进城买农具,很多人都是慕名而来,指名道姓要买谁打造的锄头,谁打造的番薯镲。王锦忠、王义德和邱元其还有制鸟铳的技艺,那可是绝活,是那个年代手工艺的最高境界。我的父辈大多有点文化,文化水平较高的邱元其当了厂长,杜阿七、杜锦容、邱玉长当了副厂长。在他们带领下,"打铁社"与时俱进,变成了"农械厂""矿山机械厂",从仅有几个打铁炉发展成车铇铣冲钻俱全、翻砂铸造冷锻兼备的初步现代化工厂。

我在大田出生、长大，19岁那年高中毕业，回老家霞拔公社上和大队插队将近四年，我的特殊经历让我经常思索两个问题：一是我的父辈为什么会背井离乡出外谋生？二是我的父辈为什么能在大田落脚扎根？

第一个问题在我回老家插队务农那几年得到答案，那就是老家人多地少土地贫瘠。上和村耕地不多，大多还是冷水田，田地下层有青膏泥，可以烧陶，但不适合种庄稼。田里有很多烂泥坑，人踩进去会有灭顶之灾。我插队时就曾有这样的经历：夏天插秧时，老家农民想看你笑话，故意不提醒你有烂泥坑，结果我一脚踩进去，瞬间烂泥淹到脖子，大家哈哈大笑，我狼狈不堪的被人拖了出来，一身泥水，一心恓惶。山地也不多，都被开垦出来种番薯了。一年四季，除了逢年过节能吃上几顿纯大米饭，一年到头家家户户吃的都是番薯米饭。来看亲看家道的，只要掀开蒸笼就可大致知道这一家的家境如何。上和村在霞拔乡还算是比较富庶的，其他村的情况可想而知。

第二个原因是"抓壮丁"。我父亲亲生兄弟有五个，老大和老四解放前被抓壮丁，从此杳无音讯，尸骨埋在何处都不知道。我的父亲也差一点被抓壮丁。我念中学时，父亲曾给我讲过这段经历。23岁那年，父亲返乡过年，被保甲长瞄上了。夜深人静时堵住家门，想抓走父亲，幸得父亲当时年轻力壮，挣脱绳索，突出包围，远走高飞，从此至解放前再也不敢回家乡。同样的故事，我也曾听族亲范焕鸿说过：那是我念初二时的某一个冬夜，"打铁社"的翻砂车间里有一百多个中学生坐在沙子上认真聆听范焕鸿给我们"忆苦思甜"，他语言生动，手势夸张，绘声绘色地描绘了一幅被抓壮丁的场景，至今仍历历在目。

还有一个原因，我的老家有出门做手艺的历史传统，大多数人都会学一门手艺，农忙时种田，农闲时出门做手艺，以此贴补家用，养家糊口。

至于我的父辈为什么能在大田落脚扎根呢？这是我近几年经常思索的问题。

我的答案一是大田人善良、朴实、憨厚、包容，善待外乡人，尊重手艺人。大田自然条件比霞拔好，本地人大多做传统农业，做手艺的少。父亲在大田本地收了两个徒弟，学了几年终难出师。按父亲话说，他们比较笨，相形之下，霞拔这一批手艺人心灵手巧，各有独门绝技。或锄头不卷刃、或柴刀菜刀锋利、或番薯镲经久耐用、或会制土枪鸟铳。再加上还有一批篾匠、木匠、泥水匠、蓑衣匠，手艺都是杠杠的，做出来的活计都是顶呱呱的，比如我的二伯范鸿泉、我的族亲范光昂、范功友都是竹编大师。

二是我的父辈有点文化，这一点从我儿时耳闻目睹的几件事得到佐证。父亲读过几年私塾，偶尔写几个字，有板有眼，中规中矩，他总是把"滑稽"的"滑"念着"骨"，小时候总认为他念错了。后来上大学时，我的古汉语老师讲到东方朔诙谐滑稽，特意强调"滑"字应念"骨"，才恍然大悟。父亲没有念错！这是古音，福建方言还是把"滑"念作"骨"。还记得有一次隔壁张引几位1966届高三毕业班同学聚在他家小阁楼上，吹箫弹琴，高谈阔论。父亲下班经过，驻足聆听了一会儿，忍不住一时技痒，上前接过二胡，随手拉了一段，琴声一起，顿时一股苍凉悲怆之气漾了出来，指法不同，弦法不同，大家都惊呆了，也不知是什么曲目。后来回到老家，听到老家闽剧团的二胡演奏，才想到父亲演奏的可能是闽剧的某一个曲牌。

我家住大田城关南门黄厝，原本是黄姓地主的房产，土改时分给长工佃户。解放初我父亲花了两百块银圆买了右官房一溜，其他房客或买或租。张海宽、邱玉长是买的。前前后后租户有浙江温州的弹棉师傅和木匠师傅，邱银其后来也租住在这里。一个院子住的基本上是手艺人，每家都子女众多，很热闹，夏天夜里暑热难耐，大家都坐在厅堂纳凉聊天。父辈谈古论今，我辈侧耳倾听，获益匪浅。温州木匠名字叫陈国祚，大家都叫他"国炸"。邱玉长指出"祚"应念"作"。有一次他还比较了几种方言骂小孩的不同，福州话骂"短命"，大田话骂"天吊团"，闽南话骂"夭寿囝"，还是闽南话最雅。当时就觉得邱玉长挺有文化的。

我的父辈基本没有文盲，这得益于老家霞拔历来尊礼重教，文风甚炽。上和村自改革开放后出了二十几个博士，是当地有名的博士村。有文化就意味着我父

大田县城街道一瞥（胡伟生　摄）

辈学习能力强，沟通能力强，适应能力强，知书达理，以诚待人。他们都会讲一口流利的大田话，都有几个当地的农民朋友。每逢墟天，家家都有农民朋友到家里打尖歇脚。我父亲就有一个至交——"阿宋兄"，大田县均溪镇东坑村人，为人极为厚道，深得父亲尊重。他临终前还交代长子要把我家当着亲戚走下去。

我的父辈能在大田站住脚，还有一个重要原因——通婚，包括我父亲在内的许多霞拔人都选择了与当地人通婚，因此与大田就有了千丝万缕的联系，就拿我来说，我有四个舅舅，三个姨姨，还有数不清的表兄弟姐妹。

最后一个原因是我的父辈团结互助，互相帮衬。大家都住在以"打铁社"为中心的500米范围内。鸡犬之声相闻，往来频繁。住在同一座厝的经常是端着饭碗串门，谁家餐桌上有好吃的也会毫不客气地伸筷就夹。霞拔人聚在一起，总是讲霞拔话，这是感情联络的纽带。"打铁社"设有"互助会"，每人每月从工资中省出5块钱作为会费，到了月底，总有人青黄不接，就向互助会借出一点钱，渡过难关。我家因子女多，是互助会的常客。

霞拔人在大田，除了大部分人在大田城关，还有一些人在大田各乡镇，我知道的广平、上京、太华、文江、建设、梅山、吴山、谢洋等乡镇都有霞拔的手艺人。广平"打铁社"有我父亲的徒弟范巧金，因此少年的我经常去广平玩。能叫得出名字的有上和村的范注炎、范钢宋父子、范巧金、范功祥父子，仁里村的陈学兆、陈学德以及他们的孩子。他们经常造访城关"打铁社"，老一辈访亲探友，交流切磋技术难题；小一辈学习进修，掌握现代机械的操作本领。我二伯范鸿泉在吴山做篾，族亲范光昂在谢洋做篾，与他同在谢洋的还有霞拔乡长中村的"阿二"，他的儿子邹建明是上海正阳集团董事长。大田一中七十周年校庆时，他开着直升飞机飞到大田出席庆典，轰动一时。霞拔村的林渊标是大田知名企业家，他父亲当时在上京打铁。

我出生于1956年，20世纪50年代末的记忆只有两件事，都与饥饿有关，与母亲有关。我3岁那年正是"大跃进"、大炼钢铁的年代，全民吃大锅饭。后来吃着吃着，粮食不够吃了，每人定量少了，我的早餐定量只有1小两，用个竹筒蒸熟，薄薄一层。前一天晚上大家都把带二天的早餐领回家。我凌晨时分饿醒了，就起床到厨房把早餐吃了，再回床上睡觉。早上起床，肚子又饿了，我母亲只好把她的早餐给我吃，她饿着肚子上班，上山烧炭炼钢铁。记得那时母亲身上浮肿虚胖，我不懂事，喜欢用手指在母亲身上按，一按就陷进去，半天弹不起来，觉得很好玩。长大后才知道那是"水肿病"，严重营养不良！

随着年龄的增长，20世纪60年代的记忆就鲜活多了，立体多了，记忆中的大田，城关很小，人口也就几千人。闭塞落后，城关的第一条水泥路是东街，60年代中期修的。南街还是原有风貌，闽南风格的骑楼，街面由青砖铺成，中间铺了一条鹅卵石街心。青砖街面走的人多了，早已高低不平，一逢阴雨时节，大家都走在鹅卵石街心上，稍有不慎就会滑倒，弄个浑身泥泞。本来骑楼还可挡风遮雨，但年久失修，很多地方都走不通了。

印象最深的是赴墟，最早是十天一墟，后来随着经济的好转，改为七天一墟、五天一墟。墟日一到，原来冷清的城关热闹了，东街、南街挤满了人。最热闹的地方在东街口，熙熙攘攘，水泄不通。乡下农民拿着自己舍不得吃的鸡、鸭蛋、虾干、鱼干、香菇、红菇、金线莲等变卖成钱，再买回油、盐、布、肥皂、火柴等日常用品。许多农民不会用秤，鸡鸭蛋论个卖，视大小而定，一块钱可买10~12个鸡鸭蛋。那时山珍也多，经常有麂鹿獐、狸狐獾、竹鼠、穿山甲、溪滑、河鳗、鳖、梅鱼、石鳞等，价格也不贵，以猪肉为参照，河鳗、鳖是猪肉价的两倍，一斤1.5元左右，溪滑1斤3元左右。"白鼻香"（即果子狸）大田人认为最补，卖得最贵，一只要20元左右。我母亲每个墟天都会买两只石鳞，一斤5毛钱，炖碗汤给我父亲吃，我也会分一点，姐妹都没份。我母亲皮肤痒，有人教她一个单方，用穿山甲的血泡白酒喝，能治奇痒。我母亲试了一次，果然有效，但喝一次只管两年。记得一次墟天都快散了，一个乡下农民的穿山甲仍未卖出，赶着回家，就5块钱贱卖给我母亲。我母亲喝血，全家人吃肉，剥下来的甲片卖给药店还不止卖5块钱。

那个年代我这代人都喜欢墟天，除了热闹，还能在墟天能看到"出土文物"，来赶墟的乡下人中，还有留着长辫的老大爷和裹着小脚的老太婆。每逢墟天，母亲总会给几分零花钱，可以买个桃或梨或柿子解馋。每逢岁末男孩总要千方百计积攒零花钱买鞭炮，而且一定要买大田武陵乡农民自制的鞭炮，响声闷闷的、钝钝的，虽然不及公家店里卖的鞭炮那么脆，那么响，却是我们的最爱。这些钱是靠捡破铜烂铁、积攒鸡毛、鸭毛、牙膏皮换来的，就为了大年初一一大早起床，走在城关的大街小巷，跟小伙伴们对攻炮仗，此中乐趣，无法与人说！

印象中20世纪60年代，大田山清水秀，满山飞禽走兽，遍地奇花异草。"打铁社"厂长邱元其的二公子邱仁祥与我同岁，是我儿时玩伴。他有狩猎天赋，各种飞禽走兽的生活习性、出没规律他都了然于胸，娓娓说来，头头是道。"文革"开始，1966年下半年我才念小学三年级，学校停课，我就跟着他在城关附近满

霞拔人在大田

秋日的上和村（胡伟生 摄）

山遍野撒欢，跟着他打猎。他教我自制兽夹、兽炮，如何辨识各种走兽的足迹、各种飞禽的活动规律。记得有一年秋天，水稻收割后，他带着我去打斑鸠，前一天下午在事先侦察好的一块稻田边搭好草寮，第二天一大早就带着鸟铳埋伏在草寮里，静静等待斑鸠出来觅食。天色大亮时，一群斑鸠飞来了，足有几十只停在稻田里觅食。邱仁祥瞄准开枪，好几只斑鸠中弹，我欢呼雀跃，想跑出草寮去捡，被邱仁祥制止了，他告诉我。斑鸠耳聋，视力却极佳，好奇心又强，你这时候走出去就被斑鸠发现了，再也不会来了，你若躲在草寮里，斑鸠群在天上盘旋一会儿，

挡不住好奇心，还会再来看个究竟。果然没过多久斑鸠又回来了，就这样一枪又一枪，一个上午打到了二十几只斑鸠，满载而归，我心里对这位仁兄说不上的佩服。邱仁祥痴迷打猎，十二三岁时在"打铁社"翻砂车间里研磨土硝，不慎引燃土硝，幸好无大碍，只是一张脸被熏得漆黑，两年后才逐渐消退。2000年后他是大田打猎队队长，有一把带远红外瞄准镜的猎枪，真是如虎添翼，进山打猎从不空手，是大田最著名的猎人。前几年有个大田乡下农民找到他说野猪成患，农作物被糟蹋，想请他去打野猪。邱仁祥见猎心喜，欣然答应。他只身一人来到农民所说地点，埋伏在草丛中，静等野猪出现，到了凌晨时分，山上传来动静，一团黑影从山上下来，停在番薯地里，邱仁祥用他的远红外瞄准镜瞄个正准，扣动扳机，一枪正着，过去一看却是个人！一枪正中眉心，早已气绝。原来是当地村民半夜上山盗砍林木，被邱仁祥当作野猪打了。后来此事闹得沸沸扬扬，邱仁祥赔了几十万。经此一事，我的这位仁兄再也不打猎了，金盆洗手，只是江湖上还有他的流风余韵。

学校停课后，"打铁社"跟我一样差不多大小的霞拔人在大田的第二代开始干起上山割芒萁、下地种菜浇水的活计。渐渐地，芒萁越割越短了，就开始砍树桩，树桩砍完了就开始挖树根，挖得城关附近的山头满目疮痍。20世纪60年代末，大田有了电鱼机，均溪流域的水族遭殃了，大鱼小虾通杀。刚开始时，一台电鱼机两个人搭伙去电鱼，一天的渔获有一两百斤，后来渐渐少了，没了。这种掠夺式的捕捞重创大田均溪流域的自然生态。更有甚者，深潭的鱼电不到，就用炸药炸，还不过瘾，干脆把农药"三步倒"倒进溪里，几十里河段里的鱼虾死亡殆尽，均溪水也受到严重污染。那个年代人们环保意识、自然生物保护意识淡薄，政府职能部门瘫痪，再加上生活资料短缺，向大自然过度索取，诸多因素叠加，后果非常严重，说"文革"是一场浩劫，一点不假。

那个年代只抓革命，不促生长，物质匮乏，生活困难。"打铁社"的家家户户都在房前屋后种菜，或向农民租几畦菜地种菜，为的就是省点菜钱。大人要上班，挑水、浇菜的活计就落在我们这些半大孩子身上。记得夏天时最盼下雨，旱天之盼云霓，我体会最深，因为一下雨我就不用挑水浇菜。从菜地到小溪边，来回要走400米，要挑十几担水才能把菜地浇透。还有一下雨，天气就凉爽许多，晚上会好睡些。夏天吃饭时一家人大汗淋漓，父亲经常念叨什么时候能买个电风扇就好了，这个愿望一直到改革开放后的1980年才实现。本来想买广州产的钻石牌电风扇，一问太贵，买不起，只好买泉州产的刺桐牌，但也要100多块钱。

"文革"期间正是我求知欲望最强烈的时期，却找不到书看。县图书馆的原有藏书大多是"封资修"，是禁书，能够对外出借的，我几乎借遍了，到最后连《十万个为什么》都借遍了。后来偶然发现大田城关还有一些人家中藏书逃过被查抄的命运，在私底下偷偷传看。我千方百计挤进这一群体，开始看到一些好书，现在能记起来的有《野火春风斗古城》《晋阳秋》《红日》《小城春秋》《四季飘香》《红楼梦》《三国演义》《水浒传》《西游记》《三侠五义》《万花楼》《今古奇观》（即"三言二拍"）等等。当时还流传手抄本，我也参与抄写过两本书，一本是《归来》（即"第二次握手"）。一本是《塔里的女人》（后来才知道是民国时期的小说）。"文革"后再与这帮人相聚，回忆起那段蹉跎岁月，每每唏嘘不已，惆怅伤感溢于言表。"文革"十年对我这一代的影响是巨大的，深远的，在这里也只能是"欲说还休,欲说还休,却道天凉好个秋"了。

　　1969年初,复课闹革命,我这一届小学生直接跳到五年级,上完一学期课,就算小学毕业了。9月份,进入大田一中读书,一个年段有十二个班级,大田城关66、67、68、69届小学毕业生都在这里了。当时学军学工学农,班级叫某连某排,班主任叫排长,年段长叫连长。学校里有军代表,有工宣队、贫宣队。我因为父亲的国民党员身份,在学校里受到歧视和排挤。在小学时我都是班长,到了中学连红卫兵都加入不了,产生了自卑心理。幸好我的学习成绩一直在班级前三,体育也不错,是大田一中的田径运动会少年乙组的铅球、撑竿跳、三级跳冠军,还是大田少年篮球队的主力队员。再加上与班里的乐智慧、林秉章、郭宗义结成"四条汉子",才少受欺负。"打铁社"的林广二是大田一中工宣队成员,他的儿子林鸿友跟我是同学,他就很风光、很活跃。他与女同学叶美在学校文艺晚会上合唱《红叶飘飘》(纪念张思德的),轰动一时。除了唱得好之外,还因为当时男女同学互不来往,连一句话都不敢说,何况同台演唱。

　　1969年9月到1974年6月,我这一届同学在大田一中读了五年书,由于众所周知的原因,我们没读什么书,印象深刻的是理化课叫工业基础知识,生物课叫农业基础知识。工基教大家装电灯、日光灯,修理拖拉机、水泵、打谷机;农基教大家"农业八字宪法",如何种水稻和番薯,都是一些很实用的知识和技术。

　　大田一中五年,至少有两个学期去学校农场劳动,平时的劳动不计其数。珍宝岛事件爆发,中苏交恶,全国上下大挖防空洞,准备打仗。我们这些半大孩子也到学校后山挖"猫耳洞"。后来上级来检查,说挖得太小太浅不经炸,要求学校集中力量深挖洞。于是每个班级轮番上阵,在学较后山挖了一个大洞,直挖到山腹深处,全校师生1000多人可以全部躲进去。不知道这个防空洞现在还在不在。

　　在小汤泉农场劳动时因为缺水,老师居然敢带着我们这一帮半大孩子挖水井!挖到4米多深仍不出水,副班长黄晓霞同学带头下井挖土,被井口滚落的石头砸破脑袋,差点酿成事故,引起学校重视,才请了专业打井队继续挖井。

霞拔人在大田

木匠出工（胡伟生 摄）

"文革"期间"读书无用论"甚嚣尘上，毕业就意味着要去上山下乡，插队当知青。"打铁社"第二代中有范焕鸿儿子范功荣、邱银其儿子邱宋祥辍学，我也差点辍学，已经去"打铁社"当学徒一个星期了，班主任登门拜访，动员我父亲让我继续读书。我要感谢我的班主任，他叫刘传佩，因为他的不舍，改变了我的人生轨迹。

1974年6月，高中毕业。我与霞拔人在大田的第二代中的林鸿友、王尧金、范炳生、范功祥、杜其新、杜其发等都去插队。他们都选择在大田插队，我父亲却选择让我回老家插队，这一选择也成为我命运走向的一个转折点。这一选择到底是对还是错，说不清楚，我父亲后来倒是一直后悔。1977年恢复高考，我的成绩不错，超过北大录取线，却因为卷进家乡派性斗争，最终只被福建师大福清分校录取。

"文革"结束后，霞拔人在大田的第二代或考上大学，或被招干招工，考上大学的大多留在外地工作；招干招工的，大多在大田工作，也有一部分在三明、永安工作。子承父业，继续做手艺的很少。我父亲有意把手艺传给我小弟范功辉，但他死活不干，后来在大田公安局工作。二弟范功强在80年代初考上省商校，毕业后分配在三明物价委，后调回大田司法局工作。

这里还得说说我的姐妹们，当然包括霞拔人在大田第二代中的女儿们。这些姐妹大多只读到小学毕业或小学都没毕业，一是重男轻女，二是家庭困难，早早地就参加工作，减轻家庭负担。我大姐范爱琼，小学没毕业，14岁就到屠宰场工作。大姐聪明能干，懂事晓理，遇事有主见，行动有决断。三妹范爱珠在三年困难时期因家庭困难被送给乡下农民抚养，大姐不舍，仅过三天，就一个人跑到10公里外的周田村，把三妹背回家，当时大姐才11岁！为此三妹一辈子感激大姐。第二代中比我小十岁左右的姐妹们有机会上学，有机会登上更广阔的人生舞台，她们中的佼佼者当数王自德的女儿王秋梅，现在是福建省作协党组书记，正厅级干部。

插队之前，我从未回过老家，也不会讲霞拔话。在老家插队四年，受到家乡父老乡亲的眷顾，我度过了那个青葱、苦涩、迷惘的时期，补上了人生的两个教程。老家是礼仪之乡，感受最深的是老家人礼数周全，待人接物彬彬有礼，请人到家吃饭，还要说"倚重汝走路"；办喜事吃席，动筷子夹菜，夹一箸就要放下，不能连着夹几下。村里有很多文化人，受旧式教育的都能写一笔好字，如范贞元、范贞泉、范庆元等。受新式教育的，都出外工作，在所从事的职业上小有成就，如范青先生，50年代厦大中文系高才生，在省粮食厅工作；范家梅先生，永泰教育界的名宿。老家四年，我从他们家里淘到了一些古籍，如获至宝。至今印象深刻的有《唐诗三百首》《唐宋词三百首》《史记》《隋史》。印象特别深刻的有两本书：一本是范青先生的《毛泽东诗词选集》，书并不特别珍贵，珍贵的是范青先生在书中的批注，蝇头小楷，一笔不苟，字体娟秀，见解独到；另一本是范家梅先生的《两般秋雨庵随笔》，上大学后才知道这是一部著名的丛著杂纂类笔记，内容十分丰富、有趣。当时对这本书爱不释手，时时翻看，每一次都有新的收获（福清分校79级中文系学生毕业30周年聚会时，有个学生还记得我上课时讲到"圈儿信"，说当时有首流行歌曲"圈儿信"，老师在30年前就讲过了。其实"圈儿信"就出自《两般秋雨庵随笔》）。从此这些书成了我的枕边书，陪伴我度过那个年代。昏暗的灯光，窗外呼啸的寒风，前途未卜的忧心，"寒夜闭窗读禁书"的乐趣，深深烙在我的脑海。

1976年，乐智慧陪她母亲回霞拔上和村寨下厝探亲，我陪了他几天。记忆犹新的是范庆元老先生设宴接待，酒过三巡，黄庆元老先生见我俩都有点墨水，借着酒劲，用福州官话吟诵起范文正公的《岳阳楼记》，摇头晃脑，如痴如醉。吟罢说文正公立德立言立功，一身正气，两袖清风，真乃吾侪范姓族人的祖师爷。评说一番后，意犹未尽，又叫人拿来纸墨，要为我俩写两幅字，留个纪念。没有宣纸，只有旧报纸，先写"先天下之忧而忧，后天下之乐而乐"，后写"至若春和景明，波澜不惊，上下天光，一碧万顷……"笔意苍劲淋漓，笔法雄遒老辣，不愧人称"上和第一笔"！我俩战战兢兢，汗不敢出，连说"小子受教了"。

老家四年，我补上两个人生短板，一是人际交流的，一是学问知识的。这些都是我日后参加工作的基础，一生受益，感谢家乡的父老乡亲！

霞拔人在大田，我算一个比较特殊的人，在大田出生长大，又回到老家插队当农民，从老家考上大学，走出大山。这两个地方都是我的故乡，我都怀有深深的眷恋，一辈子魂牵梦萦。我见证了这两个地方的变化，大田城关从小到大，向南扩张到福塘，向北扩张到郭村，向东扩张到温镇；人口从几千人增加到现在的十几万人；均溪水从清到浊又复清，山头从绿到黄又复郁郁葱葱。老家上和村人口从近2000人到现在在家的只有两三百人；稻田抛荒了，番薯坪又长出了树木芒萁。六十多年的历史变迁，感慨万千，难以言说！

灼灼桃夭宜室家

□许文华

咱们中国的上古神话说：盘古造天地万物，唯独没有生动的人类。于是，女娲开始抟土造人，她先模仿自己的形象造人，但发现效率太低，于是用绳子沾上泥浆，一甩，造出一堆人；又一甩，又造出一堆人。所以，生而为人，是需要伴儿的。古老东方的中国人，用质朴的智慧和浪漫，说出了人与人不可分割的关系。

而在地球的另一边，《圣经》说得更加具体细致：上帝造一个男人，男人觉得很孤独，请求再造一个女人。上帝就挥挥手，在男人身上抽出肋骨，造出了女人。这样，男人女人就你中有我，我中有你了。上帝还要求"人要离开父母，与妻子连合，二人成为一体"。

无论是女娲还是上帝，他们造人并设立婚姻，让男人女人进入彼此委身的盟约中，从此相亲相爱，生儿育女，患难与共，生死相随。

于是，生于斯长于斯的男人女人，头戴青天，脚踏大地，亘古遵循，可歌可泣。

而这一次，作为永泰赴大田采风团的成员，我看到听到了许多或质朴或辉煌的人生行旅，了解了数代永泰霞拔乡亲在他乡大田谋生、定居、发展的打拼历程。近三百公里的路程，隔山隔水，执着奔赴；近一百二十年的漫长岁月，子子孙孙，宗脉相续。时空深处，那一个个近乎悲壮的有关迁徙的故事里，隐藏着多少男人的拼搏，女人的坚守啊！

永泰属丘陵地带，八山一水一分田的格局，使得在漫长的农耕时代，百姓望天吃饭，谋生艰难。更兼2241平方公里的区域内，土地肥瘠不均，嵩口片的百姓尚能勉强糊口，故出外者少；而大洋、同安、霞拔、东洋等被称为西山片的地区，地少人多收成差，百姓只能出外闯荡聊以养家生存。

霞拔自古多手工艺人。他们打铁、打铜、织篾、翻砂，并通过师徒相授亲戚相传的方式，扩大从业队伍。在永泰无法满足这些手工艺人的谋生需求后，清末民初，霞拔人中的先行者，目光透过重重山峦，寻找到生存的另一块福地，那便是隶属三明地区的大田县。

大田亦为山地，亦贫瘠。但贫瘠的土地之下，藏着铁、铜、煤、石灰石等矿产资源。大田建县晚，是在明嘉靖十四年（1535年）通过分割永安、尤溪、德化等县之偏远难及的交界地带而建县。至今，其隶治几经变迁。清末起，相继有周边县区的百姓迁居至此，大田慢慢发展为一个移民人口众多的县区。可见，大田虽身在山区，却苍天眷顾，让它拥有了大海一般阔大的接纳与包容。

于是，大田包容了霞拔来此谋生的男性手工艺者，当然也包容了这些男性背后的女性。一个个久远的故事，便在这片土地发生、流传。

《诗经·周南·桃夭》曰：桃之夭夭，灼灼其华。之子于归，宜其室家。和大田和霞拔有关的女人们的故事，正是此诗最生动准确的诠释。

一、銮宝嫂

1946年春天，兵荒马乱，但春天如约而至。

王家有女初长成。17岁的王氏，青春、健康。贫穷的家境没有影响性格，那种活泼和爽直，一如蓝天白云一般，坦然荡然。粗劣的饮食，也没有影响体格。她高大壮实，一如李树桃树一般，柔韧坚强。她是家里的主要劳力，帮助爹娘苦撑着弟妹成群的家。家有好女百家求，纵使爹娘千般万般舍不得她，也拦不住媒婆们闻风而来，踏破门槛。

那一天，媒婆王婶登门，没费多少口舌，便让爹娘定下了王氏的婚事——她，要嫁给霞拔街上林家的小伙儿銮宝了。

父母之命媒妁之言，自然不可抗拒。而王氏也心内暗喜，无须抗拒。因为，方圆数十里，林銮宝的名声好着呢！听说，他打铁为生，人长得不算高大，甚至因为白净的缘故，显出一点文弱的样子，但为人忠厚、勤勉、孝顺。去年，王氏还在一次赶集买针线的时候，路过打铁店，见到銮宝挥锤打铁的样子，十分麻溜有劲。当时天热，炭火炽热，銮宝光着膀子，肩肘处的肌肉，像小土丘一样鼓起。挥锤起落间，小山丘活泼着一跳一跳的，王氏当即红了脸，匆匆跑离了打铁店。但那个人的形象，早在她心里扎下了根。

去年底，偶尔听人们闲聊时说，銮宝去大田了，王氏的心还生生疼了几天——之前，乡里有年轻人随上辈人出外谋生，目的地基本上是大田。他们去了就很少再回乡了。也是，外面的世界大，大田的女子，也许更加水灵灵呢，把他们的人留下了，把他们的心拴住了。

原以为銮宝一去不回，少女心事便只能烂在肚子里，也不好意思说给女伴们听，也不好意思说给山里的树呀花呀，和那潺潺的山涧流水听了。

却哪知苍天有眼峰回路转，眼下，她就要成为銮宝的妻子了！

王氏的心扑通扑通欢跳不已。干活时，她脚步欢快，山歌清脆。

銮宝家下聘礼来了。虽然因为山高路远，加上大田打铁铺事务又忙，銮宝没有回来，王氏心里有点怨，但擎着他捎回的一支作信物的银簪子，她心中便充满甜蜜的思念了。灯下，她纳鞋底，做鞋帮，凭着猜测出的脚码，给他做了三双布鞋，并托乡亲捎到了大田。他很快捎信回来说，鞋很合脚。王氏的心，蜜一样甜。

终于到了出嫁的日子，终于又一次见到了銮宝！洞房花烛，情深意切，小两口说不完的知心话，诉不完的未来憧憬。

生存是最根本最紧迫的事，远甚于新婚夫妻的卿卿我我。銮宝很快又背着行囊，踏上那走过无数次的归乡路。从霞拔抄小路穿过东洋、长庆、盖洋，进入尤溪地界，之后穿青溪，

鸟瞰南坪村（范玉惠 摄）

过麒麟口，进入大田地界，又辗转于大田境内几个乡镇。第七天傍晚，晚霞满天，他终于来到上京溪口村的打铁店。

重重山，重重水。重重相思，重重期盼！

日子，在打铁的叮叮当当声里，在铁花四溅的刺眼光芒中，在冬去春来的时光流转里，倏忽十二年。

其间，王氏曾携长子大田寻亲，小住过一年，他们还在大田的打铁铺边陋室里，生下了次子。老家父母年老无靠，又逢"大跃进"时期，生计无门，贫病交加中，只好用几封家书紧催他们返乡。他们携家带口回了霞拔，在侍奉双亲之余，

复操打铁旧业。一待国势较稳父母康健，第三个孩子已呱呱坠地。

眼看养家任务日重，銮宝征得父母及王氏同意，再次孤身离家，复返大田打铁。

相思相见知何日，此时此夜难为情。时光长着脚，从这个山头奔向那个山头，从今天奔向明天，从永泰奔向大田。六个儿女长大成人了。他们读书不多，但却在王氏的哺育和教导下，个个健康高大，个个质朴实在。三个儿子相继去了大田投靠父亲，先是当学徒，拉拉风箱抡抡大锤，后来便很快上手，把夹、打、锤、锻、淬等功夫尽皆学会。女儿们个个都是掌家的好手。

銮宝夫妻操劳着让孩子们娶的娶，嫁的嫁，很快便儿孙满堂了。

有趣的是，他们的女婿和儿媳妇，个个都是霞拔人。不知是冥冥定数缘分使然，还是他们用这样的联姻，略微扯一扯奔向异乡的脚步？唉，谁说得清呢！

但王氏却说得清，结婚三十二年来，霞拔、大田两地牵挂里，銮宝一年回四次家，每次在家住四天，一年在家共十六天，三十二年来，除去家乡团聚两年外，

鸟瞰鑫城水泥厂（范玉惠　摄）

銮宝与她，见面天数仅不到五百天！她也记得銮宝一年往家寄几次钱，每次寄多少，这些年一共寄了多少钱！漫漫伉俪情，化作了具体的数字，这便是生活的本质呢！而养大的六个儿女，侍奉过的四个父母亲人，耕作过的几亩薄田，一方菜园，煮出的一日三餐，做出的几件新衣几双新鞋，也够她慢慢盘点细细品味了——这生活的苦涩与甜蜜啊！

1978年中秋前，家乡再无挂牵。王氏终于下了决心，告别霞拔故乡，赴大田和丈夫、儿孙们团圆，从此不再分离！

而今，在大田的均溪河边，离那悠悠廊桥不远的岸边，在一座五层旧式小洋楼里，99岁的銮宝携94岁的王氏安享晚年。四世同堂，五世有望。儿孙各有事业，其中二子更是当地著名的企业家，拥有当地品牌水泥企业三家，年纳税额达三千万。儿女们对父母极孝顺，请了保姆，还时时上门看望，嘘寒问暖关心备至。

銮宝的打铁生涯，常在梦中浮现，但现实里，他精神矍铄容光焕发，王氏更是耳聪目明十分健朗。年轻时的艰辛劳作给了他们健康的身体，后半生的儿孙至顺至孝，给了他们有品质的生活。銮宝夫妻越活越带劲，每天相携下楼买菜逛街，回家后相伴唠嗑，其乐融融。每年岁末，他们还都坐着儿孙的车，从大田返乡祭祖访亲呢！随着时代发展，永泰大田两地，省道代替小道，高速再代替省道，百里路程，缩短为近三小时车程。

时光已老，真情不负；世间美好，尽在桑榆。銮宝夫妻的百年时光，也见证了世间美好，尽在艰辛的奋斗之后。

二、阿德嫂

20世纪50年代末，忘了是1957年还是1958年了。阿德嫂正怀着欣喜好奇的心情，和姑家表妹小芳在三明市大田县的街上闲逛。

当然，那时的阿德嫂还不叫阿德嫂，她是一个十八九岁待字闺中的女子，中等身材，大眼睛，高鼻梁圆鼻头，模样和身材，都是被老人们夸为"娴淑，敦厚，招财，旺夫"的福相。她说着一口家乡方言，语音清脆婉转，又不失温柔沉静。

彼时的阿德嫂，恰如一朵含露乍开的迎春花，所以，我为了叙述的方便，姑且给她娶名为"春花"吧。

春花一定不会料到，此次逛街，逛出了她的美好姻缘。她更不会料到，她往后的所有岁月，会和远方一个叫作霞拔的陌生地名紧密相连。

小芳性格活泼，假小子一般。她带着春花，熟门熟路地穿过大街，直奔街尾——这儿，有一长溜门面不大又低矮的房子，聚集着许多来自永泰霞拔的打铁匠。他们终日挥锤，叮叮当当，挥汗如雨，全大田16个乡镇及县城，乃至整个三明地区的铁制农具，皆出于此。慢慢地，不知从何时起，这里成了远近闻名的"打铁一条街"。

小芳扯着春花，漠视着冲她俩打着唿哨的几个打铁匠后生，也无视他们有意识的指点和哄笑，径直来到最末间的打铁店。她告诉春花，这店不起眼，但主人手艺最佳，人品又极正，从不胡乱喊价的。

霞拔人在大田

王自德老先生夫妇和女儿与作者合影（胡伟生 摄）

  进店门，春花看到了她一辈子的阿德哥。

  一眼，万年。

  阿德哥见来了熟客小芳，便停了锤，一边问小芳这次买什么，一边瞄到了春花，他一愣，觉得见过似的，但一时又想不起是谁，不由多看了一眼，这一眼正对上了春花含羞的怯怯又热辣的眼神，两人不由都腾地红了脸。阿德哥冲春花难为情笑了笑，他那被炉火和铁花溅得赤红的脸上，露出两排整齐而雪白的牙齿。

  春花心里一动，不由又含羞低了头。

  粗心的小芳啥也没察觉，她挑了农具，付了钱，拉了春花就走。

  春花的人被扯着走，她的头忍不住数次回望。那个叫阿德的汉子，兀自站在小店门前，冲着她走的方向发呆发愣。

  春花的心，丢失在这打铁店里了。后来几天，她总找借口让小芳带她来这条街，这个店。

  小芳终于看出了端倪，她知道表姐的心思了，忙告诉了她娘。她娘一听吓了一跳：这可怎么得了，该怎么跟娘家兄嫂交待！要知道，那一条街上的打铁仔，都是外乡客，都来自一个只听说过没去过的什么永泰县霞拔村，在这儿没根没基没亲没靠的，怎么能把姑娘嫁给他们呢！

小芳娘忙捎信给春花娘，春花娘和爹一说，夫妻俩急哼哼地催春花回家。可春花却坚持待在小芳家，数催不回了。

春花娘只好颠着小脚，心急如焚，一颤一颤地来到姑姑家。春花一见娘，心里明白如镜，索性和娘说了真话："娘，我和阿德见过几次啦，他人长得俊，打铁技术好，人品好，对我也好，我们自由恋爱啦！"

才几天不见，原本敦厚老实的女子，是不是中邪啦！还什么自由恋爱！听听，这是女子说的话吗？春花娘气急，又说不过女儿，急火攻心，生病啦！

小芳娘忙帮着嫂子劝春花，劝不动。小芳爹也劝，但这姑丈的话，也拉不回春花的心。春花娘让小芳劝；小芳当着大人的面，也说了几句吓唬春花的话，但背地里，却叽叽咕咕的和春花咬耳朵。得得，长辈们都明白：这表姐妹俩，心思拴在一块的啦！

春花又磨姑着娘，跟娘说着阿德千好万好，等娘身体好点了，她还把娘扯到打铁店看了阿德。阿德很局促，很腼腆，但他很有礼貌地给春花娘倒了水，问了安。春花娘见这孩子果然举止得体性格实在，又见打铁铺里东西繁多而有序，拿起各种器具看看，果然功力精湛。娘还把一对年轻人偷偷递眼神的情形看在眼里，她看到了纯真又坚定的心意。娘明白，她不能再阻拦了。

娘回家跟爹作了汇报，爹一声叹息：罢了，罢了，三分由命七分自定！放着多少殷实人家不嫁，非得跟这异乡打铁仔拉风箱，就成全你吧！

阿德和春花欢喜不已。于是，阿德那打铁的老爹遣媒人，下聘礼，定婚期，备婚房，就在这异乡大田，为儿子娶回了全大田最美最贤的春花！

自至，春花成了阿德嫂，成了铁匠阿德一辈子相依相伴，相亲相爱，相扶相助的妻。

时光匆匆，岁月更迭，艰辛、痛苦也有，欢乐、收获也有。平凡夫妻恩爱多，阿德和春花养大了三个女儿和两个儿子，并且坚持着让个个孩子都上了学。

走过"文革"，走过改革开放，迈过世纪之交，走进祖国繁荣富强的今天，阿德和春花都已成了耄耋之年的老先生老太太了。他们住在大田县城老城区的一栋五层楼房里，那是80年代的自建房，已经有点老旧了，而且结构也不是太好。但是，这一对老人住得舒心愉悦，尽己所能把楼房打理得整洁温馨。楼道边有鲜花：兰花、杜鹃花、仙人掌、长寿花、芦荟、吊兰、万年青。或赏花或观叶的，都葱茏繁茂，在春雨的滋养下，清新、明媚。客厅的墙上，挂着许多相框，或黑白或彩色的照片上，记录着孩子们茁壮成长的过程，记录着一家人几十年来热气腾腾生动活泼的岁月。

当我在春节的余韵中，从永泰而来，给一对老人带来家乡的问候时，他们笑得如许开心，如许灿烂而慈祥！阿德的家乡话还很溜呢，他用家乡话和我们聊着过往，鹤发童颜，一派天真喜悦！他说他比较少回霞拔老家，但和老家亲人常通音信，在大田，也常和同乡的人走动聚会，所以，永泰家乡的变化以及同族亲人们的情况，他也一直关注着，了解着呢！

阿德嫂不会说霞拔话，普通话也说得不太顺溜，但不影响我们间的沟通，因为，柔和的语气，微笑的神情，浓浓的乡情，便是最好的心灵沟通剂呢！何况，还有他们家的大女儿秋莹姐帮我们做翻译呢！阿德嫂回忆说，当初确实辛苦，为养家及供孩子们读书，阿德打铁，她去工厂做翻砂工，工作任务重，灰尘大，一天下来腰酸背痛满面尘灰的，但心里美呀，因为她每天会领回八角钱呢！加上阿德打铁卖铁器的工钱，虽不能让孩子们养尊处优，但粗茶淡饭能管饱，学杂费也没误了交。娃们都懂事、争气，生活上互相关心礼让，大姐还提早辍学招工来补贴家用。学习上，大的给小的作了榜样，大家你追我赶，家里墙上贴满了孩子们拿回的奖状。后来，大姐工作稳定，其下四个弟妹相继被中专、大学录取——80年代的中专、大学，可是很难考的，录取率极低，毕业后包分配工作，一旦考上，就是端上了铁饭碗。那几年，因为孩子们的学费也水涨船高了，夫妻俩更加努力苦干，种种艰辛劳累自不待说，但夫妻同心，其利断金，他们身体劳累，但心情是几乎每天都很愉悦的。

1993年，阿德夫妻人到中年。孩子们都已相继走上工作岗位，并相继成家了。大哥大姐牵头，孩子们共同出资为父母买下了这栋房子，从此结束了住工厂宿舍和租房住的历史。在孩子们的殷殷劝诫下，夫妻俩静心养老。他们形影不离，延续着银婚、金婚的家常之爱，并且健康坦然地迈步共迎美好的钻石婚。

而五个孩子，均事业有成，家庭和谐。他们就像一颗颗蒲公英的种子，在苦难中成长，在坚韧中成熟，在飞翔中寻找更广阔的天地，并在永泰、大田以外的地方，去开拓事业和家庭的新疆土，创造又一代辉煌和荣光。

螽斯衍庆，生生不息；祖德流芳，子孝孙贤。阿德和春花，是中国传统夫妻的样本，他们从旧时代走来，沐浴着新时代的恩泽，用质朴善良和勤劳坚韧，几十年如一日地创造出普通人的幸福生活。

迈向幸福，不忘来路。阿德和阿德嫂的家中，有一个房间，专门存放着当初谋生的打铁工具。它们土头土脑，笨重沉默，和现代生活似乎格格不入。但是，在老两口的心中，那是爱的象征，是过往的凝聚，如何能舍弃呢？对儿孙们而言，那是偌大家族的艰辛和荣光，是最好的家风和传家宝啊！代代相传，是它们的最好归宿呢！

打铁的阿德，铁一样的来自霞拔的汉子。他和妻子的长相厮守，是霞拔与大田的两地相携。他们的爱，如铁一般，寻常，却又美好，永恒。

三、阿银嫂

阿银嫂早已走向时光深处。算起来，她如果在世，该是超过110岁的人了。

在大田的永泰乡亲记忆中，阿银嫂是个值得人尊敬怀念的女性。大田采风的三天里，笔者的耳朵边，总时不时出现她的名字。

霞拔人在大田

阿银嫂活在她满堂儿孙的记忆中。她在娘家名字叫陈三妹，是土生土长的大田妹仔。她的丈夫是来自永泰霞拔上和村的范银宋。早些年，范银宋的父亲随着从事打铁等手工艺劳作的乡人来到大田后，凭着敏锐的商业嗅觉，另辟蹊径，置了一副货郎担，摇着拨浪鼓，在大田走村串户，从卖针头线脑起步，慢慢攒下一点积蓄。范父颇有长远的眼光，他过怕了行走漂泊的日子，决定给儿子范银宋创造一种更安逸的谋生方式，于是经过一番认真考察研究，毅然倾其所有，在大田县城最繁华的东街口地段，盘下了一间小店，并扩大经营门类，让针头线脑提升为日用百货。店不大，但进深很足，前店后家的格局，让范家从"行商"变成"坐贾"，从此结束了风吹雨打太阳炙晒的货郎生涯。

银宋忠厚本分守信，他和父亲把小店经营得很红火。后来父亲走了，他也能独当一面守着店，日子渐渐变得丰盈起来，于是娶妻生子，壮大家族。

银宋有福，这被人唤作"阿银嫂"的陈三妹，活脱是个旺家的女子，嫁过来十年左右，先后生下四子五女，窄窄的店，一天天慢慢变得极拥挤而又热闹起来。阿银嫂很能干，洗洗涮涮，教子训女，把家里安排得井井有条。她的脑子也活络，不但对丈夫给的家用好好安排，吃穿用度人情往来细致周全，有时闲下来，还会到前头店里，帮着银宋递货收银，经手账目一清二楚。

不久，阿银嫂想起大田建设镇乃远近闻名的红曲之乡，便建议丈夫收购代卖红曲，由于产地准货品正，人们买了用了之后，酿出的酒更香冽可口，于是一传十，十传百，阿银店的红曲名闻遐迩常常断货。于是又在邻近租了一个仓库，慢慢多进货扩大经营。此着极对，数年过后，他们的红曲生意，几乎垄断了大田一条街，夫妻俩逐渐赚得盆满钵盈，梦里也会笑出声来。

家业日炽，阿银夫妻不忘根本。俗话说"丈夫好，架不住妻子更好"，此言佳矣。一直以来，阿银嫂便极其善待阿银的老乡们。那些霞拔乡亲，已住本地的，因为位置和业务的原因，无法在打铁店里招待友朋，时不时便借这店里一坐，泡杯大田的"美人茶"，甚至叫来几根大田特产大肉骨头，坐坐，叙叙，一件烦心事可能就此解决。而那些从霞拔老家跋山涉水走了七天来到大田的乡亲，衣衫褴褛，风尘仆仆，初到大田无去处，为了省点住宿费用，便只好觍着脸，极忐忑不安地来到阿银店。最初，阿银和乡亲都怕阿银嫂生气，便十分轻声细语小心翼翼。哪知阿银嫂面无愠色，十分平和自然地端茶递水，下厨煮出一碗碗的糖水荷包蛋来待客，向晚掌灯时刻，她把九个孩子招呼着往自己身边挤，硬是腾出一个小间，一个小小的床位，招呼这远来投靠的乡亲安然入睡。

阿银嫂如此善良待客，暖了无数乡邻的心！他们感激地传诵着阿银嫂的美德，一传十，十传百，夫妻不但得到了永泰乡邻的好口碑，就连大田本地不少商人，也对他们更加信任赞许。生意，就越发兴隆了，夫妻也感激着两地乡亲的抬举与肯定，愈益愉悦，愈益善待，一种良性的循环在产生，在壮大。

20世纪三四十年代，福建乡间土匪猖獗，他们隐在山间，时不时趁着月黑风高下山扰民，烧杀抢虐无恶不作。那一年，阿银去建设镇办货回城路上连人带货被土匪劫上山去。阿银嫂得知消息，气忧交加，一时晕厥过去，待她悠悠醒来，看着嗷嗷待哺的满地儿女，理性冷静占了上风。她立马上门拜访当地名流和霞拔乡亲，经他们介绍，认识了和土匪打过交道的永泰东洋乡亲林阿水，经林阿水从中递话、沟通、斡旋，土匪答应放人，但索要了大笔赎金。"钱没了可以再赚，人没了可就没了！"阿银嫂不假思索如期交付了赎金，赎回了银宋。劫后重聚，孩子们哭声一片；夫妻相对，恍若隔世重生。

阿银嫂劝阿银自此更加小心行事，莫高调，莫露富。他们从此不再扩大经营，只把所剩不多的银两，偷偷在大田和永泰两地添置了一些水田和山地，每年收点山货收点租，作为家中隐蔽的另一来钱渠道。也正因此次事件，夫妻俩更感觉到霞拔乡亲在大田的诸般难处，愈益收留接待更多的乡亲在店里免费食宿，为他们提供种种便利。

那个年代，大田东街口的阿银店，是几乎所有霞拔乡亲心中的灯塔，而端庄善良的阿银嫂，是乡亲们公认的仁爱女神。

几十年过去，早已在大田当地扎根，并繁衍生息少则两代，多则三四代儿孙的霞拨乡亲，回忆起艰难的打拼岁月时，总要想起阿银店，念叨起阿银嫂。"阿银嫂，人好着呢！"99岁的銮宝如是说，94岁的銮宝嫂如是说。阿德和阿德嫂虽没住过这里，但他们也回忆说，当年经常从乡亲嘴里，听到阿银嫂的名字和事迹呢！

正因此种种，阿银嫂活在许多霞拨乡亲的记忆里，活在他们口口相传的思念之中。"出门人苦啊，他们稀罕着一口水一碗饭一个床铺，你有能力给人家，就要给人家嘛"，据说，阿银嫂常说这话。朴实的阿银嫂，朴实的大田人；朴实的话语，朴实的理念，恰是大田对永泰的接纳和包容，是中国传统女性如地母般厚实温暖的人性之光啊！

据说，阿银夫妻当年还收养过一个同族的侄儿。家庭变故使族侄无依无靠，甚至衣食无着。阿银夫妻毫不犹豫收留他，把他养大，供他读书，并不忘如对亲生儿女一般对他教育引导。那个族侄后来考上大学，成了一个很有出息并且清正质朴的政府官员。阿银夫妻此举，呵护善种，传承善因，善莫大焉！

向阳门第春常在，积善人家有余福。在大田的范家一脉，据说祖上是宋代著名政治家文学家范仲淹之二子。其家族于明天启三年来到大田县定居，经年之后迁往永泰霞拨。如此说来，始于20世纪之初的霞拨范姓人较大规模迁居大田，当是又一轮的重返故乡，认祖归宗？细想，这一问题其实也不是太重要，最重要的在于品格的传承，精神的延续，这一点，阿银做到了，阿银嫂也做到了。

阿银夫妻在大田的后代，已到曾孙辈了。这个大家族，从阿银的四子五女发展，开枝散叶，已是百余人。这些儿孙都已经不打铁了，他们或经商或读书或从政，星散于大田、厦门、泉州等处，都老实本分，守着自己的立身之业，守着阿银夫妻留下的处世之道，并且决定把它们代代相传。

当我们来此，东街口儿经改造，十分整饬有序而繁华美好。当年的阿银店，如今是一个经营中档女性服饰的店铺，店里的导购小妹，精致美丽，笑靥如花。

而店后那原来住过范家人住过许多霞拔乡亲的小居室，静静闲置着，默默看着眼前大千世界。

桃之夭夭，灼灼其华。之子于归，宜其室家。即将搁笔的我，何等有幸，身为女子，长在现代。而我今日之有幸，亦在岁月流转中，时光馈赠给我这三个与霞拔有关的女性的故事，我被她们深深打动，也希望通过我笔尖的讲述，去打动今天许多已很难被打动的人。

总有一些人，值得赞美；总有一些心灵上的东西，值得留住。可不是么？

敢问路在何方

□连占斗

（一）

老家旁边百米处是一座破旧的老房子，从我懂事起就没人居住，破烂不堪，十分的神秘与诡谲。在我读小学时，有一位神经病的妇女会经常躲在里面，我们把她与房子里的阴鬼一同看待，敬而远之，但又爱捉弄她。

这座老房子不是我们家的，而是詹氏老屋，不知有多少年历史。它是一座恐怖的房子，我那时夜里不敢从它旁边走过，仿佛鬼神们会伸手把我们抓去。即使晚上在家里望它一眼，也会产生惊恐之状。

到了20世纪70年代有知青住进来，读小学的我怀着好奇之心才主动走进去，与他们聊点天。此时才发现，下堂的厢房洗涤得十分干净，知青们就住在这里。到80年代初，我到大田一中去读书，假期回来时，发现这座房子人去楼空，更加破烂，特别是下厨房，漏风漏雨。有一次假期回去，听见那里发出了打铁的声音，铿锵有力，哐啷、哐啷、节奏分明，老远就看见火花四溅。

永泰、大田作家交流会（胡伟生　摄）

在老房子的背后有一口水井，清澈而冰凉，我傍晚劳动回来，便去那里冲澡。因此，看见了两位打铁的人，一位中年，一位年轻，不知道是父子，还是兄弟。他们衣服脏黑，往往袒露上身，白天里打铁，傍晚自己升火煮点稀饭吃，没有女人照顾，多么不易。

他们打造的是锄头和柴刀等工具，深受村民的欢迎。

我一直猜想，他俩是哪里人呢？离开老家出来谋生，住在如此破烂不堪的老房子，而且阴鬼成堆，晚上怎么敢住呢？我一想到这里就害怕，就心生凄凉之感。我问了父亲，父亲说他们是永泰人，是永泰霞拔人。从此，我对永泰人留下了深刻的印象。

在大田县两百多个村庄里，在一座座破旧的老房子里，都有可能留下永泰霞拔铁匠的足迹，我身边的朋友与同事都曾经谈起过老家打铁的事，他们不知道铁匠来自于哪里，但知道其中的艰辛，他们爬山进入村庄，住它几个月或者半年，把哐啷的打铁声传遍乡野，一束束火花闪烁出村民的欣喜，也闪烁着时光杂陈的五味。我没统计过，大田有多少个村庄，收留过多少位永泰铁匠，但青山知晓，但岁月知晓，他们把美好的时光撒落在大田的山乡僻野里。

我以为，大田的缓慢发展正是得益于外来文化的渗入，其中包括永泰霞拔人和其他永泰籍的铁匠，我们不应该忘记他们，要把他们的形象留在时空之中。

（二）

大约十七八年前，大田书法界举办"岩城五友"书法展，五友是颜建光、胡建钰、陈玉贵、林永焜、周仲埕，我对林永焜比较陌生，但喜欢他的书法，秀气而飘逸，柔和而刚强。我就猜，林姓可能是大田吴山镇人，或者湖美乡人，或者谢洋乡人，虽然多次接触，但并没有谈及此事。直到2021年底，永泰里文联与霞拔乡组织作家来大田采风时，林永焜也来迎接和参与，才知道他竟然是永泰霞拔人，大出我的意料。在岩城五友书法展的序言里，作序者颜良重写到了福建"三家巷"，说先有福建三家巷，后有岩城五友，二者为大田文化积淀添色不少，而福建三家巷是指1990年，参加《诗歌报月刊》第二届全国现代诗群体大展，福建唯有这一家，三家巷的三位诗人是卢辉、连占斗、潘宁光，因为我名列其中，因此与岩城五友同为大田文化人，心相近，倍感亲切。此后也经常与林永焜交往，亲切、随缘而随和，正如他的字，秀气而圆融。

（三）

在大田文化界，有一位曾经的同事给我留下深刻的印象，他便是王尧钦。1987年，我们同时分配到大田五十任教，我教语文，他教音乐，因为年纪相同，品性相近，便有了较多的交往。在学校的文艺演出中，我经常看见他指挥演出，或者拉小提琴，十分儒雅，站立在舞台上，倍受师生瞩目，我多次到他在小南门一带的家小坐，聊天交流，也很羡慕他城里有房子，而我来自乡下，只好住在学校里。后来，他改行去了县团委，交往少了一些。再后来，我也改行到了教育局，由于我喜欢参加县里的一些文化活动，便与王尧钦交往多了起来，几次大型演出中，看见他拉着小提琴演奏，感觉十分美好。我们都是文化的同道人，不知不觉为大田文化的发展发出自己的一分光来。但我不知道王尧钦是永泰霞拔人，直至2021年底。

（四）

对于大田人来说，从来不分是哪个地方的人，大家都是大田人。事实上，我们本地的大田人，地位较为低下，比较谦逊、卑微，因为文化比较落后，大多从事劳动生产。而外来人地位比较高，因为他们不是官家人，就是从商之人，生活条件比较好，让大田本地人羡慕。我对我的同学与同事从来不问是哪个地方的人，即使知道了也没有任何的反感，他们都是我身边亲近的人。范功团就是一个，他是我同届不同班的同学，在公证处工作，担任公证处主任。我们同学常常会相互拜访，其实也没有什么事，只是聊天泡茶。我就多次到过范功团的办公室，聊同

霞拔乡村落（范玉惠　摄）

学们的生活，聊工作的处境。他是当年高三年一班活动的召集人，我是四班的班长，自然也是召集人，因此更有话题可聊。他为人大方，经常做东请客，同学们都尊重他。一个愿意把精神力和财力花到同学们身上的人，是有着与凡人不同的胸襟的，一个愿意常常召集同学到他办公室泡茶的人，是有人格魅力的。范功团就是这样的人。有一回，一位朋友找我，希望办理公证手续，要我给范功团打个电话，我不好推脱，于是电话就过去，他听了后说，我们公证处是坚持原则的，秉持公平、公正，不能乱出公证，因为不符合条件，因此被拒绝了。但我很理解他，也钦佩他。坚持底线的人，是有眼界的，更值得交往。我一直以为范功团是大田本地范家人，后来知道是永泰县，但到2021年才知道他是永泰县霞拔乡人。

（五）

范功立是大田实验小学的教师，是范功团的堂弟，我们也是上下届的学子，因为同为教育部门的人，交往自然也不少，2011年，大田县教育界"高效课堂"改革引起省内外的关注。而大田实验小学更是走在龙头。有一回，学校举办汇报活动，各级专家到场。校长讲，学校的音响广播系统不是太好，怕出问题。我是教育局办公室主任，参与相关工作，来到后台指导，一看竟然是范功立在操作，感动意外，一来他是体育老师，二是他好像是少先队总辅导员，怎么肯兼任这项烦人的工作呢？我没有多问他，与他是熟人，多少了解他，我便无须操心。活动开始不久后，相当成功，广播音响没有出一点儿问题，我便坐回自己的座位观看，对范功立的责任心十分放心。两三个小时的汇报活动，很是顺利，广播音响效果非常好，节目的衔接自然流畅，我的一颗心便落了下来。会后，我特意去感谢他，从此，对他的工作责任心有更深的了解。

（六）

如今想来，我工作单位的一位老领导也是永泰县人，但不知道是不是霞拔乡人，他退休多年了。领导有方，为人和蔼，工作上不摆架子，几次跟随他下乡检查工作，他与学校领导交流的方式方法，一直留下我的印象里。他从不指手画脚，而是详细交谈，深入情况。休闲时也如此，我常常晚上去他家打扑克。虽然是领导，也不乱发脾气，与同事相处得平等而愉快。

我想，一个人的好脾气是因为他有大的胸襟，有良好的修养。在我初中的同学中，也有一位永泰县人，但不知道是不是霞拔乡人。他至今依然为生活中奔波着，为人大方。古道热肠，助人为乐。二十年前，我妻子要从仙游调回大田工作，妻子说调动中遇到了一些麻烦，需要一万元去活动。当时，我因为生活变故，又刚刚装修房子，已经没有多余的钱。因此便向这位同学借，他二话不说，立即取一万元给我，我非常感动。如今他一直忙碌于种茶叶，躲在山上，对生活进取之心依然如故，让我十分敬佩。

（七）

2021年底，永泰县文联与霞拔乡组织作家来大田采风，我是作协主席，参加接待工作，组织两地作家进行座谈、交流。我说，永泰县位于戴云山的东边，大田县位于戴云山的西侧，我们是一座大山的两个兄弟，虽然相距七百里，但一百多年前，两地已经搭起交流的桥梁。当我知道，在大田县仅霞拔乡就有3000多人时，我大吃一惊，这完全出乎我的意料。因此，我说我代表大田乡民，要深深感谢永泰人，特别是霞拔乡人，他们为大田带来先进的手工艺技术，促进了大田社会的发展。这让我更加感受到，大田位于闽中深山老林之中，自古交通闭塞，发展滞后，几百年来，正因为有了永泰人、永泰霞拔乡人，有了莆田人、闽南人，有了解放时来到大田的北方人，大田才有了新的发展动力。他们为大田社会的发展注入了新鲜的血液，带来先进的文化，特别是先进的理念，让大田在历史的时空里缓慢前行，不落伍，不掉队。

鸟瞰大田岩城（胡伟生　摄）

霞拔乡街区（范玉惠　摄）

（八）

　　我所接触到的永泰县霞拔乡人有一种敢问路在何方的勇气。我想，在一百多年里，多少永泰县霞拔乡小工艺作坊的匠人们离开故土，来到大田谋生。在崇山峻岭之中穿行着，在崎岖的山路之中穿梭着，他们把一生最美好的岁月放在了陌生之地，把异乡当故乡，从中找到生存之路，和生存之道。无论是第一代的创业者，还是第二代、第三代以及他们的后裔，都坚守着创业、拼搏、开拓的精神，把传统的精神价值融入、更新于大田的土地上，造就出大田人新的精神面貌，和精神气质，他们的人生追求、精神导向将一直激励着大田人，去探索未来，去创作更美好的生活。

铁汉柔情

□黄勤暖

"晚风轻拂澎湖湾,白浪逐沙滩。没有椰林缀斜阳,只是一片海蓝蓝。坐在门前的矮墙上,一遍遍怀想……"每当哼起这首歌,我的眼眶都会不由自主地盈满泪水。因为我成年之前没去过外婆家,记忆里残缺了许多童年的幻想。

这是我今生的遗憾。然而,还有更遗憾的,是我的父亲活到77岁一次都没去过我的外公外婆家,这让很多人都感到不可思议。

是的,一个外孙小时候没到过外婆家已颇为少见,一个女婿一辈子都没去过岳父岳母家那怎么可能?这里一定有什么蹊跷。

一、寻找生路

说来话长。我外婆的澎湖湾在永泰县霞拔乡霞拔村,与闽清县省璜镇交界,虽然离我闽清塔庄老家不很远,但在过去年代,交通相当不便。因属两县交界处,以前只有山路相通,我们走一趟要花一天的时间。据说这条路原来是一条古驿道,

通往大田古道（胡伟生　摄）

连接闽北、福州至莆田涵江，这里只是其中的一段。这段古驿道通到闽清南部省璜的尽头，翻过几座大山，翻过柴岭、霞拔岭，山脚下就是霞拔街道。我的外公小时候就生活在霞拔岭半山腰处杜家的大宅院里。

以前杜家在霞拔是个大户人家，我外公叫杜珠恭，在堂兄弟中排行第八，家里人都叫他"阿八"。后来学打铁手艺当师傅后，大家都叫他"阿八师"。

外公出生于1914年的民国初期，那时国家正处于军阀混战之秋，经济凋敝，民不聊生。十六岁那年，国民党在霞拔频繁抓壮丁，谁被抓到谁就被送到前线当炮灰。外公兄弟多，而且他是老大，早就被盯上了。为了逃避这悲惨的命运，也为了给杜家找一条生路，外公决定背井离乡，走出大山到外面去闯一闯。

主意拿定后，外公就和他的伙伴一起离开霞拔，一路跋山涉水、风餐露宿，最后在大田县人烟稀少的偏僻山区落脚。

人生的磨难、生活的艰辛，练就了外公的毅力，也让他明白，命运掌握在自己手里，必须要学会一门手艺，有了挣钱的本领才会有生活的来源和改变命运的能力。在那里，他学会了种地、耕田，也学会了打铁、修理农具等技术活。早年，

俯瞰大田县城（胡伟生 摄）

他挑着铁匠炉、风箱等打铁补锅工具，在大田广平镇西园、丰庄、大吉一带山区，走村串户一路吆喝叫卖走东家；后来，他也到与大田交界的永安、沙县三县交界一带做打铁卖艺的营生。每年农忙季节前，他就同伙伴一起到大田广平附近的沙县胡源乡、永安槐南镇荆山一带乡村打铁，帮农户修理犁、耙、锄头、柴刀、镰刀等农具和鸟铳，以及打制铁锅、斧头、菜刀、剪刀等生活用具。他用心学艺，精益求精，手工技术精到，经他制作或修过的东西，不论农具，还是生活用品，还有木匠、石匠、泥瓦匠工具等等，件件都很过硬很好用，深得用户喜爱。

在走村串户中,他吃百家饭,住千家房,哪里天黑就在哪个东家家里住,在哪家做迟了碰上开饭时间就在哪家吃。几年下来,他走过的村庄,没有哪家的人不认识他。他每到一个地方,那里的大人小孩就围拢过来,要他修这个做那个的,好不热闹。在帮助边远山区农民群众解决农具和生活用具问题的同时,他终于靠自己的手艺也能换一口饭吃了。

二、铁血丹心

一个好汉三个帮。手艺学成后,外公想大干一番,出人头地,为杜家争口气。他在走村串户中认识了不少朋友,想从中找几个志同道合比较要好的人一起干一番事业。于是,他找到以前常在那个人家吃住的槐南荆山村方姓朋友,商量一起在大田广平开一家打铁铺。方姓朋友原本就是一个侠肝义胆讲义气的人。两人一拍即合,说干就干,一家很像样的打铁铺很快就在广平镇西园村开张起来。

"叮叮当当,叮叮当当!"通红的铁块,一锤下去,钢花飞溅。你一锤来我一锤,你拉风箱我淬火。他们合作得非常愉快,心里像炉火一样亮堂。几年下来,

陌上青禾

店里生意兴隆，顾客反响很好。正当打铁铺生意越来越红火之际，不料，天有不测风云，方姓朋友突发一场重病。外公为挽救他的性命，不惜倾其所有，找遍名医给他治病，但终因身患不治之症，回天无力而撒手人寰。

临终前，方姓朋友叫爱妻拉来4岁的女儿和2岁的儿子，悲切地对外公说：

"朋友，你是我最好的兄弟，我今生能认识你这个有情有义的人，真是我三生有幸。如今我病入膏肓，眼看不久于人世，你可怜我家境贫寒，孩子又小，我就把他们托付于你，望你接纳，代我帮他们抚养成人，也不负我们兄弟结拜一场……"

未等朋友说完，外公早已泣不成声、泪流满面。回想起他刚来荆山，在自己最困难时这个朋友的无私关照，他不假思索急忙点头答应。

朋友的离去，给方姓一家造成了极大的困难。好友的爱妻经不起打击，也一

鸟瞰霞拔镇区（胡伟生 摄）

病不起，两个年幼的孩子正嗷嗷待哺。看着好友留下的3个柔弱病痛的母子，再铁石心肠的人心也碎了。外公讲肝胆重情义不忍辜负好友的临终重托，不顾家里曾给他抱的一个童养媳，毅然决然挑起了帮好友一家养家糊口的重担。

　　花开花落，冬去春来。在共同生活过程中，1945年末，一个小生命竟意外地来到了他们中间，这个小生命就是我那可怜的母亲。外公见我母亲来到人间，又喜又忧。喜的是他16岁离开家乡，在外闯荡十几年，31岁终于有了自己的骨肉；忧的是老家还有个期待他的童养媳，也已21岁到了该婚嫁的年龄，这可怎么跟家里交待呀？接下来的事更让外公揪心，本来加个人口添张嘴对于有手艺挣钱的外公不算什么，一家五口人温饱没问题，但是体弱多病的外婆自从生了我母亲之后，身体越来越糟。一个人顾不过来，外公无奈，只好回老家霞拔搬救兵……

　　一个女人最怕自己的男人在外粘花惹草，更怕在外面家外有家。我不知道外公那时是怎么做家里人思想工作，特别是如何面对自小在他家里长大并明确将来做他妻子的那个童养媳的。也许，外公把他从前与好友感天动地的经历说与他们听，获得了人间大爱；也许是外公荡气回肠的故事，打动了他们，使他们原谅了他。只是让我更没想到是，他的童养媳竟深明大义，跟着外公到永安荆山，心甘情愿悉心照料身陷沉疴之中的外婆。一年不到，外婆也撇下3个幼小的孩子走了。那时三个孩子，一个9岁，一个7岁，一个就是那个尚在襁褓之中的我的母亲。

三、舐犊情深

　　外公看过去像个钢打铁汉，内心却很柔软。他一生养育了7个孩子，加上方家朋友托孤的两个，一共9个孩子。一对父母要养育9个孩子，可想而知困难重重。但对于外公，再大的困难，只要一见孩子，就像生硬的铁块遇到纯青的炉火，立刻融化了。

　　外婆离世后，外公一家子的生活又陷入了困顿。霞拔去的年轻勤快的童养媳自然地接过了家庭主妇的责任，忙里忙外料理家务。不久，童养媳也有喜了。原

霞拔人在大田

本喜欢孩子的外公望着肚子日渐隆起的漂亮妻子，不免皱起了眉头。兵荒马乱的年代，生活着实不易，单凭一人手艺，也难以养活那么多的人口。外公得想办法解决这个问题。这时，他想起在大田广平打铁走东家时，丰庄村有个罗姓木匠人家。这家人本分善良，勤劳智慧，家道不错，若能把大女儿送给他们养，他很放心。于是9岁的大姨就这样来到了大田罗家。后来也做了罗家童养媳嫁给老实厚道的木匠大哥，生养了六男二女，如今儿孙满堂，发展成广平镇丰庄一个人才荟萃的大家族。

1947年，外公的童养媳妻子，即我妈的继母我的继外婆生了我二姨，不到

一年多又生了我三姨。家里在相隔不长的时间里增添了两个小孩，加上我妈和大阿舅，家中的小孩继外婆根本就带不过来，也影响了外公走村串户的打铁生意，影响了家庭收入。无奈外公只好把4岁多的我妈送回霞拔老家，把11岁的大阿舅送到他方家舅舅处，方家舅舅叫他看管、放养一大群鸭子。

后来，外公和继外婆又相继生养了二男二女4个孩子。孩子虽然很多，但对外公来说，没有一个是多余的。

他把每个孩子都安顿得妥妥的，不让自己的孩子受到伤害和委屈。

大阿舅长大后娶了我二姨，肥水不流外人田，亲上加亲，他们恩恩爱爱一起

闽清县城一角（刘建新 摄）

生活了几十年，生养了三男一女，现已各自成家，儿孙满堂。

二舅传承了外公的手艺，跟随外公把打铁店搬到了与大田交界不远的沙县湖源乡，在街上租一间店面，在那里一边打铁，一边卖铁农具、生活用具营生，生养了四女一男，也已成家立业。

最小那个小姨，出生才40天就送了人家，送给大田广平镇大吉村一个陈姓人家抚养，后来长大后嫁给了陈家大哥做妻子。

外公晚年，在霞拔乡政府右边山脚下盖了一座大房子，落叶归根。就这样，他的4个孩子把家安在大田，4个孩子把家安在永泰。只有我妈，早早地嫁到了闽清，说来还有一段有趣的故事。

我妈妈在霞拔外公的弟弟家生活几年后，又投靠在广平、湖源一带打铁谋生的外公。外公要养家糊口整天忙于生计，无暇顾及子女，十几岁的妈妈一边帮家里做些家务，一边帮带几个妹妹。15岁那年，正处于国家三年困难时期，她的三叔叔和三婶婶到大田，看到一家子人生活困难，好意地跟外公说：玉兰现在已长大了，还不如跟着我回去，会刚好的话，帮她找个好婆家嫁了。于是我妈又回到永泰霞拔，跟三婶一家生活。

有一天，有个嫁到闽清的杜家姑姑回娘家，说塔庄有个亲戚委托她做媒人，看老家有没适合的姑娘想要嫁到闽清这边的，帮介绍介绍。三婶问我妈愿意否，我妈还不懂嫁人是咋回事，就懵懵懂懂跟着这个亲戚来到了闽清县塔庄龙池。原来委托媒人想娶老婆的黄家大哥一见个子娇小声音稚嫩的母亲，说：

"这还是个孩子呀，这么小怎么嫁人？"黄家大哥不愿意娶我妈。

这下尴尬了。还好当时我奶奶刘六妹在场，见到这情景，出来打圆场：

"这女孩水灵、懂事、人好，只是年龄小了点，要不哪户有子弟的人家带回去，再养几年待孩子长大后再圆房，也是件好事。"

说完，有的人点头称是，但更多人却摇头。那时我爸已22岁，也到了结婚的年龄。我奶奶见没有人响应，就自作主张把我妈妈带回了家。

也许，妈妈的身世特殊，使外公照顾不周，让外公深感愧疚。因此我们都感受得到，外公一直都在刻意用火热的胸襟温暖我们。他思念他的子孙，每年都要霞拔、大田两地跑。每次从霞拔去大田，或从大田回霞拔，都要到我们家里过一宿。虽然后来闽清去霞拔的交通方便了，他还是这样。

1988年，我结婚了，外公特意从外地赶到婚礼现场为我祝福。我新婚不久，外公还到闽清县城来看我，我把单位分的唯一一间住房让给他住，我和妻子到岳父母家去住。

我听大田表哥他们说，外公晚年每次去大田，都要到每个子女家住一段时间，年年如此。

少小离家老大回。外公十六岁逃避抓壮丁离开霞拔，一晃几十年，再回到霞拔，已是带着几十个家眷的老人了。真如《诗经·周南·螽斯》所云：

"螽斯羽，诜诜兮。宜尔子孙，振振兮。
螽斯羽，薨薨兮。宜尔子孙，绳绳兮。
螽斯羽，揖揖兮。宜尔子孙，蛰蛰兮。"

挑儿背妻进上京

□章礼提

"我是福堂前人,厝在落洋湖,在这里现在只剩我一个会讲霞拔话了。"住在大田县城关银山南路,已91岁高龄的王自德大叔,见有乡里人来看他,连忙站了起来,听到熟悉的乡音,显得非常高兴。

常言说,离乡不离腔,王大叔虽然离开霞拔已经80多年了,而我也离开霞拔迁居到省城福州近40年,但王大叔和我"霞拔腔"一点儿都没有变,聊起话来自然感到亲切,每句话都会听得明白,家乡的一草一木,家乡的生活习俗,家乡的人情世故,我们俩都没有忘记,常言说哪里出生,都会说哪里好,这好像是不破的真理。

见年岁那么高的王大叔,身体尚健康,我感到很欣慰。王大叔那一代和我这一代人,都是从苦日子走过来,有今天这样安静稳定生活,都觉得很幸福。

自德大叔耳朵虽然有些聋,但非常有精神,记忆力也相当好,在他的小客厅里,讲话语速虽然不如年轻人,但还是接连不断地给我们说起他记忆中的故乡,

竹编（胡伟生　摄）

介绍了他的祖辈和他的兄弟姐妹，讲述了他来到大田80多年来辛酸苦辣往事和许多霞拔人在大田谋生经历。

时间过那么久了，许多情况，王大叔已记不清楚了，他的侄儿王尧金就加以介绍和补充。

王尧金是自德大叔三哥王自芳的儿子，是在大田第三代的霞拔人。尧金五个兄弟都有工作，长兄王成亮在大田县矿山机械厂当打铁工人，工厂半机械化以后，担任车床工直至退休。二哥王利华十七岁参军，退伍后先后在永安市插秧机厂和大田县通用机械厂当车床工至退休。四弟王尧铭先后在矿机厂和建筑公司当工人，也已退休。五弟王尧钦，在第五中学和少年宫任教师。王尧金出生于1957年，高中毕业上山下乡，当过教师和公务员，副处级待遇退休。

自德大叔故乡在福长村，这个行政村下辖九个自然村，村里居住着王氏和陈氏，大部分姓王。

福长村地盘很大，人口众多，又位于县道边上，距离乡政府只有几里路程，在当地来说并不算偏僻。但落洋湖这个自然村，那就比较偏远了。

落洋湖坐落于半山中，面向还是大山，但山清水秀，环境优美。20世纪这个自然村没有公路，到村里或到乡政府办事，都要走几里山路，如果到乡政府所在地霞拔村，要走一个多小时，而且不是上山，就是下岭，一条羊肠小道，崎岖不平，道路难行。

福长村王氏，源于江西建昌府王丈。明永乐二年，也就是公元1404年，王丈公服从命令，从建昌拔军到永泰中和乡官贤里，也就是现在的福长村，屯田安居，算来已历经六百多年，王氏也已发展到二十多代，人口达到三千多人，出了不少官员，在当地算是个旺族。

自德大叔曾祖父王第定和爷爷王隆福，都是地地道道穷苦农民，靠祖上留传下来几亩薄地而生存。到了清朝末年，朝廷腐败，天下大乱，王家的日子更不好

福长村洛洋湖自然村（胡伟生　摄）

过了，家道一年也不如一年。

自德大叔的父亲，名叫王学元，是个孤儿。学元的父亲英年早逝，只留下根独苗，从小由族中亲人抚养长大，生活非常艰辛。王学元十二岁时，通过亲人们介绍，先是跟随做篾师傅学习做篾，学了两年时间，由于做篾生意人多活计少，谋生较为困难，只好再去学打铜打铁手艺。

王学元勤奋肯学，吃苦耐劳，深得师傅喜爱，几年时间学到了打铜打铁技术，还学些铁器修补手艺，掌握了多种谋生活计，特别是学到了打造鸟铳的绝活。

到了民国初期，霞拔人打铁打铜手艺人增多，但活儿并没有增加，工钱降低不说，还常常找不到活计做，这对手艺人来说，没有活干就等于没有饭吃。在这样的情况下，王学元与乡里大多数手艺人一样，打起了背包，挑着工具箱，背井离乡，前往德化、永春、永安、大田等地打铁。

在农村，不管怎么说，有手艺总比没手艺强，日子也总是好过一些，姑娘们也喜欢嫁给有手艺的年轻人。王学元虽然是个孤儿出生，家道并不好，生活也艰辛，但他有一手不错的打铁打铜技术，娶亲并不难。几年后，王学元有些积蓄，经亲戚介绍，婚娶南坑村黄氏为妻，建起小家庭。

结婚后的王学元，每年继续往尤溪、德化、大田一带打铁，主要地点还是在大田上京、均溪、石牌、早兴等乡镇。许多年来，王学元与许多打铁匠一样，肩挑着风箱、铁锤、铁档等工具，走村串户，打铁修锅。后来在上京镇设立一个相对固定打铁铺，由于打铁技术好，生意还算不错。

落洋湖到大田上京一带，距离500多里，路途遥远，来回行程要十几天。结婚后的王学元，只能过着牛郎织女般生活，每年只有在春节或生意淡季时，才能安排回家乡与妻儿团聚，每次在家乡也只能待几天，自然是别多聚少。

二十多年来，黄氏先后生下自桂、自香、自芳、自沙和自德五个儿子，家道也逐渐兴旺了起来，日子虽然过得紧一些，但还是快乐地一天天过下去。

农村人心不大，易满足，只要有工做，有饭吃，有衣穿，基本生活能过得，那么就会感到快乐和幸福。时光流逝，到30年代，王学元的孩子们慢慢地长大了，作为父亲，当然要为孩子将来考虑。王学元与大多数农民一样，对孩子们前途的要求和希望，并不像城里读书人要求那么高，只想让孩子们学一门手艺，成人以后娶个妻子，生儿育女，生活过得好些就行了。

1930年，学元先后带着长子和次子来到大田，跟随他学习打铜铁器等手艺，那时自桂十一岁，自香才九岁。谋生地点还是在上京、均溪、石碑、早兴等乡镇，有时走村串户，有时固定在一个地方招揽生意。

1934年，王学元回家过春节。到了二月初，决定把全家迁往大田上京镇，多年来两地奔波，让他吃尽了苦头。自德大叔记得，那年他才五岁，跟随父母和两位哥去大田。

岁月虽然过得很久了，但自德还记得，当时他走出家门非常高兴，因为这是他第一次离开落洋湖，一路上又蹦又跳，但走了一段路就走不动了，只好坐在篮子里，由他父亲挑着往前走，有时由他哥哥背着，当时不知上了多少次篮子，也不知多少次从篮子里爬下来……

自德还记的，他从篮子里下来，父亲就背他的母亲往前走，有时上气不接下气，父亲非常辛苦。自德大叔说，母亲裹脚，但不是三寸金莲，可能是半裹脚，平路还能自己行走，只是到了上坡或下岭时，母亲无法行走，只得由他父亲背着，所以一路走来比较慢。

自德大叔说，那年到了大田上京乡，父亲安排老四自沙学做木手艺，三哥自芳还是学打铁，那时他还小，自然让他在家里玩。1937年，抗日战争全面爆发，大田也受影响，动荡不已。王大叔说，父亲为了避免长子被抓壮丁，全家由上京迁往福塘村，由于没钱租房，只好住在一座破庙里。1941年，二哥替体弱多病的大哥去当壮丁，直到解放后，二哥才返回大田与家人相聚。

在福塘村，当地保长抓不到年轻人去当兵，还想打大哥自桂主意，父亲闻讯后，只好又把全家迁往早兴乡。但没过几年，结婚不久的大哥，因病不治而逝世。

1945年，全国抗战胜利后，十六岁的王自德，已把父亲打铁工艺全部学到手了，二哥和三哥已结婚，日子也好过了一些。父亲就把全家迁至城关，在南街租房居住。过了两年多，母亲因辛劳过度，身弱，患痢疾无法医治而去世。

50年代初，在县城开店铺的王学元全家，按城镇居民落户。自德大叔说，这时他全家都吃上商品粮，生活有了保障，父亲便在县城前山路，置地新建房子而居住。

在合作社期间，自沙被安排在县建筑公司工作，工种是木工；自香、自芳和他被安排在县铁器生产合作社工作，工种还是打铁匠。过了两年，铁器生产合作社改称大田农械厂，这个农械厂改制之前，称大田矿山机械厂，虽然属集体所有制企业，但机械厂远近闻名，工人们收入也高，年轻的工人娶妻也容易，当地的姑娘谁都想嫁个固定工作的年轻人。矿山机械厂，干部职工百分之九十以上是霞拔人，这个工厂是霞拔人在大田的摇篮。

王自德大叔说，他从五岁到大田，日子过得并不轻松，只是到解放后，参加了工作，生活才算稳定下来。初到大田，父母亲对他这个最小的儿子，虽然宠爱，但对他要求也很严厉。还没到十岁，天天就要去学打铁，主要是学习打菜刀和锄头等农具，特别是要学做鸟铳，这

王自德老先生祖厝大门（胡伟生 摄）

是他父亲的绝活,一般打铁师傅都不会做,只传子孙,不传外人。

说起婚姻和家庭,王大叔脸上绽开了笑容,自然是感到非常满意和幸福。自德说:"我三十岁才结婚,不是娶不到老婆,而是太会挑选。在一次活动中,看上了板面村的'种娘仔'杜月莲,她比我小九岁,当时才十九岁,认识一年就结婚了。结婚后,妻子连续生了两个仲播仔(男孩)和三个种娘仔(女孩子)。"

自德大叔接着说:由于他没有文化,让他吃了不少苦头,于是宁可自己苦些,都要送子女去读书。现在儿女们都大了,都有了工作。长子在交通部门,次子在税务机关,大女儿嫁给东洋刘家,老二出嫁外乡,只有老三秋云,嫁给大田本地人周家。几个儿女都有出息,也非常孝顺,到了年关都会回家团聚。

已近中午,春雨还是不停地下着,我离开自德大叔的家回酒店,均溪边上的银山南路也渐行渐远,但王学元从一个孤儿苦学手艺,挑儿背妻西进大田谋生,成为大田第一代霞拔人;没有文化的自芳和自德,起早摸黑干活,俭吃少用,让自己子女进学校读书,那一件件感人故事却深深地刻在我的心里……

写于 2022 年

末代铁匠林任新

□章礼提

2022年3月，我在大田县建设镇采风，通过县粮食储备局林水清局长，了解到还有一位霞拔人后代在打铁。这位名叫林任新的铁匠，在建忠村开了一家打铁铺。

我们决定前往参观，林任新是林水清局长的远房堂弟，两人从小就有来往。一路上，林局长给我们介绍了霞拔人在建设镇大概情况，讲起了林师傅家族的许多故事。

建设镇，位于戴云山脉之西，闽中大田县北部，东连太华镇，西邻永安市槐南乡，北靠广平镇，距离县城30公里。建设镇下辖建爱、建忠、建国、建民、建乐、大同等12个村庄，人口近3万人。建设镇山多、地多、人多，矿山资源丰富。

清朝末年，有一批霞拔做篾、打铁、打铜、补鼎、弹棉、做棕衣、做木、筑墙、理发等手艺人，不远千里来到这一带谋生，赚一些工钱回去养家糊口，有的年轻工匠则喜欢上当地姑娘，便与她们结婚，在这一带安居乐业，繁育下一代。

林任新夫妻挥舞铁锤（胡伟生　摄）

解放后，随着乡镇人口增多，需要农具打造、修锅补鼎的工匠也多了，为更多霞拔手艺人提供了更多的打工机会，在大田建设等地，处处都可遇到霞拔人。

时过一百多年，遥望当年，那"霞拔客，时时满山路，祖厝破庙，有霞拔人居住"的盛况，早已一去不复返了，林局长叹息不已。在建设和广平这一带，弹棉补鼎，做篾筑墙的霞拔人，十几年前就不见了踪迹，打铁和理发等手艺人也很少见……

林局长说，林任新祖籍在永泰县霞拔乡霞拔村，高祖父林首孝于清朝时就来到了大田。林首孝打铜打铁，谋生地就在大田县建设和广平一带，后来定居在建设镇，据当前掌握的资料，那是最早前往大田打铁而定居于大田县的霞拔人。

林首孝有个孙子，也就是林任新的爷爷林成睦，从小跟随父亲学打铜打铁，学了一套过硬打铁手艺，特别是打农具和菜刀，在大田北部，没有几位师傅手艺会比林成睦强。林成睦打造的许多铁器，在当地非常受欢迎，生意也越做越好。

林成睦在建爱村娶妻，在建忠村盖了座土木结构房子，安居乐业。林成睦生有三女一男。男孩子最小，名叫林英金，1954年出生。林英金长大之后，婚娶当地人黄月桂为妻子，月桂先后为林家生下了三个儿子。

　　林成睦三女儿名叫林玉凤，生于1944年，20世纪60年代中期，附近村民黄兆财入赘林家，与林玉凤结了婚。兆财比玉凤大十岁，两口子很恩爱。林玉凤生下两男三女，长子就是林任新，次子长大后回继于黄家，黄、林两家皆大欢喜。

　　林任新生于1968年10月，娶建忠村陈玉华为妻，结婚后生了儿子林世杭，然后连续生了三个女儿，三个女儿长大后均嫁给当地人。大女儿为农，二女儿当老师，三女儿当护士。林任新儿子没有去学打铁手艺，而是到浙江杭州开办沙县小吃店，已育有两男一女。水清局长说，林任新家族迁居到大田到他这一代已经有五代了，排行为孝、友、睦、渊、任。林任新虽然才五十多岁，但子孙已满堂，让人羡慕不已。

　　建忠村距离乡政府并不远，林任新的家就在村部附近，是一座崭新的三层砖混楼房，打铁铺就设在房子右边，这时林师傅正与他妻子在打造菜刀，看见我们，便放下了手中活儿，热情欢迎我们到来。

农具铁件（池建辉　摄）

我生长于农村，务农过很长时间，对于打铁的场面很是熟悉，但工作以后几十年来再没有见过打铁了，所以也想看一看打铁场面，与我一起去采访的胡伟生和池建辉两位摄影家，更不想放过这难得的拍摄机会，于是我们便请林师傅继续开打，把手上那把菜刀打好。

个子并不高的林师傅和他的妻子陈玉华，重新穿起了围裙，拉起了风箱，然后把半成品的菜刀放进火炉里烧，烧红后用钳子夹着放在铁档上，陈玉华抬起大铁锤，林任新拿着小铁锤，两人专心地打起铁来了。

"叮、当，叮、当，叮、当……"

打铁铺里又传来了有节奏的打铁声，那声音由大而逐渐变小了下来，这是一首千年以来不变的铁器锻造曲，现在机械化技术的进步导致打铁手艺无人传承，没人知道这种人工手艺"演奏"的曲子还能奏响多久。眼前这"打铁谣"还是一首夫唱妇随优美的和谐曲，林师傅夫妻俩脸上绽放出的愉悦和满足感表情，不得不让人羡慕普通百姓家庭和睦和夫妻恩爱的生活！

常言说得好，人们如果没有多想，那么生活就会过得开心，过得滋润，过得美满！从林任新打铁铺和谐的奏鸣曲中，我又一次领悟到了知足常乐的人生真谛。

当我还沉浸在人生思绪中时，打铁声突然停了下来，只见林师傅用一把长铗子，夹着一把已打好的菜刀，放入一盆清水里，水里便发出叽、叽、叽声响，但声音越来越弱。林师傅说，这个环节叫试水，何时试水？那是要把握时间的，也就是常言说的打铁看火候，这是打铁关键性技术之一。如果铁器温度过高，那么铁器就会变得太碎，容易缺角；如果铁器温度过低，那么铁器就会过软，达不到使用要求。

参观完铁铺打铁工艺后，林任新热情地带我们到他家去做客，在一楼宽敞的客厅里，林师傅一边泡茶，一边给我们讲起了他学习打铁手艺过程的故事。

林师傅说，他曾祖父是位有名打铁匠，算是林家第一代的铁匠了。清朝末年，曾祖父为了生计现前往德化、永安、大田一带打铁，后来在建设镇定居。那个时候打铁比现在还辛苦得多，肩担着拉风箱、铁铛、钳子等几十斤行担，走村串户打铁，常常居住在破庙里，有时几天下来都揽不到生意。

林师傅接着说，到了20世纪80年代初，初中毕业的他就到镇里打铁铺去，跟他爷爷和叔叔学习打铁。他的爷爷林成睦，不管是种地砍树用，还是做木和做篾用，什么铁器都会打造，他打的铁器，特别是锄头和菜刀，很受当地农民欢迎。由于他勤奋肯学，又有爷爷和叔叔细心传艺，几年时间便把爷爷工艺全部学到手，也成为扬名镇内外的打铁匠。

林任新遗憾又无奈地说，已传了五代的打铁手艺，到了他这一代就没有人再传承人了，不用说镇里的青年没有愿意学打铁，就连自己的儿子和侄子，死活都不肯学，看来林家手艺只能传到他这一代。

但话又说回来，林师傅接着说，打铁是一项非常辛苦的活计，脏活不说，拉风打造都得用力，林师傅说着，便伸出了两只手掌让我看，那十个指头结满了手茧，每个手茧黑而有裂缝。林师傅说，现代年轻人，谁能受得了这苦？

打铁是项苦活累活，林师傅继续说，这是年轻人不想学的一个方面原因。

更关键还是生意不好做，每天干下来也赚不了多少工钱。这几年，许多农村人陆续迁居到城里去了，种田的人也越来越少，有些村庄已无人居住，农具还用得了多少？现在只是打造一些菜刀，然后寄到商店去卖，忙活一整天，有时还要搭上晚上时间，每天也只有两百多元收入。

林师傅叹口气说，现在不仅打铁、打铜手艺没人学，做木做土、理发缝纫等手艺人也找不到传承人，在大田会手艺的霞拔人越来越少了……

三代"铁人"

□卢强祯

一个事物,在你眼前频繁出现的时候,不会不引起你的注意,甚至引发你的好奇。

就说路名吧。那两天在大田县城采风,老陈开车带我在大街小巷去探访他的族亲,我坐在副驾上,留意了一下路牌:凤山路、建山路、白岩山路、玉山路、栋山路、文山路、南山路、香山路、象山路、天山路、雪山路……让我们如入山中。我想这应该是大田人表达对大山的钟情与感恩的一种方式吧。别称"岩城"的大田是一个山区县,"八山一水一分田。"俗话说,靠山吃山。大山,是他们生命的摇篮,也是涵养他们吃苦耐劳、沉稳持重的品性的人生导师。

老陈名叫爱民,原名礽民,其父按族谱中的辈行给他取名,分清辈分,做到"长幼有序"。辈行,跟DNA一样,带着宗族血脉的印记,是联络族亲感情的纽带,是寻根问祖的凭证。可他小学时,老师跟他说这"礽"字生僻,多数人不认得,便把他改为"爱民"。爱民,那是大众化的名字。

宝山机械厂铸模车间（胡伟生　摄）

老陈祖籍霞拔乡仁里村，在大田出生，乡音已改，但故园情浓，每年都带着儿孙回乡祭祖扫墓。他说，儿孙们都乐意回去，每次都要两辆车，他一部，儿子一部。有了高速路，回一趟故乡便捷多了。

他父亲十几岁就到大田学艺谋生，与当地姑娘组成家庭，从此就扎根大田。他带我拜访他的母亲蒋冬姬老太太，蒋老太太1934年出生，现年89岁，依然耳聪目明。她因为喜欢清静，要求独居，儿孙们顺她的意，让她住在邻近的一条街上，只有一碗汤的距离，便于照顾。儿孙们都孝顺，时常来探望她。她自己能够独立生活，用不着照顾，把两室一厅的小屋收拾得很整洁，穿着清清朗朗，留着齐耳短发，非常精神。我们不期而至，她热情地把我们迎进屋，沏了茶。布满皱纹的脸上挂着慈祥的微笑。

蒋老太太只会讲方言，我跟她之间的交流，靠她儿子翻译。她小时候家境贫寒，父母亲养不起她，13岁送给广平镇五丰村池氏人家抚养。16岁认识爱民的父亲——陈学德，学德大她2岁。之所以认识学德，是学德到她村子里来打铁，她养父心善，把废弃的老屋无偿给他住。后来，养父觉得学德为人实诚，有手艺，又吃苦耐劳，便托媒人撮合，她18岁那年成婚。婚后育有四子二女，如今四代同堂，欣享天伦之乐。

陈学德出身贫寒，八岁给人放鸭，换一口饭吃；十一岁就漂泊他乡，到福清当放牛娃。他乖巧勤快，深得东家喜爱，像爱自家孩子那样爱他，认作谊子。16岁那年，跟长自己5岁的堂兄学利来大田县广平镇五丰村学竹编手艺。竹篾组挂靠广平镇铁器社，有了固定的加工场所，每年向社里缴纳百多元的租金。学德心灵手巧，不到一年就学成了，是年冬天，转学打铁——打铁收入比其他手艺活会多挣钱。他拜陈学利的弟弟、他堂哥陈学兆为师。学德学什么都很用心。每一道工序，他都仔细观察，像牛反刍那般反复揣摩，直至弄懂弄通为止。常常趁师傅小憩的当儿，争分夺秒地拿起边角料来练手。打铁艺，一般要三年出师，而学德一年半后就出艺了，时年18岁。

对一位刚出道的年轻铁匠，起初大家对他的技术持怀疑的态度，没过多久，学德的精湛技艺赢得人们的认可。他打锄头的技术格外出众，掘进土里拔出来，锄板依旧白白亮亮，地里的泥土想跟锄板"沾亲带故"，没门！泥土黏着不了的锄头使用起来，没有"拔萝卜带泥"般的拖沓、费力，简直像拿锄头锄水，利索而省力。没有登峰造极的手艺是打造不出这般极品锄头。"酒香不怕巷子深"，大田全县各乡镇十八个养路班的锄头都送来给他返造，邻县尤溪人舍近求远来买他锄头。锄头不是一次性用品，可以反复返修使用，农民把损旧锄板拎到他店里修造，当即换新锄带回，待次年再以旧换新，一直如此反复。

大田是包容的。新中国成立后，在大田的手艺人不再如浮萍，当地政府分给他们田地，并予以落户，还把公房免租给他们居住，他们从此真正完全融入了大田，也可以说，他们变成大田人。田地保障了一家人的口粮，加上打铁的收入，比当地普通农家人的日子过得更好。

1955年，广平镇铁器社改名农具厂，改为乡镇集体企业，生产范围更加广泛。陈学德毅然放弃自己的打铁炉，进厂里上班，"旱涝保收"，而且全家人都吃上商品粮。吃上商品粮，令人向往，而只有一技之长的人，才有机会进"圈"。那一年，他二儿子爱民才两岁，新生儿月供 8 斤粮食，每长一岁增加一斤，长到 22 斤为止。打铁是重体力活，不能"省油"，在所有行业中享受第二高的待遇——38 斤，比广平煤矿从业者少 7 斤，比干部多出 8 斤。

一家老小吃上商品粮，按照政策，生产队收回他们的田地。他们转为居民身份，没有了农事，学德一门心思放在打铁上。那年代，铁毕竟是稀缺资源，打谷机脱粒板上的排钉用竹钉子，用一段时间磨损了必须更换。广平农具厂将粗铁线拗成 U 字形，来替代竹钉，大受青睐，产品销往省内外。我们永泰农家就用到他们的打谷机。大田有煤矿、水泥矿，他们不仅生产农机具，还为矿山机械设备加工零配件。

学德妻子没有农事可忙，学德又到镇里去上班，她就带着两个儿子回到霞拔仁里生活，大儿子池其新 4 岁（过继给母亲的养父），二儿子爱民两岁。当时是走山道，经尤溪新阳，过闽清，最后到达霞拔，一路上跋山涉水，走得脚丫子都起泡了。蒋冬姬一边带孩子，一边也种点蔬菜，挺辛苦的。意想不到的是，二儿爱民竟然水土不服，三天两头闹病，仁里乡亲们说："这小鬼没用了"，意思是快夭折了。她赶忙带着孩子返回大田，回到出生地五丰村。经过调理，渐渐恢复健康。真应了那句农村俚语——"哪里生哪里好"。

1969 年，爱民 15 岁，因为"文化大革命"，才上小学五年级就辍学了，进父亲的农具厂学打铁，拜堂伯陈学兆为师。父亲不亲自教授，兴许正如俗话说的"父不教子"吧，其实，父亲私底下也没少指点。学徒抡大锤，师傅挥小锤，往铁砧上通红的铁板有节奏地一起一落地锤打。铁板服服帖帖了，铁匠臂膀的肌肉则隆起如一块块铁疙瘩。打铁的年轻人，那一身健硕的体格，再加上营生的手艺，格外容易赢得适龄姑娘的芳心。爱民小时候体质差，长大了变得强壮帅气，大田城关姑娘朱景南，小他一岁，爱上了他。他玩笑说，自己是癞蛤蟆吃上了天鹅肉。

1960 年大田县国营通用农机厂的创办，标志着大田传统农业生产方式开始

打铁炉（池建辉 摄）

向机械化生产转变。农机厂主营业务有喷雾器、打谷机等农机的生产以及耕田拖拉机、运输拖拉机的维修。1975年，陈爱民的堂伯，也是师傅——陈学兆当上厂长。学兆1931年出生，早年失怙，十几岁就跟哥哥学利来到大田，起初也是跟哥哥学做篾器，后来改学打铁，半年就学成独立开炉打铁，先是到尤溪八字桥，1956年转到大田奇韬镇，再到广平镇农具厂。他一路打拼，凭借精湛的技艺当上县国营通用农机厂厂长。这是霞拔手艺人的荣光。

亲人加师徒关系，学兆对爱民比谁都了解，便把他从广平调进自己的厂里，同时也把自己的儿子仍恩调进。他不是"用人唯亲"，而是"纳贤不避亲"。仍恩的"仍"也是误读而被更改的：原本也是"礽"字，经常有人"不认字读半边字"。他在农具厂学打铁，也不是跟父亲学的，而是同乡上和村人黄修凑。

爱民和仍恩先经过半年的农机修理培训，然后专门从事农机修理。全县耕田的"铁牛"和拖拉机，都在这厂里维修。过去跟生硬的钢铁打交道，转为给会跑动的铁家伙"把脉诊病"，是一种全新的挑战。他们不畏困难，不断摸索，坚持学中做，做中学。仍恩 1984 年到县农机学校担任教员，教授农具车、拖拉机的驾驶技术，1990 年荣任校长，直至退休。

爱民一边维修农机，一边兼职当农具车、拖拉机驾驶员的培训教员。前三期这些驾驶员有参加培训就行，不用像现在这样必须持证上路，因为农机学校不颁证。培训到第四期开始颁证，教员陈爱民和陈仍恩与学员一齐拿证。

在市场经济浪潮冲击下，大田县国营通用农机厂 1995 年倒闭，工人们另谋出路。"一艺在手，吃穿不愁。"陈爱民回到广平镇开农机维修店，周围四里八乡的顾客都慕名而来，事业做得风生水起。20 世纪 90 年代初，他在大田县城玉山路买地兴建一座五层半楼房，底层两间店面，一间长子开铝材店，另一间二儿媳妇开饮食店。他霞拔仁里在大田的族亲，几乎也是从那时期开始纷纷进城买地建房，目前有 30 来户，人口达到 200 多人。

陈爱民的长子陈维坚早年也是从事铁件加工，比如铁门、防盗网等。随着建筑材料的升级，他为人儒雅忠厚，在继承祖辈父辈的事业的同时，与时俱进地转向铝合金加工。作为大田县唯一的凤铝铝材总代理商，他秉持质量为先的信念，诚信而热情，用心经营着自己的事业和家庭。除了家里一间铝合金门店，在城内还有一座两层的生产厂房，继续书写着新一代"铁人"的故事。

中国人历来讲究安土重迁，固守家园，但又不固执僵化，而是与时俱进，因势求变，如此，才会在异乡生根发展，繁衍生息。从这一点来说，陈家三代"铁人"，无疑是成功典范，是值得世人敬佩乃至效仿的。

改变命运的钥匙

□卢强祯

永泰县城区西大道拓宽改造，老王遗留的房子因此拆迁，他子女们从屋子里整理出各类铁制器具，打石用的铁锤、铁钳、錾子，农用的锄头、田塍刀、锲刀，厨具菜刀、铁勺，还有技术含量更高的补鞋机、切面机等，都是老王亲手打造的。房子拆了，可这些物什舍不得论斤卖给废品店，妥善保存着，为了保存对老王的念想。

老王祖籍霞拔乡福长村，出生于同安镇云台村。同安与霞拔毗邻，相距不远，云台王氏又是福长王氏衍枝，跟云台的王氏是宗亲，因此并没有他乡的疏离感。老王父亲是打铁匠，来云台是为了更好的谋生。他没有固定的打铁铺，挑着炉子和工具走村串户去上门服务。

在农村，适龄女子找对象，普遍喜欢找有手艺的男子托付终身，因为手艺人有挣钱的本事，跟他吃穿不愁。打铁匠老王父亲真了不起，竟娶到福州城里的女子，而且比他年轻18岁。1942年，老王父亲已54岁，九月初九重阳节那天，

永泰县城改造后西大道（胡伟生 摄）

老王呱呱坠地。老王父亲老来得子，喜不自胜，对儿子疼爱有加。襁褓中的老王差点夭折的缘故，老王父亲把儿子的生日改为九月十九日，这一天是观音菩萨诞生日，祈愿得到观音菩萨的保佑。

出于男人的使命与担当，老王父亲为了能给妻儿更好的生活条件，1944年，举家迁往梧桐街。梧桐集镇，有大樟溪航运码头，又与莆田、仙游以及本县的嵩口古镇交界，市场贸易相对繁荣。他先是租住街尾民厝开打铁铺，尽管初来乍到，但因为手艺出众，很快就得到人们的认可。大樟溪航运时代，有一种水上营生——放木排，放排人手中必备一种工具叫排钩，铁制的如鹰嘴般的弯钩，穿上竹竿。那弯钩的钩尖嵌着钢珠，像写字用的圆珠笔的笔尖。老王父亲嵌珠技术在那条街上同行中，没人比得上他。因此他做出来的排钩比别人高一倍的价格，人们还是乐意选择买他的。连杀伤性的铳和鸟枪，他都会做。为了把作枪杆用的不够圆的钢管给挫圆，自己发明了一种钻子来解决技术问题。

老王11岁，读小学五年级，他父亲65岁了，体力明显衰退，打铁的活接得少了，老王担心父亲一旦干不动了，一家人不知道靠什么维持生活。他不顾父母的反对，毅然决然地辍了学，在父亲的打铁铺尝试打铁，他父亲没有教他，他是耳闻目染就无师自通了，起初就打造像锄头尖、火铲、锅铲、火钳之类的简单铁件。善于钻研的老王，没几年工夫，就成长为梧桐街有名的铁匠。

1953年，就是老王辍学那一年，从街尾的民厝搬到街头的公家店，这家店因为修公路，被拆了一半，叫"半边店"，月租金1元钱。老王的打铁手艺就是从这起开始练起的。

老王的人生转机从1964年开始。那年县粮食局加工股股长侯泽明到梧桐粮油加工厂指导安装新碾米机机械设备，看到配件，惊奇地问厂里车间主任林革川："这么标准的配件哪来的？"林革川主把侯股长带到老王的"半边店"里。时年才20出头的老王，能够造出高精度的碾米机零配件，令侯股长惊叹不已。侯股长可是全县粮油加工机械设备安装与维护的带头人，那是见识过全县多少铁匠的工艺。当即，老王就被候股长相中了。候股长一回到单位，就向领导打了要老王的报告。老王就这样被招进了国营企业——县粮食局下属企业——粮油加工厂。由一名个体手工业者变成了国营企业职工，用农村人的话讲，就是吃上了公家饭。刚入厂，专业的工作服还没发，袖套也没有，春节回梧桐，老王妻子见他衣服袖口被机器缠绞烂了，担心他的安全劝他还是回自己的"半边店"干。老王也觉得妻子有孕在身，两人两地分居，彼此不能相互照顾，也有打退堂鼓的意思。侯股长给老王下了死命令：设备都购置回来了，你不来也不行！老王是厂里的首席技术骨干，月薪50.9元，比厂长的49.5元还多1元钱。接着老王的妻子也被招进了他的厂里。老王在梧桐打铁的时候，妻子给他帮锤，抡大铁锤攒下一身气力，到粮油加工厂来继续给丈夫帮锤。

在粮油加工厂上班可有压力了，这是自己开打铁铺想象不到的。粮油加工机械许多零配件都要自己动手加工，除了滚轴是购买的，其他配件都是老王带着工人们亲手制作的，是缺什么做什么。铁制零件差一丝一毫都不行。老王夫人——

现年81岁的蒋老太太说，木工、篾匠、制蓑衣、裁缝、补鼎、打锡酒壶……没有一样工艺比打铁难，打铁艺最深奥。比如说打锄头，锄口铸得太硬，易断裂；太软，易软塌。粮油加工机械设备的安装，那是非常周密的，像三角履带，套在两个滚轴之间松紧度差分毫都不行。

老王常常夜以继日地工作，白天上班，夜里就在灯下埋首画设计图，思考技术难关的突破问题。他责任心强，一个技术难题非要想出解决办法才肯安心就寝。后来升任厂长，肩上的担子更加沉重，几乎没有休息日，每一项工作都提前安排妥当了才放心。操劳过度，才三十几岁，头发就花白了。

再后来，老王当上粮食局加工股股长，负责全县粮油加工厂的机械设备的安装与维护的技术指导工作，比在生产一线更加操劳。这时候的身份变成了事业干部。

1983年，老王的身份再次进阶，转为公务员，分配到乡镇政府。过去政府部门干部，人们想象中过的是一张报纸、一杯茶的清闲日子，可老王依旧是大忙人，组织安排他负责乡镇企业场建工作。蒋老太太说，老王曾经工作忙得几过家门而不入。

一个只有高小肄业，由打铁匠做到国企职工，再到事业干部，最后成为公务员。常人看来，这是几乎不可能实现的，老王却为什么能够一次次实现如此华丽的人生蜕变呢？改变命运的钥匙，是一门精湛的技艺！蒋老太太说，老王常挂在嘴边的话是"一艺值千金"！当然，也离不开"伯乐"们慧眼识珠。

满目青山夕照明

□黄德舜

黄以献先生 1948 年 11 月 22 日出生，永泰县霞拔乡南坑村人，1984 年 5 月加入中国共产党，1986 年 8 月—1990 年 12 月曾担任霞拔乡南坑村党支部书记。他为了带领村民发家致富，在发展农村经济方面起带头作用，从 1986 年春季起开始养羊，经过几年的摸爬滚打，成为永泰县首个成功的养羊专业户，1984 年 4 月被评为福州市劳动模范。

一、幼年丧父　饱尝艰辛

黄以献的生父黄开大，1920 年 8 月出生，解放前夕曾参加由黄国璋领导的莆田地区闽中游击队，黄国璋曾向他颁发闽中游击队的委任状。1949 年 5 月他受闽中游击队的派遣，以隐秘身份加入由他岳父檀俊桀为首的国民党自卫团，目的是劝降该组织，但因檀顽固不化，命令手下自卫团队员汪其平（大洋镇洋门人）将黄开大暗杀于同安镇文藻乌石自然村，死时年仅 29 岁。1976 年相关部门曾派

黄以献先生活到老学到老（胡伟生 摄）

人来调查了解其当时被害的经过，终因年代久远且无法提供当年闽中游击队领导人黄国璋授予黄开大的委任状等原因，上级部门无法确认他当年的身份，此事也就不了了之。

黄以献幼年失父，生活失去依靠，母亲改嫁到霞拔乡下园村，他随母生活，加上小时候比较顽皮，饱尝生活的辛酸苦辣。后来他的奶奶让他的叔父黄新大将8岁的他带回南坑村抚养，送他进小学读书。后因家庭困难而辍学，童年放过牛，空余时间参加夜校学习。17岁跟随表兄檀遵松到德化县学习做瓦技术。22岁时与本村姑娘订婚，25岁完婚。婚后育有一男一女，儿子现在上海经商，事业有成，女儿出嫁到大洋镇。

二、养羊致富　开创新路

20世纪80年代国家实行改革开放政策，县里畜牧部门动员农民发展养羊业。黄以献先生抓住这个契机，凭借着吃苦耐劳、敢为人先的艰苦创业精神，选地点、搭羊舍，苦心经营。先是从外地购买了十几只品种优良的种羊精心饲养，接着认真研究羊的生理特点、生活习性、疾病防控等知识，并不断在实践过程中总结经验教训。由于他肯吃苦，善动脑，经过几年的发展，羊的数量逐年增加，三年后达100多只。1983年10月18日《福建日报》记者采访报道了他的养羊事迹，影响很大，带动了永泰县养羊业的发展，闯出了一条养羊致富的新路。

在他结束了村支书的任期后，儿子想在上海经商，他帮忙出谋划策。不久儿子在上海扎稳了根基，拓开了市场急需帮手，于是他将羊群转让他人，到上海协助儿子经商。

三、老骥伏枥 乐善好施

"天意怜幽草，人间重晚晴。"前几年他从上海回到家乡，本来可以安享晚年，但他"老骥伏枥，志在千里"，又在家乡养羊，带动周边的群众也一起养羊

黄以献先生拉二胡（胡伟生 摄）

致富。他热心地为周边的养羊专业户免费诊断羊的病情，帮助他们解决养殖过程中出现的疑难问题，深受群众的敬重。他先是在家里圈养了几十只羊，后来又选择在离村不远的白头山放养。虽然他已经75岁了，但鹤发童颜，精神矍铄，说起放羊来侃侃而谈，如数家珍，话语间充满了自信。他现在养了40多只羊，按市场价格母羊每斤毛重30多元，公羊价格翻番，一年可收入10多万元。

他热心家乡公益事业，乐善好施，积极回报社会，为村庄修建水泥路捐款3.2万元，为祖厝改造捐款1.6万元，深受群众好评。

四、推陈出新　善于学习

他利用现代化管理手段使养羊技术更臻成熟，迈上一个新的台阶。打开他的智能手机，就可以看到羊群在草场吃草的视频。他狠抓选种、择场、优胜劣汰、现代化管理、羊粪利用这几个重要环节。

一是选种。就是精心选择品种优良的种羊，在养殖过程中注意避免种群的近亲繁殖，以免造成种群身体机能的退化现象。

二是择场。就是选择环境幽静不易受到外界干扰的草地。这里空气清新，牧草丰茂。

三是实行优胜劣汰。就是把优良的种羊保留发展下来，把体质差或成长缓慢的种羊淘汰掉。在他平常的训练下羊群都能自觉出舍觅食，傍晚羊群在头羊的带领下都能自觉返回羊舍休息，无须人工驱赶。

四是实行现代化管理。他在羊舍四周安装了多台监控设备，羊的脖子挂上定位器，通过智能手机就能随时掌握羊群的位置和动态，这样减轻了劳动强度。

若是遇到下午有刮风下雨的天气，羊群对气候变化很敏感，该天上午就会提早出舍觅食，下暴雨前羊群就会在头羊的带领下自觉回羊舍避雨。这样他好比有了"千里眼"和"顺风耳"，养羊就轻松了许多，真有"不管风吹浪打，胜似闲庭信步"的感觉。

他活到老学到老，阅读了许多养羊的专业书籍，熟悉羊各个成长期的特点，研究养羊过程碰到的各种疑难杂症，并做到防患于未然。他养的羊出栏率高，肉质优良，味道鲜美，供不应求。他还舍得花大钱添置必备的养殖设备，如花了几千元购买了割草机，不定期地割去老化的野草，让草场里及时长出鲜嫩可口的新草供羊群享用。还购置了摩托车，给羊舍牵引了自来水，在牧场四周修建了数公里长的竹栅栏，更加方便了监管羊群。

五是羊粪合理利用。就是充分利用羊粪肥分高、无公害的特点，将羊粪出售给养殖点附近的农民，用来给茶树、李树等农作物施肥，既增加了收入，又保护了周边的环境。

五、热爱生活 爱好文艺

他是一个热爱生活的人。平时经常收听广播，观看电视，关心国内外大事，评论时事政治精辟诙谐，语言幽默时曝哲理。有空也种些蔬菜，侍弄花草，调节身心。偶尔喝些小酒，澄性萦怀。

他同时也是一位文艺爱好者，吹拉弹唱样样精通。年轻时参加村文艺宣传队文艺演出，在《智取威虎山》《沙家浜》《红灯记》《平原作战》等戏剧中扮演过赵勇刚等正反面角色，演技颇为精湛，曾到县内各乡镇巡回演出。他天性乐观豁达，性格开朗，平易近人。花了上千元购买了二胡、笛子等乐器，参加了老年剧团，空余时间约上三五个有共同爱好的朋友，用二胡拉上几支闽剧乐曲，有板有眼；或引吭高歌几首流行歌曲，字正腔圆，韵味悠长，声情并茂。他沉浸其中自得其乐，同时感染了旁人，也给周围的群众带来快乐。他乐于助人，急公好义，只要别人有困难，他就会及时出手帮助。因此走在乡村田陌，时常会有村民送给他新鲜的时令蔬菜与瓜果。

东方风来春意浓，满目青山夕照明。祝愿黄以献先生的养羊事业越来越兴旺发达。

"趁热打铁"霞拔人

□章丽美

"霞拔"初印象

"霞"与"拔",小学时候就认识了,但对它们组合在一起产生的深刻意味的理解是在 2022 年秋天。

那天,我参加了永泰作协开展的"霞拔人在大田"采风活动的座谈会,看到"霞拔"二字组合出现,后面还加了个"人",感觉不自然,像临时的搭配,心里好奇,内心笃定它们搭对应该是有渊源的。

果不其然,这个"霞拔",是隶属福州永泰县的一个行政乡,面积 59.52 平方公里,辖 11 个行政村,人口约 1.8 万。听与会的永泰县文联主席邵永裕介绍:经不完全统计,霞拔乡从清朝光绪年间至今,到大田县谋生的人乃至繁衍的后代有 3000 多人。霞拔人后裔在大田党政机关(编制内)工作的有 40 多人,其中现在在职的有 20 多人;大中专毕业生有 300 多人。他们通过考试,成就功名,工作在福州、厦门、三明、泉州等地的约有几十人,分布在不同岗位上,其中不乏

宝山机械厂工区掠影（胡伟生　摄）

厅、处、科级领导。

　　这场采风座谈会，让我不禁搜索起身边的霞拔人。座谈会上一个个熟悉的人——县书画界大名鼎鼎的"岩城五友"之一书法家林先生、县财政局任要职的杜先生、还有市场里出售中草药的老板……平日里跟他们没少打招呼，原来他们就是"霞拔人"！

　　座谈会之后，才发现在大田的霞拔人，绘就了一幅人口流动和地域文化交融的历史画卷。大田有个说法："十个打铁有九个来自霞拔。"打铁人分散到大田十八个乡镇。小时候村里打铁铺的印象又浮现在眼前：光着膀子，拉着风箱"噗嗤噗嗤"响，一提出铁块，快速地猛敲，铁块的红退去，拿到眼前细瞧片刻，立马伸到水里，"嗤"了一声，起了一阵烟，瞬间又回到"铁"的冷。

　　霞拔人因懂得"趁热打铁"而与大田这片硬朗也温情的土地结下不解之缘。

那个年代流动的人群大多是身怀绝技，扎根最需要的地方，也在那个艰苦的年代为自己轻松讨得了生计。他们如今已然收起"打铁黑包公"的形象，成了各行各业的能手高手妙手了。

悄然相交融

小时候发现，有些村里人一生足不出村，他们的地方归属感特别强，哪地的？哪村的？一镐头土都没想从另一个地方获得，除非嫁娶，成为那里人。对，嫁娶是地域融合的重要渠道之一。像我母亲，从德化嫁入大田；像堂嫂，从贵州嫁入大田……但像电视剧《走关东》这样一群群人迁徙的，在农村还是少见。

一日，同学之间聊天，有同学说自己是济阳同乡人，也有人说自己是桃源人，但是从济阳迁往的。心想，他们为何要离开老家呢？那个地方又如何接纳他们呢？老家表哥就是从济阳德仁村迁来的。他先以打工模式出现，长期经营，租地生活下来，再买座老房子居住。济阳老家没打理，回不去了，就成了现在居住地方的人了。

打铁一条街，在凤山东路下桥地段。听说当时有永泰霞拔人在这里开了第一家打铁店，之后有很多老乡在旁边开起来，求的是彼此有个照应。有人赚了些钱，就把店面买了下来，自然就定居下来。慢慢地，更多老乡就比邻而居了。

如今，打铁铺仅剩一家了，听说即将歇业了。那日，朋友说，他去定制一把菜刀，一开始要了极高的价，毕竟几十年的老牌铺子，再说那是可立足建家的手艺，价值自然在其中。可后来老板一听说和我这位朋友有共同的打铁兄弟，竟然不收钱，赠送予他。这里有肝胆相照、义字当头的"铁兄弟"情义。说者激动，听者感动。

大田的包容性在于它本身就是在20世纪50年代，通过分割不同区域而组成的一个行政区，因此不像一般历史悠久的村庄，因为长期土生土长，归属感强，也更容易寸土必争。大田县组建不久，打工大潮出现了，它融合异地而来的人也就更自然了。在大田，每每遇见新认识的人，很自然要问：老家是哪的？

大田县城东街口夜景（胡伟生　摄）

  我在凤山东路住过十几年，竟然不知道有大田霞拔一条街，每天晨练把周边跑遍了，也没能触到它的根底。直到我搬离下桥后，近十年前才知道它。

  早先的下桥，耳熟能详的地方有凤山水泥厂宿舍、华尔宫、看所守、二轻纸厂、古老的镇东桥……其他大多是居民区。那时，下桥地段属"乡下"。一过下桥，下个小坡，温度骤降2—3℃。那是均溪河绕出的滩岛，俗称后甲洋。如今繁华些，而扎根在那里的人却会不时回忆起当初选择这片土地、扎根这里的曲折。

  至今还守着打铁铺的老板，孩子都考上高等学府，在大城市定居，这片养育他们的土地成为童年记忆。他们会说，霞拔是老家，而大田是故乡。他们内心终有一份彼此交融的独特情意在沸腾。

  或许多年后，他们回到大田，独坐在镇东桥上，摸摸那古老的石块，儿时的一幕幕会像电影一样放映着……

热情真实的老美

大田城关第二小学有个老美，很少有不认识她的人。她教数学是一把好手，扬名于学校乃至教育界。大家都亲切地叫她"老美"。她是书法家林先生的姐姐，也是我的同事。我的名字和她一样都有个"美"字，大家叫她"老美"，叫我"阿美"，像是自家人，特别亲切。

在学校，她负责教导室，而我在办公室，三天两头打交道，自然就熟了。最主要的是她有一副大嗓门，有好口才，正直近乎正义，对同事一视同仁地热情热心。她作为老主任，对我这办公室新手不免多一些关心，常拿一些掏心窝的话真诚相待。或语重心长、或肩担道义、侠气十足地提点我，让我清醒着、深刻着，默默感动着那份热心。

老美，特别善论道。我始终觉得她不亚于辩论赛上的国手。她是极其智慧的，说赢了，就抛出一段妙论，让在座或莞尔一笑或开怀大笑，悄悄抹去论道的痕迹，这样使得不管什么人在她面前都不失面子，甚至还能博得几分面子，让人特别舒服。同事喜欢听她"论道"，她的学生更喜欢。她一进课堂，学生们一个个都像定了型般，目光锁定她，上下左右步调整齐划一。如果有某个孩子掉队了，她总能察觉到，并及时用目光和声音带入前进的队伍。

真不愧是老美！

人都说清官难断家务事，她也总能不含糊不憋屈地智慧地处理好，呈现给女同胞的是一个坚强独立、个性解放的新女性形象，让单位的女同事很振奋。

她有一个优秀的女儿，这离不开她的"纸条"教育。她说，她用小纸条成功走入孩子的内心，成为孩子的知心朋友。不管什么时候，大大小小的事，她的小纸条都能巧妙地出现在孩子的面前，和孩子架起宽坦的沟通桥梁，让孩子轻松快乐度过青春期考验。

雷厉风行的她，有没有铁匠的气质？你瞧：她对教学、生活点对点精准施策的智慧，像不像铁匠对出炉热铁精准捶打直至铁器成型的样子？

老美，也是一个来自霞拔的好"铁匠"，让单位里的后生、班级里的学生、家里的孩子成器、成才。

来大田的霞拔人，先到大田各个乡村打铁，单打独斗；后来，组织起来形成铁器合作社；再后来，不少能人又独自办机械制造企业。他们深深扎根于这片土地，遇春风吹过，就能抽枝展叶。如今，这枝繁叶茂之在大田的霞拔人，正在为大田的发展奉上一份特别的贡献。